À l'ombre du bonheur

Carole Duplessy-Rousée

À l'ombre du bonheur

ÉDITIONS DE NOYELLES

Éditions de Noyelles,
avec l'autorisation des Éditions Incartade(s)

123, boulevard de Grenelle, Paris

ISBN : 978-2-298-11507-9

À mes amis rencontrés sur les bancs du lycée :
Sandrine Castel, Dorothée Duval, Patricia His,
Bénédicte Pinot, Éric Yastremski, dit « le tsar »,
et Nathalie Yver.

1

Tout était blanc, magnifique, de gros flocons commençaient à tomber. S'il se mettait à neiger trop fort, la visibilité serait bientôt nulle et Carmen devrait mettre un terme à sa séance photos. La luminosité déclinait déjà, dans moins d'une heure il ferait nuit...

Depuis une vingtaine de minutes, elle mitraillait discrètement les nombreux passants qui s'attardaient devant le théâtre Mariinsky, comme une parfaite touriste immortalisant les splendides façades de l'édifice que le tsar Alexandre avait fait construire en hommage à son épouse l'impératrice Marie. Malgré les quinze degrés en-dessous de zéro qu'affichait le thermomètre en ce mois de janvier, Carmen se félicitait de ce séjour à Saint-Pétersbourg. Elle était venue en Russie afin d'y glaner des idées inédites pour le compte d'une grande maison de couture française qui cherchait à renouveler sa gamme de manteaux. Carmen était reconnue dans son métier, on s'arrachait cette chasseuse de tendances qui n'avait pas son pareil pour dénicher ce que serait l'orientation de la mode dans les années à venir.

Après avoir passé dix jours à Moscou, elle était arrivée dans l'ancienne capitale des tsars où, pensa-t-elle alors qu'elle venait de repérer une nouvelle proie, les femmes étaient bien plus élégantes et raffinées que sur la place Rouge. Son séjour là-bas l'avait déçue. Les Moscovites s'habillaient comme les Parisiennes ou les Londoniennes, elle n'avait rien trouvé d'original dans cette ville qui aurait pu l'inspirer pour étoffer son book. De plus, elle ne s'y était pas sentie en sécurité. Il lui était d'ailleurs arrivé une fâcheuse aventure devant le Kremlin où un policier était venu la houspiller. Comme elle ne comprenait rien à ce qu'il lui criait, il l'avait empoignée par le bras, sans doute avec l'intention de l'emmener dans un commissariat. Par chance, une inconnue était intervenue et avait longuement parlementé avec l'homme en uniforme. Celui-ci avait fini par lâcher la jeune Française, non sans lui avoir confisqué la carte numérique de son appareil photo. L'incident clos, la Moscovite l'avait ensuite invitée dans un café. Elle s'appelait Anna. Dans un bon français, elle lui avait traduit son échange avec l'agent de police à qui elle avait expliqué qu'elles étaient amies et que Carmen était venue lui rendre visite.

— Il était persuadé que vous étiez un agent étranger ! avait murmuré Anna en savourant son thé. Vous savez ce que cela signifie à ses yeux ? Que vous représentez une menace pour l'ordre russe. Sans moi, au mieux on vous aurait renvoyée en France, au pire on vous aurait arrêtée.

— Je ne faisais rien de mal, avait chuchoté Carmen.

— Je sais, mais c'est ainsi dans ce pays. J'ai bien vu que vous ne preniez pas de clichés du Kremlin.

— En fait, ce sont les manteaux qui m'intéressent. Je suis en mission pour une maison de haute couture et je…

— Peu importe, l'avait coupée Anna, le flic vous avait repérée. Moi-même, j'ai perdu mon job il y a quelques mois pour avoir filmé ce qui ne devait pas l'être. Je réalisais un documentaire dans un village dont le thème portait sur la charité. Mon crime ? Avoir montré des gens qui n'avaient pas d'électricité ni même d'eau potable. Vous savez, dans certaines campagnes on vit encore comme il y a un siècle. Le lendemain de la diffusion de mon reportage, j'ai été limogée de la chaîne de télé où je travaillais pourtant depuis de longues années et j'ai passé des heures au poste de police à répondre à leur interrogatoire. Ne restez pas à Moscou. Allez à Volgograd, ou à Saint-Pétersbourg. La police y est un peu moins virulente et vous pourrez mitrailler vos modèles sans être importunée. À condition toutefois de ne pas vous faire remarquer. En toutes circonstances, méfiez-vous. Quand vous sortez votre appareil, faites-le devant un monument et ne stationnez pas pendant des heures au même endroit.

Carmen avait remercié la Moscovite de l'avoir sortie de ce mauvais pas et l'avait invitée à venir séjourner en France. Ravie, Anna avait précieusement noté ses coordonnées, puis elles étaient restées encore un moment à discuter en se promettant de se revoir. La jeune photographe avait quitté Moscou le lendemain.

Dès son arrivée à Saint-Pétersbourg, elle s'était promenée dans le cœur historique de cette ville aux allures de conte de fées. Saisie par la magie des lieux, elle avait regretté que son fiancé n'ait pu l'accompagner. Leur mariage aurait lieu en juin. Carmen avait fait la connaissance d'Anton Malikian un an plus tôt, lors d'une présentation de haute couture à Paris. Son père possédait une grande marque de sacs à main prisés par les créateurs de mode. Un as de la maroquinerie qui avait su faire fructifier son affaire en ouvrant au fil des années des boutiques à Paris, Londres, Rome, Milan, et tout récemment à New York.

Ce soir-là, Carmen était venue assister au défilé de son client dont les modèles étaient issus de ses longues heures de traque photographique. Le hasard l'avait placée à côté d'Anton. Ils avaient sympathisé, et à la fin de la présentation il l'avait invitée à prendre un verre au bar d'un grand hôtel. Ils avaient échangé leurs numéros de téléphone, s'étaient retrouvés le lendemain pour un dîner. En quelques heures, Carmen avait été séduite par cet homme au regard profond, par sa beauté et ses attitudes de gentleman. Il s'était montré curieux, désirant tout savoir d'elle alors qu'il avait peu parlé de lui mais plutôt de ses parents et de ses frères et sœurs. Car chez les Malikian, la famille primait avant tout. Anton, lui, était un meneur d'hommes, et un jour viendrait où en tant qu'aîné de la fratrie, il hériterait de l'affaire de son père et laisserait enfin tomber son costume d'exécutant pour endosser celui de chef. Carmen avait apprécié son énergie, elle aimait les battants, elle-même ayant tout donné pour réussir dans son métier. Après sa rencontre avec Anton, pour la première fois elle avait songé à sa vie personnelle et s'était dit que ses priorités allaient peut-être changer. D'une certaine façon, leurs parcours respectifs les avaient rapprochés.

Après deux mois de flirt, Anton l'avait présentée à ses parents. Et comme on ne plaisante pas chez les Malikian, on avait organisé les fiançailles et programmé le mariage. Carmen avait très vite été adoptée par le clan. Cependant, quand le vieux Malikian lui avait imposé sa conversion à la religion orthodoxe, elle avait bondi. Elle ne croyait pas en Dieu, il était hors de question pour elle de se convertir. Anton l'avait rassurée. Ce n'était qu'une formalité, elle ne serait pas obligée de pratiquer le culte. Surtout, lui avait-il promis, personne ne lui ôterait ses origines africaines.

L'avenir se présentait donc merveilleusement bien, Carmen était sur un nuage. Ou presque… D'abord, son amie Clémentine s'en était allée, emportée par une attaque cérébrale au cœur de la trentaine alors qu'elle avait tant à vivre. Puis elle avait dû admettre que sa relation avec Anton avait brisé les liens avec ses deux autres complices, Bérénice et Astrid. Tout avait commencé le jour où Carmen avait réuni ses copines pour leur annoncer son mariage. Il y avait d'abord eu un énorme moment de surprise, suivi d'un débordement d'ivresse, premier instant de joie depuis la mort de Clémentine qui les avait foudroyées. Mais quand Carmen avait évoqué la cérémonie religieuse, Bérénice avait hurlé en apprenant sa conversion forcée. Elle y voyait là de la soumission, la négation de la liberté. Même par amour, on ne pouvait exiger autant. La discussion avait été musclée et aucun des arguments de Carmen n'avait trouvé grâce à ses yeux.

— Que va-t-on encore t'imposer une fois les noces passées ? avait demandé Bérénice à son amie pour la faire réagir. À quoi devras-tu te plier ? Devant qui ? Vraiment, je te préférais façon cœur d'artichaut ! Je ne te reconnais plus. Toi, l'émancipée qui a tout fait pour gagner son indépendance ! Je ne remets pas en question les sentiments d'Anton ni ceux que tu éprouves pour lui, mais sa famille va t'assujettir. Tu es devenue aveugle, ou quoi ? Tu commets une folie, la plus grosse bêtise de ta vie ! Inutile de m'inviter à la cérémonie, je ne tiens pas à cautionner ce mariage qui ne veut rien dire !

— Tant mieux, ça m'évitera tes leçons d'intello, miss Je-sais-tout ! avait rétorqué Carmen, l'écume aux lèvres.

Bérénice avait claqué la porte de l'appartement de la rue des Dames et ne l'avait plus jamais franchie depuis. Astrid avait bien tenté de les réconcilier, leur proposant de passer un week-end ensemble, mais chacune avait trouvé un prétexte pour annuler. Le trio avait explosé… Aujourd'hui, Astrid voyait toujours ses amies, mais jamais en même temps. Elle n'avait pas réussi à ramener la belle métisse et la jolie blonde sur le chemin de la raison et assistait, impuissante, à leur querelle…

Carmen aimait Anton et lui faisait confiance. Elle jugeait Bérénice aigrie. Cette conversion à l'orthodoxie n'était qu'une tracasserie administrative, rien de plus, avait-elle tenté de lui expliquer. Son fiancé ne pouvait pas se dérober à la tradition et faire de la peine à ses parents. Il était aussi l'héritier de la dynastie et incarnait un modèle, il devait montrer l'exemple. Bien que chagrinée par la situation, elle attendait maintenant avec impatience le moment où elle rejoindrait son époux dans le bel appartement du 16e arrondissement qu'avait prévu de leur offrir le vieux Malikian à l'occasion du mariage. Pour le moment, son fiancé vivait toujours chez son père et sa mère, elle dans son trois-pièces de la rue des Dames qu'elle vendrait après les noces. Fini le papillonnage… dont elle avait bien profité ! Elle avait eu des amants, ne perdant jamais une occasion de conquérir un cœur. Mais à 34 ans elle avait succombé, et c'était merveilleux.

Elle repéra au loin la silhouette d'une grande femme blonde qui la ramena sur terre. Elle portait une cape signée Slava Zaitsev, l'un des couturiers russes les plus prestigieux du moment. Elle avait lu de nombreux articles à son sujet, apprenant notamment qu'il écoutait Tchaïkovski pour trouver son inspiration. La jeune photographe laissa sa proie s'approcher, faisant mine d'admirer le théâtre. La neige avait cessé de tomber et la visibilité était de nouveau parfaite. L'inconnue arriva enfin à portée de son objectif. La houppelande rouge et marron n'était pas un modèle récent, ce qui faisait tout son charme. Il doit dater d'une dizaine d'années, 2003 ou 2004, estima Carmen : « Je vérifierai sur Internet. » Elle zooma sur les détails, la fermeture par des brandebourgs en cuir, les surpiqûres bleu marine qui soulignaient la base de la coupe, le col en fourrure. Sans doute de la vraie ! Carmen prit plusieurs clichés et rêvassa quelques instants au milieu des passants. La neige recouvrait maintenant la place. Saint-Pétersbourg était vraiment un endroit magnifique pour travailler. Tout, ici, se prêtait à un voyage dans le passé. Monuments, palais, le poids de l'Histoire aussi…

La photographe se pencha sur son écran et observa ses dernières prises. Cette femme blonde lui rappelait Bérénice. Les mêmes cheveux cendrés, les mêmes yeux bleus, des yeux si clairs que le regard était comme transparent. Bérénice aurait adoré être là, se dit-elle. Je pourrais lui proposer de venir me rejoindre ici. Elle a certainement réfléchi depuis notre dispute. Elle reconnaîtra ses torts. Et puis, elle me manque. Je suis orgueilleuse, mais pas au point d'accepter de la perdre pour toujours. La poitrine gonflée de palpitations, elle sortit son téléphone portable et composa le numéro de son amie. Elle n'obtint aucune réponse et laissa un message, s'efforçant de masquer son émotion sous une bonne humeur qui sonnait faux : « Hello ! Ou plutôt devrais-je dire "bonjour" en russe. *Dobryï dien* ! Comment va ma miss Intello préférée ? Que fait-elle ? Ne serait-elle pas tentée par un séjour à Saint-Pétersbourg ? La ville est magnifique ! Il y a quantité de lieux à visiter et je suis encore là pour une bonne semaine. Tu me rejoins ? Mon hôtel est un vrai palace et je partagerais bien mon immense chambre avec toi. À moins que tu préfères que j'en réserve une pour toi. Mettons fin à cette stupide querelle, je t'en prie. Je suis malheureuse de ne pas te voir. Astrid est peinée par la situation. Et si Clémentine était encore là, elle serait démolie. Je suis heureuse avec Anton, tu devrais l'être pour moi. Faisons la paix. Oublions cette histoire de religion, les mots échangés. Viens, s'il te plaît... Tu n'auras pas à te plaindre de moi, je serai un ange. Tu me rappelles ? » Elle raccrocha et fourra son iPhone dans la poche de sa doudoune en soufflant un grand coup. Elle avait fait le premier pas et pour une fois ravalé sa fierté. Elle espérait que Bérénice y serait sensible.

Elle resta un instant pensive, puis repéra une allure intéressante, une femme dont le manteau tombait jusqu'aux chevilles. Galbé aux épaules, cintré à la taille, le modèle était plus long derrière que devant, avec une traîne tombant sur le talon. Le tissu était brodé de fleurs multicolores, splendide camaïeu de rouge, de jaune, de vert et de rose. Les revers des manches étaient en cuir, le boutonnage en corne ou en bois de renne. Un modèle typiquement russe, qu'on ne voyait nulle part ailleurs. Si ce n'est pas une création de Zaitsev, elle en est largement inspirée, pensa Carmen. Il est vrai que le couturier, toujours à l'affût de matières inédites et d'idées extravagantes, avait fait des émules, souvent parmi ses anciens élèves qui avaient fini par copier le maître.

Appareil au poing, Carmen mitrailla la jolie Russe jusqu'à ce qu'elle disparaisse de son champ de vision. Elle sentit soudain le froid s'engouffrer dans ses bottes. Elle s'éloigna du théâtre et entra dans le premier salon de thé qu'elle trouva. La chaleur de la salle l'enveloppa comme dans un cocon. Elle s'isola près d'une fenêtre et commanda un thé qu'elle dégusta accompagné de délicieuses pâtisseries. La nuit tombait et la fatigue commençait à la gagner. Elle avait crapahuté toute la journée et n'avait qu'une idée en tête: rentrer à son hôtel et prendre un bain brûlant. Elle sortit son iPhone de sa poche, consulta l'heure, puis sa boîte vocale. Aucun message de Bérénice. La déception s'ajouta à son épuisement. Elle prend le temps de réfléchir, se rassura-t-elle. Elle laissa quelques billets sur la table et sortit. Dans la rue, elle photographia une passante en veste de fourrure mais abandonna rapidement ce modèle, attirée par un homme grand et mince qui avançait sur le trottoir à pas de géant. Il était vêtu d'un long manteau noir à double boutonnage, plissé dans le dos et cintré à la taille. Le style du vêtement, tout comme le pantalon enfilé dans ses bottes, conféraient à cet inconnu l'allure d'un officier. Il s'arrêta devant la vitrine d'une librairie. Carmen s'approcha de lui et prit encore quelques photos. Elle le trouvait particulièrement séduisant avec sa chevelure bouclée dont la blondeur ressortait sur son paletot. Il tourna la tête. Surprise, Carmen attrapa un dernier cliché avant de faire volte-face et de mitrailler l'autre côté de la rue pour ne pas se faire remarquer.

Le froid tenaillait à nouveau ses pieds. La nuit tombait tôt et vite, ici. C'est à peine si le jour s'était levé sur la métropole la plus septentrionale du monde. Il était temps de rentrer à l'hôtel. Après son bain, elle ferait le tri des clichés qu'elle avait pris durant la journée. N'ayant plus le courage de marcher, elle héla un taxi. Trente minutes plus tard, elle se posait enfin dans sa chambre. Elle se sentait détendue, même si, à son grand désespoir, Bérénice n'avait toujours pas donné signe de vie…

Enveloppée dans un peignoir, elle s'installa sur le lit, ouvrit son ordinateur, y inséra la carte numérique de son Minolta et transféra toutes ses photos. Puis elle les regarda une par une sur l'écran et supprima celles qui ne lui convenaient pas. Elle s'arrêta sur les images de l'homme qui ressemblait à un officier, détaillant ce portrait volé. En quelques manipulations, elle agrandit la dernière photo. Le type devait avoir une quarantaine d'années. Son visage était fin, presque émacié, il avait des yeux magnifiques dont le bleu adoucissait l'aspect anguleux de ses joues. Elle eut soudain l'impression qu'elle l'avait déjà rencontré. Mais c'était peu probable. C'était son premier séjour à Saint-Pétersbourg et elle ne se souvenait pas avoir fréquenté de Russes à Paris ou ailleurs. Si elle l'avait croisé, elle ne l'aurait pas oublié. « Le tsar, c'est le tsar », murmura-t-elle, admirant sa distinction qui semblait si naturelle.

Elle se mit à rêver devant son écran. Son esprit tanguait. Si elle n'avait pas été allongée, sans doute se serait-elle écroulée. Elle s'assoupit. Lorsqu'elle s'éveilla, il était plus de 20 heures. Elle se hâta de s'habiller, ajusta sa toque en fourrure synthétique sur la tête. « Avec mon teint de métisse, difficile de passer pour une Russe ! » s'exclama-t-elle à voix haute, un sourire aux lèvres. Pourtant, elle aimait se fondre dans la masse et elle comptait bien profiter de la soirée pour réaliser de nouveaux clichés. Elle hésita à glisser dans son sac à main un appareil photo plus compact et plus discret que son Minolta, y renonça finalement. Si elle croisait un modèle intéressant au restaurant, elle pourrait toujours le capturer avec son iPhone. Les lieux publics sont généralement bien éclairés, elle n'aurait pas à activer le flash et personne ne remarquerait son manège.

2

La tête farcie de toutes les informations qu'il avait dû assimiler en l'espace d'une heure, Milan Stegic essayait de se remémorer l'entretien qu'il venait d'avoir avec le responsable du centre culturel de Saint-Pétersbourg. Des informations, ou des instructions ? La question le frappa brutalement alors qu'il marchait d'un pas rapide dans la rue, à peine distrait par le craquement de la neige sous ses pieds.

La rencontre avait eu lieu au consulat général de France, quai de la Moïka, en compagnie d'un interprète qui avait facilité la conversation. Le responsable du centre culturel proposait à Milan de faire traduire et de produire son *Tolstoï* et lui en confiait la mise en scène. Quand l'offre était arrivée, Milan avait d'abord cru à une plaisanterie. Il avait achevé l'écriture de sa pièce un an plus tôt, elle avait été à l'affiche deux mois à Paris, et voilà qu'on la réclamait en Russie ! C'était à la fois inespéré et angoissant. Suis-je prêt pour un tel défi ? se demanda-t-il. Et quelle latitude va-t-on réellement me laisser ? Il s'était attaché à ce que son portrait de Léon Tolstoï soit le plus réaliste possible, retraçant fidèlement le parcours de ce fils de comtesse qui avait passé une partie de son enfance à la campagne entouré de sa famille et de petits paysans avant d'être envoyé en ville pour y recevoir une éducation de qualité. L'écrivain était finalement revenu vers sa terre, mais, avide de gloire et ambitieux, il s'était mis à maltraiter ses serfs, les fouettant dès lors qu'ils le mécontentaient. Puis il était reparti vers la ville, laissant les démons de l'alcool et du jeu s'emparer de lui, jusqu'à ce que la guerre finisse par transformer l'homme qui aspira à la solitude malgré son désir de fonder une famille. Il avait commencé à voyager : Paris, la Suisse, l'Allemagne, Londres... L'abolition du servage l'avait réjoui et en même temps inquiété. Cette réforme ne mènerait-elle pas un jour à une révolte de grande ampleur ? Avec son mariage, Tolstoï était parvenu à la sérénité et s'était lancé dans l'écriture. Malheureusement, la perte de plusieurs de ses fils lui avait fait tenir des propos qui avaient contrarié l'Église orthodoxe et on l'avait excommunié. Incompris de tous, y compris de sa famille, il était mort dans une absolue solitude.

Milan craignait que l'on censure certaines parties de la pièce, la liberté d'expression étant toute relative en Russie. « Comment vais-je diriger une telle mise en scène alors que je ne parle ni ne comprends un mot de russe ? » chuchota-t-il tout en marchant. Il était hors de question que l'on transforme son *Tolstoï*. Comment pourrait-il vérifier si les dialogues étaient bien traduits ? Il avait décrit cet écrivain majeur de la littérature russe tel qu'il le ressentait, un homme avec ses vertus et ses défauts, son génie et ses défaillances, admiré pour la finesse de ses analyses, sa réflexion morale et philosophique. Si *Guerre et Paix* était sans conteste son plus grand livre, ce n'était pas uniquement pour son réalisme. Car au-delà de la reconstitution historique des guerres napoléoniennes en Russie, Tolstoï avait médité sur la brutalité des conflits, lui-même ayant dû faire face à la cruauté des combats puisqu'il avait été mobilisé lors de la guerre de Crimée. Il s'était ensuite intéressé à la spiritualité et à la religion, intégrant ces thématiques à ses récits ou à ses grandes fresques romanesques, tel son fabuleux *Anna Karénine*. Milan avait également brossé le portrait d'un homme qui avait évolué avec son temps et avait bataillé contre l'oppression des institutions et toutes les formes de violence. Et c'était bien ce qui l'inquiétait le plus. Je ne sais pas si je vais accepter, songea-t-il. J'ai peur d'avoir les mains liées. Je ne le supporterais pas.

Il consulta son plan. Il voulait rejoindre le théâtre Mariinsky où devait en principe se jouer la pièce. Il s'assura qu'il était sur le bon chemin et pressa le pas. Il neigeait de nouveau, le froid mordait son visage et il regretta de ne pas avoir pris son bonnet pour protéger ses oreilles et son front. Il parvint enfin devant le bâtiment. L'édifice, construit dans un style renaissance baroque, était imposant. Milan savait qu'on y donnait surtout des opéras et des ballets. C'était un privilège de se voir accorder cette salle de spectacle durant quatre à six semaines. Cette perspective l'angoissa davantage. Si on lui mettait à disposition un lieu aussi prestigieux, on l'aurait sûrement à l'œil et il ne serait pas maître de son jeu. Il avait bien noté le ton inflexible du responsable culturel, or il était trop indépendant pour travailler sous la botte d'un autocrate. Il songea à sa mère, Suzana, qui avait tant lutté pour la liberté et la justice dans son pays, la Yougoslavie de Tito, la Croatie après l'indépendance. Il la comprenait mieux à présent. Elle avait combattu l'asservissement et la peur. Elle avait défendu l'équité et la vérité. Si elle avait encore été de ce monde, elle lui aurait dit de ne céder à aucune pression et l'aurait encouragé à protéger son texte, à refuser toute modification. Ou pire, la censure ! pensa Milan qui avait le sentiment désagréable que s'il consentait à jouer sa pièce à Saint-Pétersbourg, il serait vissé. Il regrettait presque d'avoir fait le voyage en Russie. Au départ, il avait été ébloui par l'offre et n'avait pas imaginé une seconde ce qu'elle comportait d'inconcevable. « Ne pas se laisser jeter de la poudre aux yeux, murmura-t-il. Être vigilant. » L'attaché culturel ne lui disait rien qui vaille, il avait bien remarqué les hésitations de l'interprète… Qu'auraient pensé ses deux amis Gabriel et Stanislas s'ils avaient été à ses côtés ? Peut-être auraient-ils un conseil judicieux à lui fournir. Il n'était pourtant pas un homme à se laisser guider, mais cette fois, il avait besoin de leur avis. Il contempla une fois encore le théâtre

Mariinsky. L'endroit avait de quoi aveugler n'importe quel metteur en scène. Il fallait redescendre sur terre. Il décida de rentrer à l'hôtel d'où il appellerait ses amis. Gabriel et Stanislas passaient le week-end à La Roche-Guyon, dans la propriété qu'ils avaient achetée tous les trois quelques années plus tôt. Aussitôt arrivé dans sa chambre, il saisit son téléphone et composa le numéro de la maison. Stanislas décrocha à la première sonnerie. Milan lui narra son rendez-vous au consulat, le trouble qu'il ressentait depuis son entretien et cette détestable intuition qu'il allait droit dans le mur.

— Tu ne vas pas virer schizo ! s'écria Stanislas. L'époque Staline est révolue. On ne va pas t'enfermer au goulag ou t'envoyer dans des mines de sel au fin fond de la Sibérie, tout de même !

— *Mi srati* ! hurla le Croate.

— Oui, je sais, je t'emmerde.

— Parfaitement ! Arrête de me prendre pour un idiot. J'attends juste de toi une opinion, pas un diagnostic sur mon état de santé mentale !

Gabriel écarta doucement Stanislas et s'empara du combiné pour éviter que la conversation ne dégénère en dispute.

— Ne prends pas de décision précipitée, dit-il avec sagesse. Tu devrais écrire un courrier à l'attaché culturel, tu trouveras bien des arguments. Dis-lui que tu souhaites prendre un peu de recul pour réfléchir parce que ce projet représente un énorme travail, que tu dois aussi vérifier ton planning car tu as des engagements par ailleurs... Bref, tu tournes tout ça comme tu sais le faire, avec courtoisie. Et tu profites de ce délai pour te renseigner un peu. Vois si d'autres auteurs ont eu des offres similaires et subi une quelconque censure.

— À qui demander tout cela ?

— Au consulat de France.

— Ça m'étonnerait qu'ils m'éclairent avec franchise.

— Mouais... tu as raison. Regarde sur Internet. Cherche les productions étrangères qui ont été données à Saint-Pétersbourg et essaie de savoir si on leur a mis des bâtons dans les roues. En ce qui concerne la liberté d'expression, tu auras le temps d'approfondir à ton retour en France. Tu côtoies assez de metteurs en scène et d'acteurs, ils ont bien un avis sur le sujet.

— Que sais-tu, toi le géographe, de cette Russie d'aujourd'hui ? murmura le Croate.

— Je sais que Poutine n'est pas un tendre. Les récents événements en Ukraine et en Crimée le prouvent. Et ce n'est guère mieux en politique intérieure. Amnesty International publie régulièrement des rapports alarmants sur les violations des droits de l'homme en Russie. Les manifestations sont réprimées et toutes les personnes critiquant le régime sont réduites au silence. Les discriminations contre les homosexuels n'ont jamais cessé, elles sont même légitimées. On l'a vu lors des jeux de Sotchi en 2014... Même les ONG sont contrôlées de près, quand elles ne sont pas qualifiées d'agents étrangers afin de les discréditer aux yeux de l'opinion publique.

J'ai lu quelque part que les autorités avaient effectué des descentes dans les bureaux de certaines organisations... À Moscou, Amnesty International n'y a pas échappé. Tout ceci ne te concerne pas, bien sûr, mais...

— Mais quoi ? Qu'est-ce qui te tracasse ?

— Il y a beaucoup de références religieuses dans ton *Tolstoï*, et j'ai bien peur qu'on te censure, voire pire car il existe une loi qui interdit toute atteinte au sentiment religieux. Les amendes sont élevées et peuvent même aller jusqu'à une peine de prison. On pourrait te reprocher certains dialogues, des mots échangés par des personnages qui pourraient susciter une polémique.

Milan prit quelques secondes de réflexion avant de réagir.

— C'est vrai, Tolstoï a nié les sacrements de l'Église, jusqu'à tourner en dérision la communion et remettre en cause trois catéchismes fondamentaux. Quand on lit son *Résurrection*, on n'est pas étonné qu'il ait été excommunié. Mais en 1901, l'Église russe n'avait pas d'autre choix. Tolstoï a tenté de se défendre en prétendant que les intellectuels russes vivaient tous dans la même impiété et que les enseignements de l'Église n'étaient que mensonges et perfidies, citant en exemple la virginité de Marie.

— Des paroles sacrilèges que tu as reprises dans ta pièce, fit Gabriel. Si tu faisais le tri avant de donner ton manuscrit à traduire ?

— Mais je n'ai pas envie de couper mon texte ! s'emporta Milan. Rappelle-toi, malgré la censure de l'État, tous les Russes avaient pu lire Tolstoï en se procurant ses livres qu'il faisait éditer à l'étranger !

— Ne crie pas ! Je te laisse juge. Je songeais qu'en épurant toi-même ton texte, tu pourrais sauver les meubles.

— Je ne veux pas l'appauvrir.

— Mais tu sais bien qu'aujourd'hui, tous ceux qui portent atteinte à la religion tombent sous le coup de la justice. On ne viendra pas t'arrêter, c'est clair, car tu es un ressortissant étranger. Mais on te renverra diplomatiquement en France et on interdira ta pièce. Résultat ? Tu auras perdu ton temps et surtout ton énergie ! Mais je te le répète, toi seul es juge dans cette affaire.

— C'est ça, la Russie de Poutine ?

— En matière de liberté d'expression, oui ! Gorbatchev a permis l'ouverture des frontières, ce qui a conduit l'URSS à sa dislocation. Mais depuis son arrivée au pouvoir, Poutine n'a fait que resserrer l'étau autour du peuple.

Il y eut un grognement dans le téléphone.

— Tu nous tiens au courant ? demanda Gabriel. Quand rentres-tu ? J'aimerais qu'on passe un week-end ensemble avant mon départ en Nouvelle-Zélande. N'oublie pas que je serai absent pendant plusieurs mois.

Milan se souvint brutalement que son ami partait en mission.

— Je rentre à Paris dans une semaine. Promis, je vous rejoins dans quinze jours à La Roche-Guyon. J'ai hâte de retrouver notre place des Tilleuls. *Hvala*, Gabriel, merci, répondit Milan avant de raccrocher.

Il hésitait à descendre dîner. Il ne savait pas s'il avait faim, songeait à la conversation qu'il venait d'avoir avec ses amis. Les propos de Gabriel ne l'avaient pas rassuré. Demain, il retournerait au consulat de France pour demander un entretien. On lui répondrait, ou pas. Au moins, il aurait tenté. Puisqu'il restait encore une semaine à Saint-Pétersbourg, il essaierait d'approcher quelques artistes locaux, des comédiens. Le problème serait de trouver un interprète… Cette décision prise, il enfila un pull, son manteau et son bonnet, se souvenant du froid qui avait mordu ses oreilles toute la journée. Il n'y avait pas de restaurant à l'hôtel Asteria où il était descendu, mais il avait repéré dans le quartier quantité de bars qui proposaient des plats à toute heure. Dans la rue, il eut le sentiment qu'il allait geler sur place et marcha d'un pas vif. Il entra dans la première cantine qui se présenta à lui. Un *coffee shop* dont les vitrines réfrigérées présentaient sous d'élégantes cloches de verre des charcuteries, des poissons, des fromages et des pâtisseries. Milan fit comprendre au serveur qu'il désirait avaler quelque chose de chaud.

— Bortsch, proposa le serveur.

Milan fit un petit signe poli de la tête pour signifier qu'il retenait l'idée. Il n'avait encore jamais goûté à cette soupe que les Russes accommodaient différemment selon les régions et les saisons. À l'arrivée du plat, il fut surpris que le serveur lui apporte un verre de vodka alors qu'il ne l'avait pas demandé. C'est probablement la boisson qui accompagne le potage, pensa-t-il. Il vida le verre d'un trait et sentit son corps se détendre d'un seul coup, les tensions de la journée s'effacer. Il attaqua le bortsch. Le plat était brûlant. Il remua doucement sa cuillère dans le bol, tendit son verre vide au garçon et réclama une seconde vodka. Ses soucis s'éloignaient. Était-ce vraiment si important de jouer son *Tolstoï* en Russie ? Il n'avait pas écrit la pièce dans cette optique et encore moins pour devoir ensuite se battre contre la censure. Alors pourquoi provoquer les pépins ? Le destin se chargeait d'en apporter son lot. Inutile de tendre la main et de faire à nouveau une mauvaise pioche, d'autant plus qu'il n'était pas au chômage comme cela arrivait souvent dans le monde du spectacle. On venait de lui proposer le rôle principal dans une comédie. Trois mois sur des planches parisiennes à se laisser guider par un metteur en scène. À part son texte à apprendre, pour une fois il ne cumulerait pas les responsabilités et l'argent rentrerait facilement.

Le bortsch était délicieux. Milan aurait volontiers demandé la recette au serveur, mais il n'osa pas par peur du ridicule. Il songea à Gabriel qui aurait adoré l'expérimenter. Peut-être arriverait-il à dénicher dans une librairie un livre de cuisine russe traduit en français, ou en anglais. Son ami apprécierait ce présent. Et Stan, que pourrait-il lui rapporter de Saint-Pétersbourg? Pour ce grand séducteur, une poupée russe en chair et en os serait un cadeau parfait! Encore que... Stan s'était calmé et courait un peu moins les jupons depuis qu'il avait appris qu'il avait un fils. Samuel... Le destin avait voulu que la maison qu'il avait achetée avec ses amis soit voisine de celle de son ex-femme... qui avait caché à son époux qu'elle était enceinte au moment du divorce. Être père d'un enfant de vingt ans qu'on n'a pas vu grandir alors qu'on a largement entamé la quarantaine, ça chamboule une existence! Du moins Milan en avait-il l'impression. Mais à cette heure, avec les émotions de la journée et la vodka, il n'était plus sûr de rien. C'était bon de lâcher prise! Levant son verre, il héla le serveur qui s'approcha aussitôt, une bouteille de vodka à la main.

Tout à ses rêveries, Milan n'avait pas remarqué la femme qui l'observait depuis un moment. Lorsqu'elle avait vu «le tsar» entrer dans le restaurant, Carmen ne l'avait plus quitté des yeux. C'était bien l'homme qu'elle avait photographié dans l'après-midi avec son grand manteau noir et ses bottes enfilées par-dessus son pantalon. Elle l'avait reconnu dès qu'il avait ôté son bonnet, libérant sa crinière d'or. Son arrivée lui avait fait oublier son repas et elle piquait son poisson fumé du bout de la fourchette, le regard fixé sur ce bel inconnu. Il avait tout d'un parfait mannequin. De plus en plus, les grandes maisons de mode faisaient appel à des quadras ou des quinquas, et aujourd'hui on ne s'étonnait plus de voir défiler des mannequins aux tempes grisonnantes, les visages marqués par de jolies rides d'expression autour des yeux. D'ordinaire, Carmen réalisait du cliché de chasse pour dégoter les nouvelles tendances, le physique des personnes qu'elle attrapait dans son objectif n'avait aucune importance. Elles pouvaient être laides ou belles, pour elle, seuls importaient les vêtements ou les accessoires. Mais là, son tsar lui donnait des envies. Avec une telle silhouette, un visage aussi bien dessiné, elle aurait volontiers réalisé un book pour une agence de mannequins. Ce type était vraiment beau. Elle ne pouvait détourner son regard de lui et le contemplait tandis qu'il avalait son potage entre deux verres de vodka. Il devait être russe pour lever ainsi le coude ! Elle l'étudia encore quelques instants et se décida. Il était trop parfait pour qu'elle laisse filer la chance. Les Russes raffolaient de la France. Il ne pourrait qu'être appâté par l'offre qu'elle allait lui faire. Elle se leva, traversa la salle, et sans y être invitée tira la chaise qui faisait face à l'inconnu. Dans un russe mélangé d'anglais, elle baragouina quelques mots, les accompagnant de gestes pour se faire comprendre.

— Bonsoir, permettez-moi de vous déranger. Je suis photographe. Cela vous tenterait de poser pour moi ? Je pourrais prendre quelques clichés et les proposer dans des agences à Paris. Vous avez le physique idéal.

Milan toisa cette femme qui venait d'interrompre le moment de tranquillité qu'il était venu chercher en entrant dans ce restaurant.

— Je ne vous comprends pas. Je ne parle ni russe ni anglais, répondit-il pour couper court.

— Ah ! Vous êtes français ! Moi aussi ! s'exclama Carmen, un sourire jusqu'aux oreilles. Voilà qui va nous faciliter les choses !

Milan serra les dents. Il avait cru échapper à l'intrusion de cette femme, c'était raté.

— Je suis ravie de rencontrer un Français à Saint-Pétersbourg ! Ça me manquait de ne pas pouvoir converser.

Moi, pas, songea Milan qui n'avait qu'une envie : se débarrasser de l'importune. Pourquoi ne lui avait-il pas répondu en croate ? Quel idiot ! Sans se démonter, Carmen renouvela sa proposition. Milan la dévisagea et lâcha sèchement :

— Non !

— Pourquoi ? Une séance de pose ne vous engage à rien. Il est même possible que vous vous preniez au jeu.

— Parce que vous croyez que j'ai une tête à rester planté devant un objectif ? aboya Milan qui commençait à perdre patience.

— Oui ! Vous avez le profil idéal ! Je suis sûre qu'une marque pourrait être intéressée par votre physique. Pas pour participer à des défilés, non, mais pour poser pour une publicité, un parfum par exemple. Une campagne d'affichage ou un spot télé, ça ne vous dirait pas ? Alain Delon... *Eau sauvage* de Christian Dior...

— Je ne suis pas Delon, je suis moi !

— Justement ! Que diriez-vous de faire quelques essais demain sur les bords de la Neva ? Avec cette neige, le décor sera parfait.

— Non ! répéta Milan.

Il détestait l'incorrection et réfréna son envie de l'envoyer paître. Pourtant, cette fille l'exaspérait et il savait qu'il aurait du mal à se maîtriser plus longtemps.

Carmen continuait à le dévisager.

— C'est étrange, fit-elle, j'ai l'impression de vous avoir déjà croisé.

— Impossible.

— À Paris, peut-être. Vous êtes parisien ?

Il répondit par un grognement. Carmen ne sut deviner s'il s'agissait d'un « oui » ou d'un « non ». Elle se creusa la cervelle, persuadée d'avoir déjà rencontré ce type aux traits si particuliers. Soudain, elle s'écria :

— Je sais où nous nous sommes vus !

Milan ne cilla pas, attendant la suite.

— À Granville il y a un peu plus d'un an, à la Saint-Sylvestre ! Un de vos copains avait embouti la voiture de mon amie ! Je ne vous avais pas reconnu. Vos cheveux étaient plus courts à l'époque !

Milan soupira.

— C'est bien cela, n'est-ce pas ? reprit Carmen. C'est à Granville que nous nous sommes vus ?

Il acquiesça. Il se rappelait bien sûr cet accident, et surtout de cette furie qui s'était précipitée sur eux en hurlant tandis que Gabriel présentait ses excuses et que Stan tentait de trouver un arrangement.

— C'est formidable de se retrouver ici ! s'écria-t-elle.

Elle paraissait avoir oublié combien elle avait été désagréable ce jour-là. Sa colère démesurée avait bouleversé le pauvre Gabriel.

— Alors, rendez-vous demain sur les bords de la Neva ? À quel hôtel êtes-vous descendu ? Nous pourrions peut-être en reparler...

Cette fille est une glu, une abominable glu, pestait le Croate qui ne savait pas comment s'en dépêtrer. Il leva la main en direction du serveur qui revint avec la bouteille de vodka et remplit aussitôt le verre de Milan, puis en proposa un à Carmen qui déclina l'offre.

— Vous savez, demain c'est l'Épiphanie orthodoxe, reprit-elle. Les croyants vont briser la glace sur le fleuve et s'y baigner pour se purifier. Nous pourrions assister à ce rituel ! Vous avez une carte de visite ? J'aimerais pouvoir vous joindre.

— Je ne ferai pas de photos, déclara Milan sur un ton à la limite de la discourtoisie.

— C'est dommage, murmura Carmen, déçue. Vous me laissez tout de même une adresse mail ? Un numéro de portable ? Ce soir vous ne semblez pas en forme, mais demain tout ira mieux et peut-être changerez-vous d'avis.

Pour toute réponse, Milan ouvrit son portefeuille et jeta quelques billets sur la table. Il ne savait même pas s'il avait laissé trop ou pas assez. Il salua la métisse d'un signe de tête, se leva et sortit précipitamment, comme un voleur en fuite.

— Rendez-vous demain à 10 heures sur les bords de la Neva ! cria Carmen. Devant le palais de l'Ermitage !

3

— Blanc, rouge ou champagne ? demanda Astrid depuis sa minuscule cuisine.

— Tout ce que tu veux, pourvu que ça me soûle ! répondit Carmen. Ouvre les trois !

— Certainement pas ! rétorqua Astrid. Un petit blanc, c'est tout ! J'ai acheté une quiche. Avec une salade, ce sera parfait.

Les deux amies avaient décidé de se retrouver le temps d'un week-end à Rouen, chez Astrid. Carmen était arrivée de Paris avec l'humeur plutôt ombrageuse… Plus vite nous mangerons, moins elle boira, songea Astrid. Mieux vaut éviter l'apéritif. Elle s'empressa de rapporter les assiettes et les bols de salade, déposa le tout sur la table basse, face au canapé.

— Quelle idiote ! marmonna Carmen en avalant une rasade de bourgogne aligoté. Pourquoi ai-je cru que Bérénice me rappellerait ?

— Tu racontes n'importe quoi et tu dramatises tout !

— Je ne dramatise rien ! Je crois même que le décès de Clémentine est passé chez elle comme une lettre à la poste !

— Je ne peux pas te laisser proférer de telles horreurs. Bérénice a souffert autant que nous. Le souvenir est encore douloureux pour nous trois.

D'un revers de la main, Astrid essuya une larme. Chaque image de Clémentine était encore une véritable torture de l'âme. Rien ne pouvait la consoler de la perte d'une amie aussi jeune.

— Peut-être. Mais elle se fiche de moi ! J'ai espéré, à tort, qu'elle écouterait mon message, une prière plutôt, et qu'elle reviendrait sur sa décision. Rien ! Aucune nouvelle ! Je te jure que j'ai été d'une amabilité et d'une humilité que tu ne soupçonnes même pas.

Astrid ne mettait pas en doute la parole de Carmen. Même si la bonté n'était pas son fort, même si parfois elle était d'une arrogance monstrueuse. Carmen était tout sauf malléable. Son orgueil pouvait déborder, mais cette fois, Astrid en était convaincue, la belle métisse avait ravalé sa fierté pour reconquérir son amie.

— Elle réfléchit, assura-t-elle, sans être persuadée de ce qu'elle disait car elle connaissait le caractère inébranlable de Bérénice.

— Tu parles ! Si elle avait voulu qu'on se réconcilie elle aurait franchi le pas depuis longtemps, surtout après les gentils mots que j'ai laissés sur son répondeur quand j'étais à Saint-Pétersbourg. La vérité, c'est que je ne l'intéresse pas. Elle a profité de ma conversion à l'orthodoxie pour me virer de sa vie. Comme sur Facebook quand quelqu'un te déplaît. Hop ! Un clic, et tu vires l'intrus de ta liste d'amis.

Astrid s'installa près de Carmen et lui caressa les cheveux.

— Tu te trompes.

— Non, rugit Carmen.

— Si, tu te trompes ! Bérénice ne t'a pas répondu car elle est à Berlin. Elle a beaucoup de mal à accepter le décès de Peter, même si elle savait que ça devait arriver compte tenu de son âge. Mets-toi à sa place, poursuivit Astrid, elle n'a jamais connu son père, sa mère est morte en emportant son secret dans la tombe, et elle a découvert par hasard que son grand-père était un officier SS durant la guerre. Elle n'a plus de famille.

Bérénice venait de perdre le frère de son grand-père maternel, un grand-oncle qu'elle avait retrouvé à Berlin quelques années plus tôt. Ne restait aujourd'hui que Konrad, le fils de Peter, maigre lien avec le passé. Konrad dont Astrid était tombée follement amoureuse. Mariée et mère de deux enfants au moment de leur rencontre, elle avait divorcé et tous deux vivaient une passion faite de pointillés, se voyant le temps d'un week-end dès qu'ils le pouvaient.

— Que va faire Konrad, maintenant ? Envisage-t-il de venir vivre avec toi à Rouen ?

— Nous en avons à peine discuté, répondit Astrid. Je suis partie aussitôt après l'inhumation de Peter. Je ne pouvais pas abandonner mon cabinet et les enfants trop longtemps. Et puis Bérénice et Konrad avaient besoin de se retrouver pour partager quelques moments d'intimité, parler ensemble de Peter et apaiser leur chagrin réciproque.

— Tout de même, je n'imagine pas Konrad demeurer à Berlin maintenant qu'il est seul !

— Il a ses enfants là-bas. Peut-être viendra-t-il plus souvent à Rouen, mais il gardera son appartement à Berlin. C'est normal.

— Votre histoire est folle et étonnante !

— C'est l'homme de ma vie, murmura Astrid.

— Est-ce que tu réfléchis parfois à votre écart d'âge ?

— Bien sûr. Dans la logique des choses, il partira avant moi. Tu sais comme moi que l'existence réserve de bonnes et de mauvaises surprises. On n'a aucun projet. Sauf celui d'être heureux ensemble. Il m'apporte le bonheur, et dans cette histoire l'âge n'a pas de valeur.

— Et s'il vieillit mal ? S'il est malade ? Tu le supporteras ?

— Je crois que oui. D'abord parce que je l'aime. Ensuite parce que je suis médecin et que j'ai une certaine vision des choses. Il en faudrait beaucoup pour affecter l'amour que j'ai pour lui. Figure-toi que je l'ai demandé en mariage ! Mais il me dit qu'il est trop vieux. Je n'insiste pas.

— Le mariage ? Pourquoi pas ? fit Carmen.

— Nous verrons... chuchota Astrid.

Elle rêva quelques instants. Jamais elle n'avait été aussi bien que dans les bras de Konrad. Elle y était en sécurité. C'était tout simplement bon.

— Je t'envie d'avoir fait une telle rencontre.

Astrid eut un regard étonné. Carmen n'avait-elle pas trouvé l'homme de son cœur ?

— Tu vas bien épouser Anton. Qui aurait cru d'ailleurs que toi, petit papillon, tu te poserais un jour ?

Carmen sourit, entrevoyant le visage d'Anton. Puis elle se rembrunit.

— Un problème ? la questionna Astrid.

— La fête ne sera pas la même sans Clémentine... et sans Bérénice.

— Patience. Donne-lui encore du temps. Elle a des épreuves à digérer.

Astrid scruta Carmen. Il lui semblait déceler autre chose dans le regard de son amie.

— Tout va bien avec Anton ?

— Oui.

Cette affirmation sonnait faux. Habituellement, Carmen se serait enflammée. Elle lui aurait asséné qu'Anton était beau, prévenant, et qu'elle n'avait jamais été aussi heureuse. Astrid hésitait à se montrer inquisitrice, elle insista tout de même.

— Sûre que tout va bien ? Tu as l'air soucieuse.

Carmen bougonna.

— Tu n'es engagée que par des fiançailles, souffla Astrid. Tu peux encore changer d'avis. Mieux vaut avant la noce qu'après !

— Tu dis n'importe quoi ! hurla Carmen. J'aime Anton ! Je veux l'épouser !

— Je ne prétends pas que tu ne l'aimes pas, mais pourquoi précipiter les choses ? Peut-être devrais-tu prendre encore un peu de temps pour réfléchir... Nous sommes en février, il te reste quatre mois.

— Je me marierai comme prévu !

— Soit ! fit Astrid, mais balance ce qui te tracasse. Je sens un truc qui cloche…

— Rien ne cloche !

— Pourtant, tu es prête à me mordre.

Carmen soupira. C'est vrai, elle était à cran. Depuis qu'elle était rentrée de Russie, il en fallait peu pour la contrarier et lui faire sortir les griffes.

— Anton a beaucoup d'exigences, souffla-t-elle. Des projets que je ne refuse pas mais pour lesquels je ne me sens pas prête…

Astrid frotta le bout de son nez comme si, miraculeusement, elle espérait en faire jaillir une idée.

— Quels sont ces projets ? demanda-t-elle en prenant des gants.

— Anton souhaite que je cesse de prendre la pilule maintenant afin que nous concevions un bébé au plus vite. Moi, je veux bien un enfant, mais plus tard…

Astrid grimaça. Si elle n'avait pas réagi avec autant de virulence que Bérénice pour cette affaire de religion, elle n'en pensait pas moins. Carmen s'apprêtait à entrer dans une famille où on ne lui laisserait guère de latitude. Une conversion et maintenant une grossesse. Quelle serait la suite ? Comment faire part de ses craintes à son amie sans envenimer la conversation ?

— Quels que soient tes choix, murmura Astrid, je te suivrai. Mais je voudrais revenir sur ce qui a mis le feu aux poudres entre Bérénice et toi. Sans que tu te fâches, s'il te plaît !

— Tu la soutiens ! J'en étais sûre !

— Tu veux bien m'écouter sans exploser ?

Carmen grogna vaguement un « oui » et se recroquevilla au fond du canapé.

— Bérénice s'est emportée parce qu'elle ne supporte pas que tu renonces à ta liberté, à cette indépendance que tu as gagnée par ta détermination sans faille et ton travail acharné. Ta conversion, elle ne l'a pas saisie. Tout ce qu'elle t'a dit n'était pas pour te faire mal mais pour te protéger. Tu ne l'as pas compris. Pour ma part, je viendrai à tes noces. Je serai ta demoiselle d'honneur et ravie d'être à tes côtés... si tu es également heureuse. Or ce soir, je ne te trouve pas épanouie. Rappelle-toi quand Bérénice t'a demandé quelle serait la prochaine exigence d'Anton après le mariage. Je crois que tu as la réponse...

Astrid ferma les yeux. À coup sûr, Carmen allait bondir, hurler, peut-être même partir en claquant la porte. Il s'écoula quelques instants et rien ne se produisit. Carmen était restée sagement assise et contemplait ses pieds. Avec retenue, Astrid décida d'aller jusqu'au bout. On sentait chez elle le médecin accoutumé à aiguiller ses patients sans leur donner d'ordre.

— Anton vit dans un milieu où la famille prime avant tout le reste et il attend que tu te mettes au diapason. Ce que je crains, c'est qu'une fois que le bébé sera là, il te contraigne à rester auprès de lui. Tu abandonnerais ton métier pour un enfant ? Tu as la photo dans la peau et tu adores partir en repérage. C'est même une passion. Et ton autonomie financière ? Je ne doute pas une seconde qu'Anton te mette à l'abri du besoin, qu'il te gâte même, mais tout ceci a-t-il la même valeur que ce que tu peux t'offrir toi-même avec ce que tu as gagné ?

— Que me conseilles-tu ? chuchota Carmen.

— Il serait prudent que vous ayez une discussion à ce sujet. Anton a posé une condition pour le mariage, ta conversion religieuse. Tu l'as acceptée, à lui maintenant d'entendre tes souhaits. Parle-lui simplement. Un enfant, oui, mais pas tout de suite. Dis-lui également que tu souhaites conserver ton job parce que tu y tiens.

— Je ne sais pas si je vais oser. Parfois, quelque chose me retient de vider mon sac. Il m'impressionne...

— Je ne reconnais plus Carmen Belgarde, mon crocodile préféré, prête à déchiqueter le premier intrus qui massacre ses plates-bandes !

— Tu as raison, sourit Carmen. Je vais mettre les choses au point avec Anton dès mon retour à Paris.

Astrid se servit un verre de blanc. Cette fois, c'était elle qui en avait besoin. Elle avait poussé son amie dans ses retranchements et ressentait la nécessité de décompresser.

— L'amour, dit-elle après un long silence, c'est une herse qui transperce le cœur et te change à tout jamais. L'amour, tu le donnes et tu le reçois. Il ne se réclame pas et ne requiert pas que l'on renonce à ce que l'on est pour plaire à l'autre. Si Anton t'aime, il doit te prendre avec tes qualités et tes défauts. Quand tu lui parleras, ne t'emporte pas. Insiste sur tes sentiments et sur le fait qu'en devenant son épouse, tu n'en resteras pas moins Carmen Belgarde. La pétillante, l'indomptable... Il peut apprivoiser ton cœur, mais pas te faire marcher au pas à la moindre de ses prières. Ce n'est pas ça, le mariage. Tu peux faire à Anton une promesse d'amour et de fidélité, mais aucun autre serment.

Carmen approuva d'un hochement de tête, enregistrant les sages paroles de son amie.

*

— Alors, fit Stanislas, les Russes sont-elles aussi bandantes qu'on le prétend ?

Milan haussa les épaules et eut une moue contrariée.

— Bandantes ? Bonjour le raffinement ! Amis de la poésie, la soirée est à vous ! Quelle déférence à l'égard du sexe opposé ! Je te croyais calmé de ce côté-là, mais je vois que tes neurones sont toujours logés dans ton caleçon ! Est-ce que ça rend tes spermatozoïdes plus intelligents ? Au moins, tout ne serait pas perdu ! Quand je vois Samuel, je me dis que c'est possible. Ton fils est comme toi, doté d'une sacrée matière grise, mais il n'est pas obsédé, lui !

— Stan se met en mode chasteté chaque fois qu'il est avec son fils, plaisanta Gabriel. Alors quand Samuel n'est pas là, il se lâche !

— Vous avez décidé de faire ma fête ? s'écria le chirurgien.

— Pour une fois que ce n'est pas la nôtre ! OK, tu es quelqu'un sur qui on peut compter, admit Gabriel, quand tu n'es pas obnubilé par une nana...

— Ravi qu'on me reconnaisse quelques qualités ! Pourquoi devrais-je me priver d'aimer les jolies femmes ? C'est bon de faire l'amour. J'ai besoin de cette légèreté pour vivre. Et je ne connais pas de meilleur remède au stress. Je ne blesse personne puisque celles que je fréquente sont comme moi. Du désir, pas d'attache. On se voit, on dîne, on passe la nuit ensemble, on se revoit, ou pas... Pas de contrat, ni d'obligation. Arrêtez de sous-estimer les femmes qui côtoient les hommes pour le plaisir et non pour se marier et fonder une famille. C'est fini, l'époque des noces à la papa-maman pour le meilleur et pour le pire ! Des noces qui, d'ailleurs, se terminent le plus souvent par le pire !

Milan et Gabriel approuvèrent. Stan s'étira dans le canapé et entama le refrain d'une chanson de Springsteen.

— « *Down to the river my baby, and I...* » Hum, c'est bon d'être là !

C'était le premier week-end de l'année qu'ils passaient tous les trois à La Roche-Guyon. Un break dans leurs existences bien remplies.

— Alors, ces Russes, elles sont vraiment à croquer ? insista Stan.

— C'est plus fort que toi, sourit Milan. Elles sont belles, oui. Surtout les jeunes. Mais je ne suis pas allé là-bas pour batifoler.

— Je sais. Mais l'un n'empêche pas l'autre !

— J'ai eu beaucoup de mal à me concentrer sur autre chose que le boulot après ma conversation avec Gabriel. Les artistes russes avec qui j'ai pu discuter m'ont confirmé que la liberté d'expression en Russie était bafouée. Je leur ai parlé de mes inquiétudes à propos de mon *Tolstoï* et tous ont eu la même réaction : mon texte serait coupé à la traduction, notamment tout ce qui concerne la religion. J'ai entendu des choses inimaginables sur l'homosexualité. Certains popes préconisent même de déporter les gays sur une île déserte... Je préfère laisser tomber.

— Donc, pas de *Tolstoï* à Saint-Pétersbourg, regretta Gabriel. C'est dommage.

— Oui, c'est dommage, mais je ne veux pas aller vers de nouveaux problèmes, murmura Milan. Je commence seulement à souffler et à reprendre goût au bonheur. J'ai mis des mois à anesthésier mon chagrin après la mort de ma mère. J'ai tant de fois donné l'illusion que tout allait bien alors que j'avais l'énergie d'une serpillière... J'ai l'impression de sortir d'une salle de réanimation. Je suis de nouveau un homme. Pas seulement un écrivain, un acteur ou un metteur en scène, mais un homme !

Gabriel avait vu Milan recoller les morceaux d'une vie fracassée et ne put qu'acquiescer.

— C'est vrai, tu as caché ta souffrance. Tu as raison de te préserver. Si, pour toi, jouer *Tolstoï* en Russie est synonyme de problèmes, alors évite ! D'ailleurs tu as un autre projet, non ?

— Oui ! s'écria le Croate. Tête d'affiche dans un grand théâtre parisien, beau cachet et une distribution de choix pour m'accompagner. Pour une fois, je vais monter sur les planches sans avoir à me soucier du reste ! La première est le 21 mars, le jour du printemps. Vous viendrez ?

— Je serai déjà parti, se désola Gabriel.

La déception se peignit sur le visage du Croate. Il avait oublié le prochain départ de son ami pour la Nouvelle-Zélande.

— Champagne pour tout le monde ! lança joyeusement Stan qui détestait la morosité. Milan a bien dit qu'il se sentait de nouveau un homme, ça se fête, non ? Y aurait-il anguille sous roche ?

Gabriel pouffa. Avec Stan, tout était prétexte à trinquer et à parler de filles.

— Pour le moment, pas de femme dans ma vie si c'est ça qui te préoccupe. Seulement une courte aventure avec une actrice qui m'a libéré de mes chaînes.

— Et tu nous l'as cachée ?

— Parce qu'il n'y a rien à ajouter. C'était juste avant de partir à Saint-Pétersbourg. Elle m'avait demandé un coup de main pour répéter son texte. On a bossé, on s'est embrassés et on a fini la nuit ensemble. Au départ, j'ai bloqué. Elle a compris que j'avais besoin d'être rassuré dans ma tête. Elle m'a donné de la tendresse et m'a permis de reprendre confiance en moi.

— J'adore ! lança Stan, moqueur.

— Pour le moment, je vais m'investir dans ce nouveau job, déclara Milan qui aspirait à changer de sujet. Je serai occupé jusqu'au début de l'été. Ensuite, je contacterai des salles en province pour jouer mon *Tolstoï*. J'ai déjà quelques pistes. Le Havre notamment. Ce serait pour la rentrée.

— C'est bon d'envisager l'avenir, fit remarquer Gabriel.

— Puisque nous sommes dans les projets, intervint Stan, que diriez-vous de...

— Stop ! cria Milan. As-tu tourné sept fois ta langue dans ta bouche avant de nous entraîner dans un truc de fous ?

Gabriel éclata de rire. Stanislas était le roi de l'embrouille et Milan se méfiait toujours de ses propositions délirantes.

— Et cette maison, c'était une folie ? s'exclama Stan en levant les bras au ciel.

— Ah, ne nous refais pas ton numéro ! grogna Milan. Tes plans sont souvent aventureux et déraisonnables !

— Aventureux et déraisonnables ? rétorqua Stan, les mains posées sur les hanches pour marquer son indignation.

— Je te rappelle qu'il y a un peu plus d'un an, si on t'avait écouté et qu'on avait fait ce raid à l'aviron entre Granville et les îles Chausey, je me demande où on serait aujourd'hui. Heureusement que Gabriel s'était renseigné sur le niveau requis...

— Tu as oublié Hossegor ? Ça, ce n'était pas un mauvais plan, réagit Stan.

— C'est vrai, tu avais tout merveilleusement organisé, reconnut Gabriel. Cette semaine de vacances était divine !

Milan renifla. Les souvenirs broyaient son cœur. Hossegor, c'était une promesse de Stan à la mère de son ami alors qu'elle suivait une chimiothérapie. Il avait tout fait pour qu'elle s'accroche à la vie.

— Pour cette année, je vous propose un séjour un peu particulier.

Milan frotta ses paupières et lâcha un soupir.

— Le « un peu particulier » m'inquiète déjà.

— J'ai songé que nous pourrions louer un gros voilier et faire le tour des îles anglo-normandes, avec bien sûr un passage à Chausey.

— J'avais raison de me faire du mouron, marmonna Milan.

— Le retour du bateau, épisode 2 ! ajouta Gabriel qui préférait que la discussion tourne à la plaisanterie. La croisière s'amuse ! Qui fait le capitaine ? Toi, Stan ? J'imagine déjà le truc. Un remake d'*Y a-t-il un pilote dans l'avion* façon *Titanic*. Milan pourrait se reconvertir et écrire le scénario du film !

— Je n'écrirai rien du tout parce que je ne monterai pas à bord, maugréa le Croate. Je vous laisse couler sans moi.

Stanislas s'affala dans le canapé et prit une moue boudeuse.

— Voilà, je n'ai même pas fini d'exposer mon idée et vous la tournez déjà en dérision ! Il est évident que je n'ai pas l'intention de prendre les commandes d'un voilier. Dans la location que j'ai trouvée, l'équipage est prévu avec le bateau. On embarque avec nos bagages et on se laisse conduire. Je ne suis pas dingue au point de mettre nos vies en péril. Je pensais que c'était une façon originale de nous réunir.

— J'adore Chausey, dit Milan, mais tu sais bien que je suis toujours malade en mer.

— Attention, on ne voguerait pas sur une coquille de noix. C'est une belle embarcation, avec assez de cabines pour nous tous.

— Tu crois que ça m'empêchera de donner mes tripes à manger aux poissons ?

— N'exagère pas ! En août, les tempêtes sont rares, et le mal de mer, ça se soigne. Une pilule, et hop !

— Et hop, je suis dans le coaltar ! J'ai déjà testé tes médicaments magiques.

— Tout ira bien, fit Stan.

Il se pencha et attrapa une brochure qu'il avait glissée sous le fauteuil en attendant le moment opportun pour la montrer à ses amis.

— Regardez un peu ! Suzana aurait adoré !

Il se mordit la langue, avec le sentiment de retourner le couteau dans la plaie. Gabriel s'empara du catalogue qui présentait des embarcations de luxe avec skipper.

— Ma mère appréciait tout ce que tu suggérais ! aboya Milan. Elle t'aurait suivi sur la Lune ! Mais je ne t'en veux pas de me parler d'elle, ajouta-t-il, radouci. Tu l'as tant chouchoutée. Elle t'aimait comme un fils... Tu as su limiter ses souffrances.

— Le voyage de l'été sera donc Chausey, Jersey et Guernesey ? demanda Gabriel pour rompre le silence qui s'installait. Je vais regretter d'avoir accepté cette mission en Nouvelle-Zélande ! Je ne rentre pas avant Noël. Au mieux. Vous naviguerez donc sans moi.

Dès qu'on lui parlait d'évasion, Gabriel était toujours d'accord. L'universitaire qu'il était rassemblait déjà ses connaissances en géographie.

— On peut décaler d'une année, avança Stan. Une semaine, ce serait parfait si on veut prendre le temps de faire quelques escales pour les visites. On pourrait aussi proposer à Zlatan de se joindre à nous !

Milan sourit. Malgré ses idées fantasques, Stan pensait toujours aux autres. Il n'oubliait pas que Zlatan avait été l'infaillible compagnon de Suzana...

— Nous partirions d'où ? interrogea Milan.

Gabriel fit un clin d'œil à Stan. C'était presque gagné.

— De Granville.

— Granville ! s'écria Milan en bondissant de son fauteuil. Il faut que je vous raconte une anecdote, vous n'allez pas me croire. À Saint-Pétersbourg, alors que je dînais dans un café, une femme est venue s'asseoir à ma table. Elle voulait faire des photos de moi pour une agence de mannequinat. Elle m'avait reconnu, pas moi. Figurez-vous que c'était la furie dont Gabriel avait embouti la voiture à Granville l'an passé !

— Ah ! Quelle soirée ! fit Gabriel. C'est vrai qu'elle était en colère. Une dingue !

— Une dingue, peut-être, mais elle était joliment roulée, intervint Stan, l'œil allumé. Un pétard d'enfer.

— J'étais certain que nous aurions droit à cette remarque ! ricana Milan.

— On le boit ce champagne, capitaine Nemo ? coupa Gabriel.

— Attends, j'aimerais connaître la fin de cette histoire ! s'écria le chirurgien.

— Tu veux vraiment savoir ? sourit Milan. J'ai planté l'emmerdeuse dans le resto et j'ai couru me réfugier à mon hôtel.

Stanislas leva les yeux au ciel.

— Mon Dieu ! murmura-t-il en joignant les mains, cet homme a la chasteté dans l'âme. Tu aurais dû te faire curé.

— Et toi, si un jour il te prend l'envie de lâcher la chirurgie, riposta Milan, je t'embauche tout de suite dans ma troupe de théâtre. Quel comédien tu fais !

4

Bérénice se réveilla en sursaut. Elle grelottait. Avait-elle de la fièvre ? Elle avait passé l'après-midi de la veille en bord de mer. Il faisait si bon sur la plage de Hérel qu'elle avait ôté son pull et s'était promenée en T-shirt. « J'ai peut-être attrapé froid », murmura-t-elle dans l'obscurité de sa chambre. Elle tâtonna à la recherche de l'interrupteur de la lampe de chevet, alluma la lumière et se leva. Elle enfila un peignoir et descendit à la cuisine. Elle fureta dans un placard, dénicha une boîte de paracétamol, vérifia que le médicament n'était pas périmé et se servit un grand verre d'eau pour avaler le comprimé. En repassant dans le salon, son regard tomba sur des photos qu'elle avait étalées sur la table. Des clichés de Peter à Berlin, à Granville et à Paris. Elle les regroupa, s'enroula dans un plaid et se blottit sur le canapé pour contempler ce lot de souvenirs.

Les larmes vinrent et elle les laissa couler. Peter lui manquait. Il était le dernier maillon qui la reliait à ses origines, et aujourd'hui il n'était plus là. Quatre ans auparavant, elle avait découvert dans les cahiers de sa grand-mère Mathilde que son grand-père n'avait pas été un héros de la Résistance comme elle le lui avait toujours raconté, mais un officier SS nommé Hans Ackermann. Elle avait cru alors mourir de rage. Elle était allée jusqu'à Berlin avec Astrid, Clémentine et Carmen. Les quatre amies y avaient cherché cette famille Ackermann et avaient retrouvé le frère de Hans, Peter, et son fils Konrad. Bérénice avait immédiatement apprécié Peter. Il lui avait appris qu'Hans avait été un adolescent comme les autres et un étudiant brillant avant de s'engager dans la SS. La guerre avait engendré la passion qui avait uni Mathilde et Hans. Le hasard d'une rencontre dans Paris occupé, des amours secrètes dans un appartement de la rue du Cherche-Midi… De cette relation brûlante était née Sylvanie, la maman de Bérénice.

L'Histoire avait longtemps caché que près de deux cent mille enfants issus de pères allemands et de mères françaises avaient vu le jour en France durant la Seconde Guerre mondiale. Des petits conçus le temps d'une nuit. Des femmes qui s'étaient données pour un morceau de pain ou pour recevoir un peu de tendresse. Mathilde et Hans, eux, s'étaient aimés. À la folie. Hans n'étant plus là, Peter avait considéré Bérénice comme sa petite-fille. Elle représentait pour lui tout ce qui lui restait de ce frère mort dans les derniers combats à Berlin en 1945. Il adorait discuter avec elle, lui raconter son enfance avec Hans, osant enfin évoquer la période de l'Histoire la plus sombre qu'ait connue l'Allemagne. Bérénice l'écoutait, prenait des notes pour, lui avait-elle dit, écrire un livre. Peter l'avait encouragée. Il fallait lever le tabou, ces amours interdites avaient existé et la majorité allait bien au-delà qu'une affaire d'un soir. Aujourd'hui, Peter était parti et avec lui le seul lien du sang qui la reliait avec le passé. Sa mère était décédée et elle ne savait pas qui était son père. Elle ravala des larmes de colère et maudit sa mère qui ne lui avait jamais rien révélé de son géniteur. Une erreur de jeunesse. L'histoire qui se répète... Toute son enfance, Bérénice avait vécu dans le mensonge. D'abord avec sa grand-mère, puis avec sa propre mère. Comment celle-ci aurait-elle pu ignorer le nom de l'homme qui l'avait mise enceinte ? Ça ne tenait pas debout. Et s'il était toujours de ce monde ?

Elle se souvint tout à coup d'une lettre que lui avait laissée Liz avant de mourir. Cette vieille amie de Granville avait bien connu sa grand-mère. Elle se releva d'un bond du canapé, sortit du salon et remonta dans sa chambre, avalant les marches quatre à quatre. Elle ouvrit le tiroir de la commode et en sortit fébrilement une enveloppe rangée là depuis longtemps. Elle s'allongea sur le lit et relut les feuillets laissés par Liz avant de mourir. Un passage retint son attention :

J'aurais aussi aimé t'aider pour que tu retrouves ton père. Mais de lui, je n'ai jamais rien su. Cependant, ces derniers jours, j'y ai beaucoup songé. Il y a peut-être quelqu'un qui pourrait te donner une piste. C'est Armelle, celle que tout le monde appelle « la vieille bigote », ou « la vieille folle » parce qu'elle passe sa vie entre l'église et le port. Je ne la crois pas aussi dingue qu'on le prétend. À force de rôder près du confessionnal ou sur les quais, elle connaît les secrets de chacun ici. Les seuls à la respecter sont les marins, ce n'est pas anodin... Il n'est pas impossible qu'elle ait entendu parler de ton père. Va la voir si le cœur t'en dit. Sois tout de même méfiante, il te faudra faire le tri entre le vrai et le faux...

Armelle... Était-elle encore vivante ? Liz évoquait dans sa lettre une femme âgée. Bérénice regarda le réveil, il était à peine 5 heures. Elle savait que le sommeil ne reviendrait plus. Elle redescendit au salon et s'installa devant son ordinateur. Quelques années plus tôt, elle avait rédigé toutes les étapes de ses recherches qui l'avaient conduite sur les traces de son grand-père, il était temps qu'elle s'engage sur la piste de son père. Quoi qu'il advienne, l'écriture serait son refuge. Elle raconterait son parcours, sa traque.

Au lever du jour, elle fila sous la douche, s'habilla chaudement et prit un solide petit déjeuner. La fièvre de la nuit avait disparu. Elle pouvait sortir et se mettre en quête de la fameuse Armelle. Mais par où commencer ? L'église ou le port ? Et quelle église ? Certainement pas Saint-Paul. Elle était fermée au public depuis des années. L'édifice était dégradé et jugé dangereux. La mairie de Granville se battait pour trouver des subventions afin de ne pas supporter seule le coût des travaux. Certains évoquaient même la possibilité de vendre une partie de Saint-Paul à un promoteur immobilier, qui, probablement, la détruirait pour reconstruire un hôtel ou des appartements. Restait donc Notre-Dame, dans la ville haute, la vieille cité corsaire. Depuis la Roche Gautier, c'était une belle promenade. Bérénice estima toutefois plus prudent de s'y rendre en voiture. Il était tôt, la température avoisinait les cinq degrés malgré une météo ensoleillée.

Elle gara son véhicule rue Saint-Jean et marcha jusqu'au parvis. Elle entra dans l'édifice, marqua un temps d'arrêt devant le bénitier. Elle n'avait jamais vu Armelle. Comment la reconnaîtrait-elle ? L'église était déserte. Elle en ressortit et fit le tour du bâtiment. À l'ouest de Notre-Dame, un joli jardin fleurait bon le printemps. De là, elle pouvait passer la porte des Morts, descendre deux longues volées de marches et gagner le port. Bérénice hésita un instant, décida finalement de s'y rendre en voiture. Sur le quai d'Orléans, elle tergiversa. De quel côté se diriger ? Il y avait plusieurs bassins… Le mieux était d'aller vers les bateaux de pêche les plus anciens. Là, elle croiserait bien des marins qui la renseigneraient, et avec un peu de chance elle apercevrait une vieille femme dans le secteur. Armelle…

*

— Si tu continues à couper ainsi les rosiers, ils vont bientôt ressembler à des bonzaïs ! dit Samuel en souriant.

Stan leva la tête et regarda son fils qui se tenait devant lui l'air goguenard, les mains posées sur les hanches. Il jeta un œil sur le massif de fleurs.

— J'ai entendu dans une émission de jardinage que mars est la période idéale dans la région pour tailler les rosiers parce qu'il n'y a plus de gelées et que le soleil réchauffe la terre. On est pile-poil dans le créneau ! Tu as vu ce temps ?

— Sauf que tes rosiers, tu ne les tailles pas tu les rases ! lança Samuel qui éclata de rire. Je ne suis pas connaisseur, mais là, tu as fait fort ! J'imagine la tête de Gabriel et de Milan quand ils verront le massacre. Je n'aimerais pas être à ta place.

Stan évalua le travail accompli et rit à son tour, heureux de sentir entre son fils et lui cette belle complicité. Comme son père, Samuel avait un humour à toute épreuve. Ils avaient vingt ans à rattraper tous les deux, se dit Stan qui espérait secrètement que son fils porte son nom. Cette question le démangeait souvent mais il n'osait pas lui en parler.

— Tu crois que je peux recoller quelques branches ? fit Stan en grimaçant.

— Même pas en rêve !

— Et si je versais une bonne dose d'engrais pour que les tiges poussent plus vite ?

— Tu vas finir par brûler ton rosier.

— Bah ! On s'inquiète pour rien. Milan et Gabriel n'y verront que du feu.

— Ça m'étonnerait. Je te conseille de préparer une excuse si tu veux échapper au peloton d'exécution. Et surtout, arrête-toi là. On ramasse ce que tu as élagué et tu ne touches plus à rien !

Stanislas acquiesça. Ils remplirent la brouette de rameaux et la vidèrent dans le bac à compost.

— Avec sa pièce à Paris, Milan n'aura pas le temps de venir Place des Tilleuls avant la fin juin, murmura Stan. D'ici là, tout aura repoussé.

— Peut-être, mais n'oublie pas que Gabriel sera là le week-end prochain, avant son départ en Nouvelle-Zélande. Les tiges n'auront pas repris cinquante centimètres d'ici là !

— Me débrouillerai.

— Alors je te conseille de rédiger ta plaidoirie. Pour en revenir à Milan, il a vraiment abandonné son projet de monter son *Tolstoï* à Saint-Pétersbourg ?

— Oui.

Stan expliqua tout ce qui avait contraint Milan à refuser cette opportunité.

— C'était risquer trop d'ennuis, conclut-il. Le Croate n'aurait jamais supporté qu'on censure sa pièce.

Samuel approuva.

— Quand tu réfléchis à cette fameuse lettre que Tolstoï a écrit à Nicolas II, c'est fou ! Quel visionnaire ! Dire qu'il a osé interpeller le tsar sur les dangers d'un État autocrate, jusqu'à évoquer les bagnes et les déportations massives, les persécutions religieuses, la censure, et lui prédire qu'un jour viendrait où il ne pourrait pas empêcher le soulèvement des masses populaires. Il fallait avoir un fameux culot ! Milan a raison de ne pas vouloir dénaturer son texte, poursuivit Samuel. Sais-tu que lorsque l'écrivain a été excommunié un moine a installé dans son monastère un portrait de lui et invité les pèlerins à venir cracher sur sa barbe ? On ne la voyait même plus tant elle dégoulinait de salive…

Stanislas écoutait parler son fils avec une admiration non dissimulée. Depuis que Samuel était apparu dans sa vie, il avait appris à aimer l'Histoire. Le jeune homme était un puits de science, la guerre froide était sa spécialité, mais ses connaissances ne se limitaient pas à cette période. Tout l'intéressait. Aujourd'hui, il préparait un master avec pour objectif de poursuivre en thèse. Nul doute qu'il y parviendrait.

— J'aurais tout de même adoré assister à une représentation de la pièce de Milan à Saint-Pétersbourg, reprit Samuel.

— Tu comprends le russe ?

— Non. Mais entendre le texte dans sa langue originale, je veux dire celle de Tolstoï, et profiter de l'occasion pour visiter cette ville magique, ce serait le rêve !

— Si cela te fait plaisir, on peut aller huit jours à Saint-Pétersbourg cet été, lança Stan.

— Est-ce que tu n'as pas déjà un projet bateau autour des îles anglo-normandes ?

— Oui, mais l'un n'empêche pas l'autre. Et puis, pour tout te dire, cette croisière est pour l'instant compromise. Gabriel ne sera pas là à la date prévue et je suis encore loin d'avoir réussi à convaincre Milan d'embarquer !

Samuel pouffa. Il savait qu'il avait eu une discussion assez animée avec Milan à ce sujet.

— Saint-Pétersbourg peut attendre. Zlatan a proposé que nous venions le voir en Croatie, rappela Samuel. Cela lui ferait plaisir, et je crois que Milan ne serait pas contre, bien au contraire. Est-ce qu'on ne peut pas envisager plusieurs destinations ?

Stan grimaça.

— Si nous optons finalement pour la croisière dans les îles anglo-normandes et que nous enchaînons avec la Croatie, cela m'oblige à prendre trois semaines de congés. Jusqu'alors, je ne partais que deux semaines en août. Mais pourquoi pas, si j'arrive à me débrouiller. Et là, sûr que je tiens le Croate et qu'il montera sur mon bateau !

Samuel s'amusait de ce drôle de trio que formaient son père et ses deux amis. Ils avaient eu beaucoup de chance de se rencontrer et de ne pas se perdre de vue, même si à certaines époques ils s'étaient un peu moins fréquentés. De son côté, Samuel avait bien quelques copains, mais il n'entretenait pas de lien d'amitié aussi fort avec eux. Serait-ce parce que ses aînés n'avaient pas vraiment de vie privée ? Comme s'ils se raccrochaient les uns aux autres pour combler les manques... Gabriel élevait sa fille mais ne faisait entrer personne dans son cœur, Stanislas courait les jupons sans s'attacher réellement, et Milan avait décidé de verrouiller sa carte du tendre afin que personne ne puisse en trouver le chemin. Quand ils étaient ensemble, même s'ils n'étaient pas d'accord sur tout, on sentait qu'ils étaient heureux. Jamais de discorde sur la répartition des tâches. Gabriel faisait volontiers les courses et la cuisine, Milan passait l'aspirateur sans rechigner, triait le linge à laver, Stanislas rentrait du bois, mettait la table. L'entente était parfaite.

Samuel admirait son père, sa capacité à rêver, à faire comme si tout était accessible. Il regrettait de ne pas l'avoir connu plus tôt mais n'en tenait pas rigueur à sa mère. Elle n'avait pas supporté d'être trompée et il comprenait qu'elle ait choisi de fuir sans avouer sa grossesse. Souvent, il se demandait s'il aurait été le même si ses parents n'avaient pas divorcé avant sa naissance. Avec un père aussi fantasque à la maison, la vie aurait été... épicée !

— Je t'emmène dîner dehors ? demanda Stan en sortant de la remise dans laquelle il venait de ranger la brouette.

— Avec plaisir ! répondit Samuel.

— Je prends une douche et j'arrive.

*

Astrid ouvrit la porte d'une chambre, jeta un œil à l'intérieur, puis fit de même dans la pièce suivante. Louis et Geoffrey dormaient paisiblement. Âgés de 8 et 10 ans, les deux garçons s'étaient adaptés au divorce de leurs parents. Le juge avait confié la garde des enfants à Astrid, leur père les prenant deux week-ends par mois. La jeune femme rejoignit Konrad dans le salon et se blottit contre lui, sur le canapé.

— La soirée est à nous ! C'est le bonheur ! fit-elle.

Konrad serra la taille de la jeune femme et passa une main dans ses cheveux. Il était arrivé la veille à Rouen et avait prévu d'y séjourner un mois. Son père décédé, il se permettait aujourd'hui de s'éloigner plus souvent de Berlin et de profiter davantage d'Astrid. Après la mort de sa femme, il n'avait vécu que pour ses enfants, puis pour son père Peter, passant tout son temps libre auprès de lui. Mais un si long séjour en France n'était-il pas dangereux ? Ne risquait-il pas de trouver la séparation encore plus insupportable quand il quitterait Astrid et regagnerait l'Allemagne ? Il jugeait leur passion déraisonnable. Il avait tout fait pour y mettre fin. Tenace, Astrid était revenue à la charge, faisant tomber toutes les barrières. Il était certain de commettre une folie en laissant leur amour grandir, et en même temps il ne pouvait pas renoncer à elle. Quand il la regardait, qu'il la tenait dans ses bras, qu'ils bavardaient, riaient, il se sentait comme un adolescent, oubliant les vingt-cinq ans qui les séparaient. Mais il restait lucide. Ne lui volait-il pas sa jeunesse ?

— À quoi penses-tu ? demanda Astrid en se redressant.

Elle fixa Konrad et lut dans ses yeux ce qui le tracassait. Il l'embrassa pour qu'elle cesse de le questionner. Elle le repoussa doucement et lui saisit la main.

— « L'amour n'a point d'âge : il est toujours naissant », a écrit Blaise Pascal, murmura-t-elle. La différence d'âge n'a jamais empêché un cœur d'aimer. Tu cogites pour rien. Tu n'es pas bien auprès de moi ?

Il perçut son chagrin, s'en voulut et l'enlaça. Comment lui dire qu'il était le plus heureux des hommes, qu'il ne méritait pas toute la tendresse qu'elle lui donnait, qu'il avait du mal à comprendre pourquoi elle ne s'intéressait pas à des hommes de son âge ? Il craignait tant de freiner son élan, sa vitalité, de l'entraîner vers la vieillesse...

— Tu as le blues de la retraite, insista Astrid. Tu as perdu ton père et tu as cessé de bosser. Tout ça en même temps. Un grand bouleversement dans ton existence ! Mais tu vas pouvoir venir me voir plus souvent. Louis et Geoffrey t'apprécient. Nous passons de bons moments ensemble. Tu ne peux pas tout simplement en profiter ?

— Pourquoi m'aimes-tu autant ? chuchota Konrad.

— Je crois que je te l'ai dit mille fois. Pourquoi chercher des explications à tout ? Ta rencontre a été la chance de ma vie. Je n'ai jamais été aussi épanouie. Nous ne sommes pas uniques ! Il y a d'autres couples comme nous et cela ne choque plus personne ! De toute façon, je me moque de ce qu'on peut raconter dans mon dos. Quand je sors avec toi, je suis fière que tu prennes ma main dans la tienne ou que tu passes ton bras autour de ma taille. Si tu le voulais, nous serions déjà mariés.

Konrad éclata de rire. Ce n'était pas la première fois qu'Astrid lui proposait de convoler, avec un aplomb qui le surprenait toujours. Mais il n'arrivait pas à se décider.

— Je t'épouse et nous continuons à vivre à mille kilomètres l'un de l'autre ?

— Non, JE t'épouse ! Je comprends que tu souhaites garder ton appartement à Berlin et passer du temps auprès de tes enfants. On n'est pas obligés de faire dans la plus pure des traditions ! Réinventons le mariage, peu importe les préjugés ! On peut bien porter une alliance et avoir un chez-nous à Rouen et un autre en Allemagne. Se retrouver le plus souvent possible sans jamais tomber dans la routine c'est une bonne idée, non ? On se fiche des règles, on inventera les nôtres.

— Je ne veux pas t'enchaîner, murmura-t-il.

— Moi, si, car je n'ai pas l'intention de te perdre. Je veux te posséder totalement, devenir Mme Ackermann. Notre écart d'âge, c'est le ciment de notre couple.

Il sourit. Elle n'en démordrait pas et vivait le moment présent sans se poser de questions.

— On est complémentaires, reprit-elle. Tu me donnes ta tendresse et la sécurité. Moi, je t'apporte...

Elle s'arrêta, l'air soudain inquiète.

— Tout ! sourit-il. Plus que je ne pouvais rêver. Mais tu ne peux pas l'imaginer.

— Là, je n'imagine qu'une chose, dit-elle en l'embrassant.

Elle glissa sa main sous sa chemise et le caressa. Puis elle s'assit sur lui et dévora son visage du bout des lèvres. Il soupira, songeant au jour où il ne saurait plus donner de plaisir à cette jeune femme débordante d'envies. Il faudrait bien qu'ils abordent le sujet. Il n'avait plus vingt ans. Pourtant, quand elle se jetait ainsi sur lui, il retrouvait sa vitalité de jeune homme.

— Alors, on se marie quand ?

Il éclata de rire. Elle était si têtue.

— Laissons passer les noces de ton amie Carmen et on en reparlera.

— Je dois aller essayer ma robe de demoiselle d'honneur la semaine prochaine. Tu m'accompagneras ?

— Bien sûr, et...

— Tais-toi, maintenant, ordonna Astrid.

Elle n'avait plus qu'un désir, l'aimer, s'imprégner de sa peau, de son parfum.

— Je veux ton tout toi, murmura-t-elle en ôtant son pull pour se coller contre lui.

Quand elle sentit les mains de son amant sur ses seins, elle ferma les yeux.

— T'ai-je déjà dit que j'avais un fantasme très particulier quand je pense à toi ?

— Non ! Je t'écoute.
— Tu as déjà fait l'amour à califourchon sur une chaise ?
Il sursauta. Astrid se leva et attira Konrad dans sa chambre. Elle fit tomber lascivement ses vêtements sur une chaise. Puis elle invita Konrad à s'asseoir et se posa sur ses genoux.
— J'en rêve depuis des lustres, souffla-t-elle.
— Depuis des lustres ? Qu'est-ce que cela signifie ? lui demanda Konrad qui ne saisissait pas encore toutes les subtilités de la langue française.
— Pour les explications, tu attendras demain !

5

Carmen laissa échapper un grognement. La dame assise à côté d'elle dans la rame lui jeta un œil noir. La métisse lui répondit par un regard tout aussi aimable. D'abord, elle avait mal aux pieds. Ses nouveaux escarpins achetés chez Guess à un prix très raisonnable étaient certes une petite merveille avec leurs douze centimètres de talons, à condition de ne pas avoir à galoper sur les trottoirs parisiens ou dans les couloirs du métro. Ensuite, elle était fatiguée de sa journée à peine entamée. Son rendez-vous fructueux du matin ne parvenait pas à la mettre de bonne humeur. Elle devrait faire un effort de courtoisie pour son entrevue de l'après-midi, un client à ne pas laisser filer... Pour l'heure, elle allait rejoindre Anton pour visiter leur futur appartement.

Elle vit défiler les stations Saint-Sulpice, Saint-Germain-des-Prés, se demandant pourquoi elle ne s'était pas offert un taxi pour traverser Paris. La plupart du temps, elle prenait le métro car elle en profitait pour voler quelques images, immortaliser une tenue intéressante par un cliché. Aujourd'hui, elle n'avait pas l'esprit à la traque. Après avoir tenté plusieurs fois d'aborder avec Anton les sujets qui la tracassaient, elle était enfin parvenue à lâcher le morceau. Anton était venu dîner chez elle la veille et elle avait senti que le terrain était propice à la discussion. Elle avait parlé du bébé. Elle en souhaitait un, mais pas dans l'immédiat. Elle avait évoqué son métier qu'elle voulait conserver. D'abord pour garder une indépendance financière, ensuite parce qu'elle avait bossé dur pour réussir. Son job était une vraie passion, elle en avait besoin pour être heureuse. Elle avait aussi avoué à demi-mot qu'elle continuerait à porter son nom de jeune fille parce que c'était celui qu'elle utilisait dans le milieu professionnel. En prenant le patronyme Malikian, elle risquait de perdre une partie de sa clientèle. Anton avait écouté Carmen sans broncher, puis, sur un ton égal mais ferme, il avait réagi.

— Malikian est un nom prestigieux. Je ne vois pas pourquoi tu refuserais de le porter. Il te ferait une belle publicité. Surtout, je n'imagine pas ma femme affublée d'un nom qui ne soit pas le mien, celui de mes parents. Et pourquoi devrions-nous attendre pour avoir un enfant ? Là, je ne te saisis pas. On se marie, on fait un bébé, c'est dans la logique des choses. Je dois prolonger la dynastie, avoir un fils. Quand nous aurons fondé une famille, tu verras, ton rôle de mère passera avant tout le reste et tu n'auras aucun regret de laisser tomber ton boulot. Et comment supporterais-je de te voir disparaître ici ou là pendant des jours ? Tu ne comptes tout de même pas me laisser seul ? Bientôt, Carmen, nous allons vivre ensemble et tu ne songeras plus ni à la photo ni à ta vie de célibataire.

— J'ai déjà fait la concession d'une conversion religieuse. Ça n'est pas suffisant ?

— Là n'est pas la question. Tu mélanges tout. Est-ce que tu m'aimes ?

Carmen avait dévisagé Anton.

— Oui, bien sûr que je t'aime.

— Alors tout ira pour le mieux. Je te donnerai tout de moi. Tout ce dont tu auras besoin. Demain, nous visitons notre futur appartement. Je crois que tu vas avoir une belle surprise. Je ne t'en dis pas plus. Je veux voir l'étonnement, le bonheur dans tes yeux. Rendez-vous à 13 heures à l'angle de la rue de la Pompe et de l'avenue Georges-Mandel ! Ça te va ?

— Oui, avait murmuré Carmen qui n'avait pas osé insister.

— Et puis jette ta plaquette de pilules. Fais-le maintenant, devant moi, puisque tu m'aimes. C'est la plus belle preuve d'amour que tu puisses m'offrir.

Carmen avait obéi. Elle avait fouillé dans son sac à main, jeté sa plaquette de comprimés roses à la poubelle. Anton l'avait serrée dans ses bras et embrassée à en perdre le souffle, puis ils avaient dîné. Carmen s'était montrée peu loquace durant tout le repas et avait grignoté du bout des dents tandis qu'Anton avait manifesté son excitation à l'approche de leur mariage, faisant des tas de projets comme s'il avait enterré leur conversation dix pieds sous terre et que tout était revenu à la normale.

Tandis que le métro la berçait, elle songea qu'elle concédait à Anton bien plus que son cœur. Les paroles de Bérénice tournaient en boucle dans son esprit et la fureur s'empara d'elle. Son amie avait fait mouche, et injustement elle l'avait accusée d'avoir été un oiseau de mauvais augure. Quoi qu'il advienne, elle ne laisserait pas Anton imposer ses exigences. Si, hier soir, elle s'était tue pour ne pas déclencher une dispute, elle ne capitulerait pas. Hors de question d'abandonner son métier pour devenir une mère poule ! Quand Anton était parti, elle était allée dans la salle de bains et avait entamé une nouvelle plaquette de pilules qu'elle avait ensuite cachée à l'intérieur de son portefeuille, fermement décidée à faire un enfant quand elle le désirerait et non sur ordre de son futur époux.

Sa rame venait d'arriver à la station Châtelet. Son regard se fixa sur la foule qui en sortait ou s'y engouffrait. Alors que le métro repartait, elle jeta un œil sur les panneaux publicitaires. L'un d'eux l'interpella, elle sursauta comme un diable surgissant de sa boîte. Elle se leva, bouscula les usagers pour s'approcher de la porte afin d'être sûre qu'elle ne s'était pas trompée. L'affiche était énorme, avec le tsar posant en pied au premier plan. Sa crinière blonde et ses yeux bleus illuminaient la photographie. Il avait cette même distinction naturelle qui l'avait frappée à Saint-Pétersbourg, cette même distance et ce charisme fou. Elle n'eut pas le temps de lire ce qui était écrit. Les wagons s'enfonçaient de nouveau dans le dédale des tunnels.

En plein Paris, à des mètres sous terre, elle avait aperçu le tsar ! Elle resta le nez collé à la vitre, attendant le prochain arrêt. Peut-être serait-il encore placardé sur les murs carrelés de blanc. Mais elle ne le revit pas. Elle descendit de la rame à Strasbourg-Saint-Denis. Elle hésita quelques instants, piétinant sur le quai. Elle devait changer de ligne pour rejoindre Anton qui l'attendait dans le 16e arrondissement. Elle fit soudain demi-tour pour reprendre la 4 dans l'autre sens. Retourner à Châtelet, voir de près cette affiche... Arrivée à la station, elle sortit de la rame et contempla le panneau publicitaire pendant dix bonnes minutes. Son bel inconnu affichait un visage souriant qu'elle ne lui connaissait pas. Il faut dire qu'il n'avait pas été particulièrement courtois avec elle à Saint-Pétersbourg. Elle s'empressa de noter son nom figurant en haut de l'affiche. Il s'appelait Milan Stegic. Il tenait le rôle principal dans une pièce qui se jouait dans un théâtre parisien. Les représentations avaient commencé le 21 mars et se poursuivaient jusqu'au 21 juin. Avril était à peine entamé. Elle allait réserver une place et irait le voir sur scène. Elle lui proposerait à nouveau une séance de photos. Jamais elle n'avait vu un tel visage. Mais il n'y avait pas que la beauté de cet homme qui l'attirait. Que voulaient dire toutes ces émotions qu'elle percevait dans son regard si profond ?

Son portable vibra. Anton s'impatientait. Elle avait pris un peu de retard lors de son rendez-vous ce matin, lui répondit-elle. En raccrochant, elle songea que c'était la seconde fois en deux jours qu'elle trichait avec lui. La magie était rompue. À regret, elle s'engouffra dans une rame à destination de Strasbourg-Saint-Denis, gardant les yeux rivés sur Milan Stegic jusqu'à ce qu'il disparaisse de son champ de vision…

*

Une giboulée s'abattit sur la rue de la Falaise. Bérénice courut se mettre à l'abri sous un porche, vite rejointe par Astrid qui riait aux éclats. Elles sortaient de chez Liz. Bérénice avait hérité sa maison, une demeure cossue située à deux pas du musée Christian Dior. Elle se refusait à l'habiter, se contentant de l'entretenir, mais elle y installait Konrad et Astrid lorsqu'ils venaient lui rendre visite afin qu'ils jouissent d'une intimité qu'ils ne pouvaient pas avoir dans son petit logis de la Roche Gautier.

— Ce que j'aime à Granville, s'écria Astrid, c'est l'imprévisibilité du temps. Il y a un quart d'heure on marchait sous le soleil, et voilà qu'il pleut des cordes.

— C'est sûr qu'ici, tu as intérêt de sortir avec le ciré à capuche ! répondit Bérénice en souriant.

— Si Carmen était là, elle nous aurait fait un cours sur l'imperméable à la mode cette saison. Jaune à petits pois rouges, tiens ! Clémentine, elle, se serait indignée. Rappelle-toi, elle évitait toujours les couleurs qui font paraître plus grosse...

Astrid se tut brusquement et rougit. Elle ne parlait plus de Carmen devant Bérénice depuis des mois. Quant au souvenir de Clémentine, il ravivait la souffrance.

— Je suis désolée, murmura-t-elle les larmes aux yeux. Ça m'a échappé.

— Ne le sois pas. Je ne t'interdis pas de prononcer le nom de Carmen quand je suis avec toi. Et encore moins celui de Clémentine.

Astrid hésita. C'était peut-être le moment d'aborder à nouveau le contentieux qui divisait ses deux amies.

— Carmen m'a dit que tu n'avais pas répondu au message qu'elle t'avait laissé lorsqu'elle était à Saint-Pétersbourg.

— C'est vrai, admit Bérénice. Mais je ne supporte pas de la voir ficher sa vie en l'air pour un mec qui veut diriger son existence. Cette histoire de conversion n'est qu'un début. Son Anton aura d'autres exigences, tu verras.

Astrid se garda de préciser qu'Anton avait avancé des requêtes supplémentaires.

— Carmen a besoin de nous. Nous sommes ses amies, murmura-t-elle.

— Non, tu te trompes puisqu'elle ne nous écoute pas. Mais je ne veux surtout pas t'influencer. J'ai mon opinion, tu as la tienne. Ça ne me gêne pas que tu maintiennes les liens avec elle. Mais si tu veux mon avis, je ne serais pas surprise qu'Anton parvienne à lui faire oublier un jour ses amies. Ce ne serait qu'un choix de plus qu'il aurait fait pour elle. Il ne pleut plus. On redescend vers le Plat Gousset ?

Astrid se tut et suivit Bérénice. Le soleil était revenu, réchauffant l'atmosphère. La marée était basse et les effluves iodés des algues embaumaient l'air. Elles s'assirent sur le muret de béton qui protégeait la jetée et contemplèrent un trois-mâts qui virait au large.

— C'est le *Marité*, dit Bérénice. Ça te plairait de faire une petite balade sur ce terre-neuvier ? On peut repasser par le port et voir s'il y a des places pour demain. C'est l'un des derniers voiliers en bois construits à Fécamp au début du XXe siècle. Il a eu une histoire mouvementée. Il aurait pu finir à quai et pourrir, mais on lui a donné une seconde vie.

— Oh oui, réservons des places ! Konrad va adorer et moi aussi. Allons-y tout de suite !

Bérénice regarda Astrid avec tendresse. Il y avait tous les sentiments dans ses yeux. La naïveté, l'étonnement, l'émerveillement, la douceur... la tristesse un peu plus tôt, quand elle avait clos la discussion sur Carmen. Bérénice savait qu'elle faisait souffrir son amie en refusant de se raccommoder avec Carmen, mais elle ne parvenait pas à revenir sur sa décision. Elle était persuadée d'avoir raison. La métisse commettait une grave erreur, mais elle était si têtue, si aveuglée par l'amour qu'il était impossible de lui faire entendre raison.

— Je ne voulais pas te peiner pour Carmen, murmura Bérénice. Je ne peux pas accepter qu'une femme se soumette. Nous avons aujourd'hui des droits, gagnés de haute lutte par les générations de femmes qui nous ont précédées. Elles se sont battues et le duel n'est pas fini. Je ne veux pas cautionner la bêtise de Carmen. En toute franchise, j'espérais que mes mots la feraient réfléchir. Je ne souhaitais pas qu'elle quitte Anton, mais j'aurais aimé qu'elle s'affirme dans cette relation.

— Je comprends, chuchota Astrid. Mais tu as une personnalité si forte que…

— Si forte que j'ai un cœur de pierre ? C'est le reproche que me faisait souvent Carmen.

— Non, tu as un vrai cœur. Je connais tes sentiments et tes faiblesses, je sais combien tu as souffert, enfant, avec cette grand-mère dont tu ne saisissais pas la dureté avant que tu n'en découvres la raison. Je sais aussi que tu désires retrouver ton père. Tu ne m'en as pas parlé, d'ailleurs. Ton enquête avance ?

Bérénice soupira.

— Il m'a fallu plus de deux semaines pour retrouver cette Armelle que Liz avait évoquée dans sa lettre d'adieu. Cette vieille femme est vraiment étrange. Liz m'avait prévenue. On ne sait pas trop si ce qu'elle raconte est vrai ou pas. Cependant…

Astrid saisit doucement le bras de Bérénice, l'incitant à poursuivre.

— Entre deux phrases qu'on ne peut pas décoder, elle lance pourtant des choses qui tiennent la route. Quand je lui ai parlé de ma mère, son visage s'est éclairé. Elle se souvient d'elle. Elle s'est même rappelé son prénom !

— Explique-moi tout.

— « Y en avait des garçons qu'auraient voulu marier la Sylvanie, m'a-t-elle lancé avec un accent pas possible. Elle était jolie avec ses cheveux d'ange et ses yeux couleur d'eau de roche. Le Pierre Varange, il y a cru. Je pense même qu'il lui a proposé les fiançailles. Mais les militaires soviétiques sont arrivés et tout a été fichu pour lui. C'est que la Mathilde, elle ne plaisantait pas avec l'honneur ! » Ce sont exactement ses mots.

— Les militaires soviétiques ?

— Oui, mais je n'ai pas très bien compris. Armelle s'est remise à divaguer, se perdant dans des délires interminables. Elle m'a parlé de la guerre froide. Je dois reconnaître qu'elle a des connaissances sur le sujet, mais celles-ci n'ont rien à voir avec moi. Sauf pour une chose. Après la visite des Soviétiques, Mathilde a caché ma mère pendant plusieurs mois avant qu'elle ne réapparaisse soudain avec un bébé. C'est bizarre, tout de même. Je ne crois guère à cette histoire mais je me pose des questions. Et si c'était moi, cette enfant ?

Astrid écarquilla les yeux, impatiente de connaître la suite.

— Et ce Pierre Varange, c'est qui ?

— Un prétendant de ma mère à l'époque. Par chance, il est encore en vie. Je suis allée le cuisiner, mais il m'a jetée dehors presque en m'insultant. Tu l'aurais vu, il était furieux que je remue le passé et fouille dans les mémoires. J'ai eu beau lui expliquer que j'avais besoin de connaître mes racines, il n'a pas cédé. Je me suis emportée, j'étais tellement contrariée, et je lui ai balancé qu'il était jaloux parce que ma mère ne lui avait pas rendu son amour. Il m'a claqué la porte au nez!

— Toute cette histoire devient palpitante. Viens, allons boire un verre, lança Astrid en prenant son amie par le bras pour l'entraîner vers le port.

Elles s'installèrent en terrasse et commandèrent des boissons.

— Ces Soviétiques, poursuivit Astrid, ils sont vraiment venus à Granville?

— Non. C'est bien pour ça que j'ai calé. J'ai cherché dans les archives de la capitainerie des informations concernant des navires militaires, de commerce ou même de pêche qui auraient fait escale ici, mais je n'ai rien trouvé. J'ai fouiné, discuté avec les marins sur le port. L'un d'eux, pourtant, m'a révélé qu'en 1970, deux navires soviétiques avaient fait escale à Cherbourg. Il s'en rappelle parce que son père l'a emmené là-bas pour les voir. Un autre pêcheur m'a également dit qu'à l'époque il y avait eu du grabuge, une histoire de colleurs d'affiches, un mouvement d'extrême droite paraît-il. Mais je prends ça avec des pincettes, l'homme était gorgé de bière et tenait à peine debout.

— Tu serais la fille d'un marin soviétique? plaisanta Astrid.

— Pourquoi pas? Ma mère était bien la fille d'un officier SS! réagit vivement Bérénice.

Astrid sentit la colère gagner son amie et n'osa plus la questionner.

— Ma mère est née en 1941, poursuivit Bérénice d'une voix radoucie. Elle avait donc 29 ans en 1970. Même si elle vivait ici, à Granville, auprès de Mathilde, elle était libre de ses mouvements. Enfin, je le suppose. Ma grand-mère était du genre tyrannique, c'est vrai, mais elle ne serait pas allée jusqu'à emprisonner sa fille. Ma mère travaillait, elle disposait d'une voiture et pouvait aller et venir sans rendre de compte à Mathilde sur chacun de ses déplacements. J'ai vérifié pour les navires soviétiques. Ils ont bien fait escale à Cherbourg. Le 8 mai 1970 exactement. Je suis née au début de l'année 1971. Fais le calcul, ça n'a rien d'impossible. Ma mère n'était pas une nonne puisqu'elle m'a conçue. J'imagine qu'elle a eu des flirts, des amourettes. Peut-être suis-je le résultat d'une nuit de plaisir avec un beau blond venu de l'Est…

— Que comptes-tu faire maintenant ?

— Je vais aller à Paris et tenter d'obtenir un rendez-vous à l'ambassade de Russie. Avec un peu de chance, j'obtiendrai des renseignements complémentaires sur cette affaire de navire. Mais pour tout te dire, l'idée de retourner là-bas me chamboule.

Bérénice ne supportait plus la capitale qu'elle avait fuie quelques années plus tôt. Depuis son emménagement à Granville, elle s'y rendait le moins possible.

— Si tu veux, proposa Astrid, je t'accompagne.

— Tu n'as pas beaucoup de congés, ne les gâche pas. Et puis je préfère passer mon temps avec toi ici, à Granville. Je peux bien supporter deux ou trois jours à Paris, ne t'inquiète pas. Mais parlons d'autre chose. J'ai rédigé les premières pages d'un nouveau manuscrit. Après avoir écrit l'histoire de ma grand-mère, j'aimerais raconter celle de ma mère… Si tant est que je ne m'égare pas en route et que je mette la main sur mon père. J'aimerais au moins connaître son nom.

— Tu me feras lire ces premières pages ?

— Ce soir, si tu le souhaites. Pour le moment, allons voir si on peut réserver une promenade à bord du *Marité*.

*

Milan s'accouda à la fenêtre et contempla le cimetière du Père-Lachaise. Comme toujours lorsqu'il posait son regard sur ce lieu insolite, il éprouvait une étrange sensation d'apaisement et oubliait les bruits de la circulation. Il faisait relâche ce soir, sa première pause depuis que les représentations avaient commencé un mois plus tôt. Il sourit, songea à la conversation qu'il venait d'avoir avec Gabriel et Stan, Gabriel sur Skype depuis Wellington, Stan au téléphone. Quel diable d'homme, ce Stan ! Si tonique, si exaltant et si provoquant que chacune de ses absences pouvait se révéler pesante. Mais qu'est-ce qu'il pouvait l'énerver, parfois ! Le chirurgien était revenu à la charge avec son idée de croisière autour des îles anglo-normandes.

Une fois de plus, Milan lui avait répété qu'il n'aimait pas naviguer. Il semblait être parvenu à le convaincre de reporter ce voyage insensé, d'autant que Gabriel ne pourrait pas être de la partie. Mais il n'était pas dupe, Stan avait certainement d'autres idées en tête. N'avait-il pas évoqué la possibilité d'aller sur la côte dalmate, voire à Saint-Pétersbourg pour faire plaisir à Samuel ?

« Stop ! marmonna Milan. Pour le moment, rien n'est décidé, et moi j'ai envie de souffler ! » Il alla se servir un verre de *rakija* et revint vers la fenêtre. Cet alcool croate fabriqué à base de prune lui brûla la gorge. Il avait enivré plus d'une fois ses amis avec cette eau-de-vie. « C'est bon pour le moral », disait Stan qui voyait toujours la vie en rose. Milan eut le sourire aux lèvres. Il avait hâte de retrouver ses copains. Mi-juin, Stan viendrait le voir sur scène et ils passeraient la soirée ensemble. Quant à Gabriel, il lui faudrait patienter plusieurs mois. À moins que... Pourquoi n'irait-il pas le rejoindre en Nouvelle-Zélande cet été ? Il pourrait même suggérer à Stan de venir avec lui. Non, pensa-t-il. Je ne peux pas me permettre ce déplacement. Je dois mettre en place ma rentrée, reprendre contact avec les théâtres de province et essayer de monter mon *Tolstoï* sans attendre que mes économies s'épuisent. Dure réalité que cette vie d'artiste, que Milan devait souvent surmonter avec ses rentrées d'argent inégales, mais rien ne pourrait l'empêcher de vivre de sa passion.

6

Bloc-notes à la main, l'artisan précédait Carmen.

— Et pour la cuisine ? demanda-t-il. Quelle couleur ?

Carmen soupira. L'homme observa la jeune femme qui semblait loin d'être enchantée. Pourtant, quelle merveille cet appartement. En plus, elle pouvait le faire repeindre à son goût ! Fallait-il être à ce point gâtée pour se montrer aussi difficile ? Encore une qui a été élevée dans la dentelle et le coton, songea-t-il, un brin contrarié.

Carmen était arrivée une heure plus tôt accompagnée d'Anton. Il avait choisi les tons destinés à son bureau, lui laissant le soin de sélectionner ceux des pièces communes, le séjour, le salon et la bibliothèque. Il avait répondu à ses désirs sans objection, puis avait pris congé car il avait un rendez-vous à l'extérieur.

— Je te laisse carte blanche pour ton bureau, la cuisine, les salles de bains et notre chambre, ma chérie, lui avait-il lancé joyeusement avant de l'embrasser. Il reste deux autres pièces. Mais tu verras, elles sont déjà prêtes. Monsieur te montrera.

Carmen venait justement de les visiter, ces deux autres pièces… et elle était encore sous le choc. Pour la seconde fois en un mois. La première, c'était le jour où Anton lui avait donné rendez-vous à l'angle de la rue de la Pompe et de l'avenue Georges-Mandel. Une surprise, lui avait-il dit. La surprise, Carmen l'avait reçue de plein fouet quand elle avait découvert qu'elle allait habiter dans l'immeuble de ses beaux-parents, avenue Georges-Mandel. La famille Malikian occupait le premier étage, Anton et elle s'installeraient au quatrième. Deux étages plus haut ! « Maman pourra t'aider quand nous recevrons, lui avait dit Anton. Je sais que tu n'as pas l'habitude d'organiser des réceptions. Elle te sera une alliée précieuse. » Carmen avait ravalé sa déception. Ainsi, Anton ne la croyait pas capable de gérer une maison. Elle ne serait donc jamais à la hauteur ? Attendrait-on toujours d'elle qu'elle fasse ses preuves ? Elle en avait été profondément humiliée. « Maman te sera aussi de bon conseil quand le bébé sera là », avait renchéri Anton. Carmen s'était alors tournée vers son fiancé, effarée. Il affichait un sourire radieux et elle n'avait rien rétorqué une fois de plus, songeant que l'enfant n'était pas près d'être conçu puisqu'elle prenait la pilule à son insu. Pour se donner bonne conscience, elle s'était résolue à vivre à deux volées de marches de chez ses beaux-parents !

Après le départ d'Anton, elle avait suivi l'artisan qui lui avait montré les deux pièces évoquées par Anton. La première était assez neutre, une peinture beige clair couvrait les murs. Elle était grande, une chambre parfaite pour Astrid et Bérénice lorsqu'elles viendraient lui rendre visite. Si tant est que Bérénice accepte enfin de faire marche arrière... Au moment de pénétrer dans la seconde chambre, Carmen s'était figée sur le pas de la porte. « De jolies couleurs pour un petit ! s'était exclamé le peintre. C'est très gai ces dessins réalisés au pochoir. Fille ou garçon, ce sera parfait. Il ne vous reste qu'à acheter un beau mobilier. » Sourire aux lèvres, il avait fixé Carmen comme s'il avait attendu une réaction de joie de sa part. Mais elle était demeurée de marbre devant ce décor bleuté parsemé de bateaux mauves et gris. Depuis, elle n'avait plus dit un mot, ne répondant que d'un signe de tête aux propositions de l'artisan.

— Alors, cette cuisine, vous la souhaitez comment ? insista ce dernier.

Il consulta sa montre. À ce train-là, il serait en retard pour le chantier suivant. Les clients détestaient attendre.

— Je ne sais pas, murmura Carmen, arrachant une phrase à sa gorge nouée et meurtrie.

L'artisan était ennuyé par autant d'indécision et commençait à s'impatienter.

— Les meubles seront laqués blancs d'après ce que j'ai cru comprendre. J'ai croisé le cuisiniste la semaine dernière, quand il est venu prendre les mesures. Vous pourriez trancher avec du pistache.

— Oui, pistache, c'est très bien, répondit-elle avec détachement.

Carmen s'en moquait éperdument. Cet homme aurait pu lui suggérer du noir, du jaune poussin ou un rouge écarlate elle aurait accepté. Elle n'avait qu'une hâte, quitter cet appartement, retrouver le bruit de la rue, la foule, et oublier l'ambiance feutrée de cette chambre déjà prête à accueillir un enfant. Oublier qu'elle était prise au piège...

Sur le trottoir, elle eut l'impression de retomber sur sa planète... Une planète qui n'était pas la même que celle d'Anton. Qu'allait-elle devenir ? Elle courait à la catastrophe. Anton commandait déjà tout de leur existence à venir. Elle pensa à l'avertissement de Bérénice et pour la première fois elle se demanda si son amie n'avait pas eu raison de l'inciter à rompre au lieu de foncer dans le mur et aller droit à l'échec. Non, elle ne voulait pas donner raison à Bérénice. Son mariage ne serait pas un bide. Elle allait parler à Anton sur-le-champ, lui dire tout ce qui lui déplaisait. Elle lui avouerait qu'elle détestait l'idée de vivre dans le même immeuble que celui de ses beaux-parents, qu'elle n'appréciait pas qu'il fasse des choix sans la consulter, qu'elle ne voulait pas de l'aide de sa belle-mère lorsqu'ils recevraient à dîner... Au bord des larmes mais déterminée, elle saisit son portable et composa le numéro de téléphone de son fiancé. Il décrocha à la première sonnerie.

Elle lui proposa de la retrouver chez elle pour le déjeuner. Sans doute sentit-il son ton décidé car il accepta sans broncher.

Soulagée, Carmen s'engouffra dans le métro. À chaque station, elle scrutait les panneaux publicitaires. Elle était allée voir le tsar sur scène dix jours plus tôt, avait même réussi à l'approcher après la représentation, son appareil photo autour du cou, jouant la journaliste dans les coulisses. Autant cet homme était souriant sur les planches autant elle lui avait trouvé un visage fermé quand elle avait pu s'approcher de lui. Ils avaient discuté quelques minutes. Il n'avait pas semblé réjoui de la revoir et elle avait écarté l'idée de lui suggérer une séance photos. Mais l'attitude peu aimable du Croate ne l'impressionnait pas. Avec Anton, elle avait compris qu'il suffisait parfois d'un sourire, d'un mot gentil pour faire avaler n'importe quelle couleuvre à l'autre. À dire vrai, le Croate ne cessait d'occuper ses pensées depuis cette soirée. Elle décida qu'elle retournerait au théâtre avant la fin des représentations. Elle proposerait à Astrid de l'accompagner. Il fallait qu'elle voie le tsar.

Pour l'heure, elle mit de côté cette idée, se concentrant sur ce qu'elle allait dire à Anton quand il la retrouverait chez elle pour le déjeuner. Elle ne comptait pas faire dans la délicatesse. Il était temps de mettre les points sur les « i »… Rue des Dames, elle s'arrêta chez le traiteur et acheta un repas fin. Une bonne table faciliterait la discussion, elle ne voulait pas se fâcher avec son fiancé, même si la conversation promettait d'être sérieuse et animée.

*

Stan reposa le téléphone et d'un clic afficha le planning de l'été sur l'écran de son ordinateur. La question des congés le tracassait. Il souhaitait faire plaisir à Samuel, prendre du bon temps avec lui, mais l'affaire se présentait plutôt mal. Il lui serait impossible de s'absenter plus de deux semaines consécutives en août. Il imagina la déception de son fils quand il lui annoncerait la mauvaise nouvelle. On frappa à sa porte. Une infirmière entra dans le cabinet, déposa un dossier sur le bureau et ressortit sans un mot. Stan avait à peine jeté un coup d'œil sur ses jolies jambes. « Je vieillis », marmonna-t-il en attrapant la chemise cartonnée. Il l'ouvrit, la referma aussitôt, incapable de se concentrer. Chaque jour il prenait davantage conscience de la place que tenait Samuel dans son cœur et dans sa vie. Il sortait moins, voyait plus rarement ses maîtresses. Il n'avait même pas répondu à Jennifer quand elle lui avait proposé un dîner. Deviendrait-il trop raisonnable ? Depuis quand n'avait-il pas fait crier une femme de bonheur ? Il y avait bien un mois que ses hormones ne l'avaient pas titillé. Que lui arrivait-il ? Une heure plus tôt, alors qu'il était sorti du bloc et avait fini de se laver les mains et de se rafraîchir le visage, il s'était précipité sur son portable afin d'écouter ses messages, laissant défiler ceux qui ne l'intéressaient guère et guettant celui où il entendrait la voix de Samuel. Derrière lui, il avait senti une présence. Une jeune infirmière l'observait, souriante, jeune et pimpante. Une fleur qui ne demandait qu'à être cueillie ! Le regard qu'elle posait sur Stan ne l'avait pas trompé sur ses intentions. Du haut de ses 25 ans, elle affichait avec aplomb son désir, sa gourmandise, faisant clairement comprendre à son chef de service la nature de son appétit. « Vous n'avez rien de mieux à faire ? » avait aboyé Stan. Elle avait filé, livide. On lui avait pourtant raconté que Stanislas Hessler se laissait facilement guider par le sexe ! Pourquoi l'avait-il ainsi rabrouée ?

Le chirurgien scruta de nouveau son écran. Par quel miracle pourrait-il grappiller quelques jours supplémentaires de congés ? Il ne trouvait pas de solution et hésitait à appeler Samuel pour lui annoncer que leurs vacances se réduiraient à deux semaines. Cette perspective lui était profondément désagréable. Je deviens père, songea-t-il, Samuel emplit ma vie maintenant. Il se sentit presque soulagé de faire ce constat. Pendant longtemps il n'avait obéi qu'aux ordres de son corps. Aucun sentiment n'avait guidé ses actes. Il avait organisé son existence en s'entourant de maîtresses pour oublier qu'il n'avait pas fondé de famille. Aujourd'hui, Samuel comptait plus que tout pour lui. Mais n'allait-il pas regretter ses moments de plaisir et de liberté ? Après tout, pourquoi ne pas répondre à l'invitation de la charmante Jennifer ?

Cesser de penser, de se tracasser, vivre sur un nuage... Il y parvenait si bien auparavant dans les bras d'une femme. C'était un shoot, un remède au stress que suscitait parfois son métier. Et une façon aussi d'oublier les années qui défilaient. L'approche de la cinquantaine le minait. Il redoutait de vieillir. On frappa de nouveau à sa porte. Erwan, l'anesthésiste, entra.

— Tu as ta tête des mauvais jours, lâcha ce dernier sans détour. Ils sont très rares chez toi ! Je t'ai observé au bloc, tu n'étais pas comme d'habitude. Tu as hésité, tergiversé.

Stanislas faillit rembarrer son collègue. Il le jaugea quelques instants, décida finalement de se confier. Il évoqua Samuel, les congés, ses maîtresses qu'il ne voyait pratiquement plus, sa libido en berne. Erwan ne s'embarrassa pas de jolies phrases.

— Tu vas avoir cinquante ans. Personne ne rajeunit ! Tu as désormais une autre vision de l'existence. Tu as grandi grâce à ton fils ! Lâche prise et ça va aller. Arrête de t'imposer des limites. Samuel est assez grand pour comprendre que tu ne peux pas lui accorder plus de quinze jours cet été. Ce n'est pas le temps qui compte mais l'intensité des moments que l'on partage.

— Tu as sans doute raison, marmonna Stan.

— Je crois que oui ! Cesse donc de te torturer l'esprit et profite de la vie. Samuel t'est tombé du ciel mais n'en fait pas un drame. D'accord, tu dois composer et t'adapter à ce changement, mais ce n'est pas une raison pour renoncer à ce que tu es et à ce que tu aimes. Si tu te posais moins de questions, tu n'aurais aucun scrupule à sortir avec tes nanas la semaine et à retrouver ton fils les week-ends !

— Vu sous cet angle, cela semble simple.

— Ce serait simple si tu ne compliquais pas tout ! Cette pression que tu t'imposes et qui t'angoisse ne te ressemble pas. Ne la laisse pas t'envahir. Dans notre boulot, ce n'est pas bon.

Stan déglutit. Il savait ce que pouvait coûter la moindre distraction au bloc opératoire. Rien ne devait détourner son esprit de ses patients qui remettaient leur vie entre ses mains. Un bon chirurgien doit être bien dans sa peau et sûr de lui.

— Tu me connais par cœur, murmura Stan. Merci pour ta franchise.

— Laisse faire le destin pour une fois, reprit Erwan. On a tellement l'habitude de tout gérer dans notre boulot, de tout synchroniser afin d'être au plus près de la perfection qu'on voudrait régir nos vies de la même manière. Ce n'est pas possible. Fais-moi confiance, j'ai raison. Bon, je file au self. Tu me rejoins ?

Stan soupira en regardant l'anesthésiste quitter le cabinet. Erwan était un collègue et un ami, une épaule sur laquelle il pouvait s'appuyer. Il se sentait soulagé de s'être confié, mais pour autant il n'avait pas trouvé l'apaisement. Il descendit au rez-de-chaussée et sortit sur le parking. Il faisait doux. Il respira un grand coup et eut soudain envie d'appeler Gabriel. Il saisit son téléphone portable, composa son numéro, mais raccrocha aussitôt, se rappelant ce maudit décalage horaire qu'il avait encore oublié.

*

Bérénice quitta l'ambassade de la Fédération de Russie désappointée. Elle hésita entre appeler un taxi et prendre le métro. Elle consulta sa montre. Elle avait plus d'une heure devant elle avant de choper son train à Saint-Lazare. Elle allait à Rouen passer quelques jours auprès d'Astrid. Il faisait bon, elle décida de marcher un peu. Elle parcourut le boulevard Lannes puis se retrouva sur l'avenue Henri-Martin.

Son rendez-vous l'avait déçue, elle était perplexe. Certes, on l'avait reçue, mais on n'avait pas répondu à ses questions. Elle était arrivée avec une liste d'interrogations portant sur ces deux fameux navires soviétiques qui avaient accosté à Cherbourg en 1970. On lui avait confirmé que l'*Oktobrskaya Revolutsia* et l'*Obraztsvoyi* avaient fait escale dans le grand port du Cotentin le 8 mai de cette année-là, que l'événement avait attiré plus de dix mille curieux sur le quai de France, tout ceci dans la bonne humeur et l'allégresse. Mais quand elle avait demandé davantage de précisions, notamment sur la composition des équipages, on lui avait fait remarquer qu'à l'époque, on ne parlait pas encore de Fédération de Russie et que certaines archives avaient disparu après le démantèlement de l'URSS.

— Même si des documents ont disparu, avait-elle insisté en tentant le sourire, je suppose que vous disposez de certaines données informatiques qui pourraient me renseigner sur l'*Oktobrskaya Revolutsia* et l'*Obraztsvoyi*.

Elle enquêtait uniquement sur les navires et sur les hommes d'équipage, avait-elle précisé. Elle ne voulait pas d'informations militaires. Ni sur l'armement ni sur aucun secret-défense... Elle faisait juste des recherches à titre personnel. Était-il possible d'obtenir une liste des marins embarqués, leur date de naissance, un portrait de chacun d'eux, leur adresse actuelle ? Ou, au minimum, pourrait-on lui donner un contact en Russie qui lui permettrait de suivre une piste ? Le diplomate l'avait regardée avec des yeux ronds. Elle s'était alors sentie obligée d'avouer qu'elle était à la recherche de son père et que certaines personnes de son entourage prétendaient qu'il pouvait s'agir d'un marin soviétique. Les dates correspondaient au moment où elle avait été conçue. Sa mère était hélas décédée depuis des années sans qu'elle ne lui ait jamais révélé quoi que ce soit. Désormais, elle ne pouvait compter que sur elle pour retrouver son géniteur.

Le diplomate avait enfin souri.

— Quarante-cinq ans après les faits, votre démarche est bien ambitieuse. Il est peu probable qu'elle aboutisse. Dans tous les cas, nous n'avons rien ici qui puisse vous être utile.

— Rien ni personne pour m'aider à poursuivre mon investigation, vraiment ?

— Rien ni personne, madame, avait répété l'employé en se levant, lui signifiant que l'entrevue était close.

Bérénice avait poliment pris congé malgré sa déception.

Elle renonça à appeler un taxi en apercevant la station de métro de la rue de la Pompe. Elle suivit un flot de voyageurs dans l'escalier, en croisa d'autres qui grimpaient les marches quatre à quatre, pressés de se retrouver dehors. Elle avait oublié cet aspect trépidant de la vie parisienne. Elle le redécouvrait à chacun de ses séjours à Paris avec étonnement, se demandant comment elle avait fait pour supporter un tel stress pendant des années. Aujourd'hui, elle ne courait plus. Sur le quai, elle dévisagea quelques têtes, oreillettes collées aux tympans, les yeux fixés sur les smartphones... Personne ne regardait personne. Quelle différence avec Granville ! Dans son quartier, à l'arrêt du bus, partout, les gens se saluaient, se parlaient, et il n'était pas rare de rencontrer une connaissance ici ou là.

L'arrivée de la rame dans la station stoppa les cogitations de Bérénice. Elle avait perdu ses réflexes de citadine et ne put éviter la bousculade. Le wagon était bondé, elle se retrouva plaquée contre la porte. De nouveau, elle laissa son regard s'égarer sur ce monde de voyageurs pressés. La journée s'achevait, chacun rentrait à la maison. Elle observa une jeune fille qui faisait défiler des photos sur son iPhone. Un homme bien calé sur la banquette avait ouvert un bouquin et lisait aussi paisiblement que s'il avait été allongé sur son canapé. À côté de lui, une femme, tête baissée, semblait dormir. Elle avait conservé ses lunettes de soleil et Bérénice ne voyait pas si ses paupières étaient ouvertes ou fermées. Soudain, elle sursauta. Ce teint qui fleurait bon le soleil des tropiques, ces cheveux foncés marbrés de mèches plus claires, presque dorées, soigneusement tirés en arrière et maintenus par un bandeau de soie argentée… Elle aurait juré…

Un type se leva et s'approcha de la porte, empêchant Bérénice de détailler celle qu'elle avait cru reconnaître. À l'arrêt suivant, le wagon se vida un peu et elle put à nouveau examiner la métisse. Il n'y avait pas d'erreur, c'était bien Carmen. Recroquevillée sur la banquette, elle cachait son visage comme pour se faire oublier. Cette attitude ne lui ressemblait pas. Bérénice se pencha et un détail l'arrêta. Elle ne rêvait pas, la pommette gauche de son amie était légèrement bleutée. Aurait-elle reçu des coups ? À moins que ce ne soit le reflet des lumières… La métisse se leva de son siège à la station Miromesnil. Bérénice se recula pour éviter une rencontre dont elle ne doutait pas qu'elle aurait été désagréable pour toutes les deux. Quand Carmen passa devant elle pour sortir du wagon, elle comprit qu'elle n'avait pas rêvé. Sa joue gauche était bien enflée avec, sous les lunettes de soleil, un énorme coquart que le maquillage n'avait pas pu dissimuler.

Bérénice descendit à Saint-Augustin. Tandis qu'elle empruntait le couloir qui menait à Saint-Lazare, elle regretta de ne pas avoir osé aborder son amie. Par peur de sa réaction. Elle aurait pu s'emporter, or elle détestait se donner en spectacle. Avait-elle été victime d'une agression ? Ce fut la première question qu'elle posa à Astrid venue l'attendre à la gare de Rouen.

— Je lui ai parlé hier soir au téléphone, s'exclama Astrid, elle n'a mentionné aucun incident particulier. Elle m'en aurait parlé si ça avait été le cas. Tu la connais, elle est plutôt du genre à mettre la terre entière au courant quand il lui arrive un truc ! Pourquoi m'aurait-elle caché quelque chose ?

— Parce qu'à mon avis, elle n'a pas osé te l'avouer, fit Bérénice, songeuse.

Astrid se décomposa. La gravité qui marquait son regard n'échappa à son amie.

— Toi, tu as une idée en tête. Explique ! ordonna Bérénice sans ménagement. Pas de secret entre nous ! Je suis fâchée avec Carmen, mais je ne l'ai pas pour autant rayée de mon cœur.

Astrid passa une main dans ses cheveux. Il lui était difficile d'affirmer ce que les faits laissaient entrevoir.

— Je ne veux accuser personne, murmura-t-elle, ennuyée. Pour tout te dire, depuis quelques jours je m'inquiète pour Carmen. Tu avais raison de prétendre qu'Anton aurait d'autres exigences. Je le trouve très directif et je crois qu'il n'aime pas être contrarié. Peut-être a-t-il…

— Anton la bat, c'est ça ? hurla Bérénice, la rage aux lèvres.

— Ils ont eu une grosse altercation à propos de l'appartement, un échange de mots assez violents. Anton est parti en claquant la porte. C'est tout ce que Carmen m'a dit. Ils se sont revus le lendemain mais d'après elle, tout était arrangé. Je ne pense pas qu'Anton lève la main sur elle de façon régulière, mais il n'est pas impossible que leur querelle ait été plus brutale que ce qu'elle a bien voulu me raconter. Et voilà que tu me dis que tu as vu des marques sur son visage… On ne peut pas la laisser comme ça ! En tant que médecin, je m'en veux terriblement de n'avoir rien pressenti.

Elle bégayait, les larmes aux yeux. Bérénice n'était pas femme à s'attendrir et elle rabroua son amie.

— Ne pleure pas, ça ne résout rien !

Elle se radoucit immédiatement et posa sa main sur l'épaule d'Astrid.

— On va réfléchir ensemble. Je suis prête à faire profil bas devant Carmen si elle accepte de m'écouter.

— Que proposes-tu clairement ? demanda Astrid.

— Quand dois-tu la revoir ?

— Elle m'a conviée en juin, une soirée entre filles avant le mariage. Théâtre, resto.

— C'est un peu loin, marmonna Bérénice. Je voudrais…

Elle se tut. Elle allait encore une fois se mêler de ce qui ne la regardait pas. La métisse le prendrait mal, elle le savait, elles se déchireraient une fois de plus et rien ne changerait. Carmen était une tête de mule. Les noces auraient lieu. Par fierté, elle ne ferait pas marche arrière même en sachant qu'elle faisait une énorme bêtise. Bérénice se demanda si elle aurait le dos assez solide pour supporter une seconde fâcherie. Elle était fatiguée, lasse des conflits. Carmen était une grande fille mais elle était malheureusement assez stupide pour vivre auprès d'un homme qui lui imposerait sa loi et la mènerait à la baguette.

Astrid devina tout ce qui traversait l'esprit de son amie. Inutile, pensa-t-elle, de prolonger cette conversation. Elles avaient toutes les deux besoin de se détendre.

— On dépose tes bagages à la maison et on va dîner, suggéra-t-elle. J'ai réservé à *La Pêcherie*. On discutera au calme et on prendra une décision.

7

Zlatan était arrivé la veille de Croatie. Pour fêter les retrouvailles, il avait convié Milan à déjeuner dans un joli restaurant de la rue Monsieur-le-Prince. Pourquoi cet endroit ? Parce que Suzana avait mille fois parlé de cette rue et que c'était bon de se remémorer ce qu'elle avait aimé.

— Un peu de vin ? demanda Zilan à Zlatan en levant la bouteille.

Le vieux Croate tendit son verre.

— Excellent, ce côte-de-Beaune ! La France possède un terroir unique, ses crus sont inimitables.

Milan se surprit à sourire. Pouvait-il enfin penser à sa mère sans sentir ses yeux se gonfler de chagrin ? Pour la première fois depuis longtemps, les bons souvenirs prenaient le pas sur les plus durs.

— Stan et Samuel seront là ce soir pour la représentation, annonça-t-il tout en servant le vin à Zlatan.

Le Croate se réjouissait de les revoir. Stan tout particulièrement, à qui il vouait une reconnaissance infinie pour avoir accompagné Suzana dans le difficile parcours du cancer, même quand il n'avait plus eu la moindre lueur d'espoir. Aussi dures qu'aient été les ultimes semaines de l'existence de Suzana, il y avait eu de merveilleux moments dans la maison des trois garçons à La Roche-Guyon. Stan avait tenu parole jusqu'au bout, jamais Zlatan ne l'oublierait. Grâce à lui, Suzana n'était pas morte à l'hôpital mais dans une chambre chaleureuse, bercée par le cours d'eau devant la maison. Elle était partie sereinement dans les bras de Stan qui ne l'avait pas lâchée une minute durant ses dernières heures. Le chirurgien avait aimé cette femme comme on aime une mère et elle lui avait bien rendu son affection. C'était elle qui avait contribué au rapprochement de Stan et de son fils, elle qui avait orchestré leur première rencontre, réussissant à amadouer l'ex-épouse de Stan en lui faisant comprendre combien il était important pour un enfant de connaître ses deux parents.

— *Postoji cuvar zvijezda*, murmura Zlatan en levant son verre, les yeux embués de larmes.

— *Postoji cuvar zvijezda*, répéta Milan. Oui, il existe un gardien des étoiles, et maman est désormais sous sa protection.

Suzana croyait en Dieu. Il veillait sur les bonnes âmes, pansait leurs plaies et cicatrisait leurs blessures. Le Ciel imposait des épreuves mais il donnait aussi la force de les surmonter.

— Notre Suzana veille sur le clan de la place des Tilleuls, renchérit Zlatan. Et Gabriel ? Comment va-t-il ?

— Bien. Mais on ne le reverra pas avant des lustres. Sa mission à Wellington est prévue pour neuf mois, peut-être davantage.

— J'aimerais bien vous recevoir en Croatie.

Ils achevèrent le déjeuner sans faire d'autres projets. Milan se sentait plus heureux que jamais, bien que sa mère lui manquât. Il se souvint combien il avait espéré une rémission. Chaque mois gagné avait renforcé sa foi tandis que Suzana perdait la seconde manche. Le cancer est un voyage solitaire pour celui qui le vit. Stan le lui avait maintes fois répété. Même si le malade est bien entouré, personne ne peut se mettre à sa place, ressentir ses peurs, ses doutes, ses questions. Il baigne dans une guérison provisoire, un sursis, une sorte de contrat qu'il lui faut reconduire contrôle après contrôle. Le patient doit accepter la possibilité de la mort et saisir les limites que le cancer implique tout en les repoussant. Oublier les jours difficiles et goûter, savourer, déguster les bons. Suzana avait accompli le parcours jusqu'au bout. Mais elle était partie. La veille de son décès, ils s'étaient réunis dans sa chambre qu'elle ne quittait plus depuis des jours. Stan avait augmenté la dose de morphine pour pallier une douleur devenue intolérable. Le médicament avait plongé Suzana dans un demi-sommeil. Elle avait cependant trouvé la force d'ouvrir les yeux et de les fixer un à un. Une larme s'était échappée de sa paupière.

Stan et Milan étaient restés toute la nuit à son chevet. Au matin, sa respiration était calme et régulière. Milan était allé prendre une douche. Quand il était revenu, Stan serrait Suzana dans ses bras. C'était fini.

Les images défilaient dans la tête de Milan. C'est Zlatan qui le réveilla.

— On devrait peut-être y aller. Tout le monde est parti et les serveurs attendent pour fermer.

Il avait raison, la salle était vide.

— À quelle heure se retrouve-t-on au théâtre ? demanda encore Zlatan lorsqu'ils quittèrent le restaurant.

— Essaie de venir tôt si tu veux papoter avec Stan avant le début de la représentation. Tu pourras t'installer dans ma loge pendant que je me prépare. Après le spectacle, je suggère que nous poursuivions la soirée dans une brasserie à côté du théâtre. Les frites sont faites maison, un régal !

Zlatan acquiesça, radieux.

*

On sonna à sa porte. Carmen se précipita pour aller ouvrir et eut un temps d'arrêt en découvrant Bérénice sur le seuil alors qu'elle attendait Astrid.

— Tu me laisses sur le palier ou tu m'autorises à entrer ? lui demanda cette dernière.

Carmen recula, le visage décomposé. Bérénice prit son amie dans ses bras et l'embrassa comme si elles ne s'étaient jamais disputées.

— Astrid patiente dans un troquet en bas de chez toi, le temps d'un tête-à-tête toutes les deux.

Carmen déglutit lentement. Aucun son ne parvenait à franchir ses lèvres.

— Ce n'est pas ton habitude de rester muette comme une carpe, fit Bérénice. Je vais parler pour deux si tu le veux bien. On s'assied ?

Elles prirent place dans le salon. Bérénice retrouva avec émotion le fauteuil où elle se posait souvent quand elle venait à Paris et que Carmen l'accueillait chez elle. Il lui semblait que des siècles s'étaient écoulés depuis ces jours heureux.

— Il m'a fallu des semaines de cogitation avant de me décider à venir te voir, murmura Bérénice. Ce n'est pas pour rien si tu m'appelles miss Intello !

Elle avait parlé sur le ton de la plaisanterie, espérant apaiser la tension qu'elle discernait chez Carmen. La jeune femme restait de marbre, aucun sourire n'éclairait son visage.

— Des semaines de cogitation... répéta Bérénice. Tu seras toujours mon amie, je ne veux pas te perdre quels que soient tes choix de vie. Je respecte ton mariage avec Anton et tout ce qui va avec.

Elle eut la sensation de rougir en prononçant ces mots car elle mentait. Carmen, encore sous l'effet de la surprise, semblait ne rien avoir remarqué. Bérénice avait réfléchi, on ne lâchait pas une solide amitié sur un simple désaccord. La métisse approuva, bien qu'étonnée par ce brusque revirement. De son côté, Bérénice s'en voulait de tromper son amie, mais elle n'avait pas trouvé d'autre moyen pour vérifier si elle était réellement heureuse avec Anton. Astrid était passée voir Carmen sans la prévenir deux semaines plus tôt. Le coquart qui ornait sa pommette avait pratiquement disparu mais restait assez visible pour qu'Astrid la questionne. La métisse avait prétexté s'être cognée contre une porte de placard restée ouverte. Guère convaincue par cette explication qui sonnait faux, Astrid était rentrée à Rouen et avait aussitôt informé Bérénice de la gêne qu'elle avait perçue chez leur amie. Bérénice avait alors décidé de mettre son grain de sel dans cette affaire, sans pour autant aller à l'affrontement. Et c'est ce qu'elle s'appliquait à faire maintenant en laissant croire à Carmen qu'elle approuvait son union avec Anton. De là, pensait-elle, son amie cracherait le morceau et peut-être en apprendrait-elle un peu plus sur ce futur mari qu'elle soupçonnait de ne pas être tendre quand Carmen ne cédait pas à ses exigences.

Bérénice termina enfin son laïus en s'excusant de s'être emportée. Carmen ne pipa mot mais des larmes embuèrent son regard. Bérénice faillit alors tout avouer. Les mots lui démangeaient les lèvres. Elle n'avait pas rêvé, elle l'avait bien aperçue dans le métro avec son coquart. Anton avait-il levé la main sur elle ? Mais elle ravala sa salive, se forçant à sourire.

— J'appelle Astrid. Elle doit s'impatienter.

Carmen sembla soulagée lorsque son amie arriva. Elle ouvrit une bouteille de vin, sortit un plateau de petits fours frais.

— Une collation avant de partir au théâtre, dit-elle. Tu viens avec nous Bérénice, j'arriverai bien à dégoter une place. Ensuite, je vous emmène au resto.

— Tu as l'intention d'enterrer ta vie de jeune fille ? fit Astrid, amusée.

— En quelque sorte, répondit Carmen sur un ton qui manquait d'assurance et de gaieté.

Astrid et Bérénice se regardèrent.

— Les essayages de la robe, les chaussures, les accessoires ? Tout est OK ? demanda Astrid pour faire diversion.

— Oui, tout est prêt, murmura Carmen qui n'avait décidément pas l'intention de s'étendre sur le sujet.

— N'oublie pas que je t'offre le bouquet.

— Je le sais bien.

Astrid et Bérénice se jetèrent encore un coup d'œil en coin. Carmen ne semblait pas se réjouir de vivre ce qui devrait être la plus belle journée de sa vie. Bérénice bouillonnait intérieurement. Elle ouvrit la bouche, prête à réagir. Astrid lui coupa la parole. Forcer Carmen à la confidence ne donnerait aucun résultat. Il ne fallait pas la prendre de front, elle finirait bien par se livrer.

— Que nous proposes-tu d'aller voir ? demanda Astrid, mettant fin à la discussion sur les noces.

Les yeux de Carmen s'illuminèrent.

— C'est une surprise ! Je ne vous en dis pas plus, mais vous ne serez pas déçues. Cette pièce est géante et les comédiens fabuleux. Nous partirons assez tôt. En attendant, mangez !

Bérénice s'empara d'un petit chou à la crème. Il était délicieux mais le goût lui parut amer. Tout cela n'augurait rien de bon. Comment Carmen pouvait-elle être si peu loquace sur son mariage tout proche et dans le même temps s'emballer pour un spectacle ? Elle se demanda d'ailleurs de quelle pièce extraordinaire il pouvait s'agir qui lui fasse à ce point oublier le reste… Elle laissa Astrid raconter son dernier week-end avec Konrad tandis qu'elle consultait sa tablette. Que jouait-on à Paris en ce moment ? Elle ne repéra rien de particulier, pas de tête d'affiche qui aurait pu l'intéresser. Que se passait-il dans la tête de la jolie métisse ? Elle rongea son frein, elle le saurait d'ici peu. Elle observa ses amies, hocha la tête et sourit. C'était malgré tout agréable de se retrouver toutes les trois. Malgré l'absence de Clémentine, malgré les discordes et les problèmes à venir. Car Bérénice n'en doutait pas, des problèmes, il y en aurait.

— C'est l'heure de se préparer ! annonça Carmen après avoir consulté sa montre. Je vais me changer.

Elle fila dans sa chambre.

— Elle était très bien avec son pantalon noir et son chemisier rose ! s'étonna Bérénice.

— Laisse faire, fit Astrid.

Bérénice se leva et alla vers la fenêtre. Combien de fois s'était-elle penchée à ce balcon ?

Ce doux souvenir lui fit oublier un bref instant ses fâcheries avec Carmen et son abominable caractère. Pourtant, elle avait la détestable sensation que plus rien ne serait comme avant. Elle frissonna. Quoi qu'il arrive, elle aiderait son amie.

*

Ce n'était plus une loge mais un salon bruyant et bondé. Les retrouvailles entre Zlatan, Stanislas et son fils étaient joyeuses et animées. Même Spartacus, le carlin de Zlatan, qui avait été sage toute la journée y compris au restaurant où il avait dormi aux pieds de son maître sans broncher, manifestait une fébrilité toute particulière, aboyant et tournoyant aux pieds de Stanislas qui prenait un malin plaisir à l'exciter. Le chirurgien avait oublié ses soucis. Samuel, à qui il avait annoncé qu'il ne pourrait pas prendre plus de quinze jours de congés en août, avait bien pris la chose et n'en voulait pas à son père. Soulagé, Stan était retourné sans état d'âme à ses amourettes, passant ses soirées avec Natacha ou Jennifer, c'était selon. La vie avait repris son cours !

Ignorant la cohue autour de lui, Milan terminait de se raser. Un rituel devenu quotidien avant chaque représentation. Lui qui aimait tant garder une barbe de trois jours... Il revêtit ensuite son costume, un jeans élimé aux genoux et une chemise canadienne à carreaux bleus et rouges. Puis il enfila une paire de Crocs, sorte de sabots en caoutchouc. Une tenue qu'il n'aurait jamais portée ailleurs que sur scène, celle de son personnage qui, quand le rideau s'ouvrirait, s'apprêterait à sortir dans un jardin pour y creuser un grand trou. Assis maintenant devant un miroir, il poudra son visage afin que sa peau ne brille pas sous le feu des projecteurs. Un énorme éclat de rire le fit se retourner. Il se demanda s'il avait bien fait de convier ses amis dans ce lieu exigu. On devait entendre le brouhaha dans toutes les coulisses. Il sourit, content malgré tout de les voir heureux, et reprit son pinceau. Encore un petit coup sur les ailes du nez, le front, le menton. Il vérifia que son catogan était bien noué et ses boucles blondes attachées. Le bruit d'une bouteille de champagne que l'on débouche le fit sursauter. Stanislas avait tout prévu, y compris les flûtes en plastique. Milan refusa le verre qu'il lui présentait et se servit de l'eau minérale.

— Après le spectacle, assura-t-il, pas avant. Je préfère m'hydrater convenablement.

Stan insista. Milan fit les gros yeux.

— Laisse le Croate tranquille, intervint Samuel, goguenard. Il monte sur les planches dans quelques instants et son regard de tueur, là, il est pour toi !

— Je m'entraîne pour être convaincant tout à l'heure, plaisanta Milan. Dès la première scène, je dois me débarrasser de ma femme !

— Ah, ne nous raconte pas la suite. Laisse-nous la surprise. Milan en psychopathe comique... Je vais adorer ! dit Zlatan.

— Hum, murmura Stan, je l'ai déjà vu plus d'une fois prêt à me zigouiller, et ça n'avait rien de drôle.

— Il faut dire que tu me cherches avec tes idées rocambolesques, répondit Milan. Je ne m'étendrai pas sur ton histoire de kayak sur la Seine ni sur toutes les autres folies qui te passent par la tête. L'été dernier, on a même échappé à un trekking dans l'Himalaya.

— Tu oublies le raid dans le désert de Gobi et la virée en chiens de traîneau en Yakoutie ! renchérit Samuel.

— T'es un trouillard ! déclara le chirurgien.

— Et toi un inconscient ! rétorqua Milan.

Zlatan pouffa. Combien de fois les avait-il entendus se chamailler pour des riens ? Stanislas prenait plaisir à inventer des projets abracadabrants et Milan tombait toujours dans le panneau. Il n'empêche que Stan arrivait parfois à ses fins.

— Il est peut-être temps de rejoindre nos places ? s'enquit le vieux Croate.

— Vous avez encore un petit quart d'heure, répondit Milan. Ne t'inquiète pas, vos fauteuils sont réservés. En revanche, Spartacus va devoir rester dans la loge. Ça ira pour lui ?

— Pas de problème, il sait attendre.

*

— Nous sommes parties bien trop tôt ! râla Bérénice. À quoi bon arriver au théâtre avec plus d'une heure d'avance si c'est pour poireauter dans les coulisses ?

— Chut ! fit Carmen. Tu vas nous faire repérer.

Comme la fois précédente, elle avait réussi à forcer l'entrée des artistes, son appareil photo autour du cou, entraînant derrière elle ses amies. Elle avait annoncé avec aplomb au concierge qu'elles venaient faire un reportage. Pas trop regardant, le bonhomme n'avait même pas jeté un œil sur la fausse carte de presse qui pendait sur la poitrine des trois femmes.

— Étant donné le bruit, on peut bien se parler ! riposta Bérénice. Il y a un tel tapage dans cette loge qu'on ne risque pas de nous entendre.

Astrid ne disait mot, craignant une nouvelle dispute. Bérénice avait subitement retrouvé son humeur ombrageuse. Carmen avait certes gardé son sang-froid, mais elle la connaissait assez pour savoir qu'elle pouvait s'emporter à la moindre contrariété. Astrid en avait fait suffisamment les frais, notamment lors des voyages qu'elles avaient faits ensemble. Elle conservait des souvenirs de scènes épiques dans les aéroports au moment de l'enregistrement des bagages ou à l'embarquement.

Astrid observa son amie. Elle remarqua une veine qui se gonflait par à-coup à la naissance de sa gorge, comme si son pouls s'affolait. Ses yeux pétillaient et les paillettes d'or illuminant son regard brun paraissaient briller davantage. Parfois, ses lèvres tremblaient et un frisson parcourait son corps. Qu'est-ce qui pouvait provoquer autant d'émoi chez la métisse ?

songea Astrid. La perspective de rencontrer des acteurs, ou un en particulier? Elle n'affichait plus le visage sérieux et tendu de tout à l'heure, quand elles avaient discuté du mariage et d'Anton, mais plutôt la mine troublée d'une femme amoureuse juste avant un rendez-vous... C'est ça! Carmen avait le visage d'une femme amoureuse! Abasourdie, Astrid faillit basculer et se rattrapa au bras de Bérénice.

— Oups! Je crois que j'ai bu trop de vin, s'excusa-t-elle.

— Tu n'as pourtant pas l'air ivre.

— Je suis seulement un peu grisée.

Elle se concentra de nouveau sur Carmen. Elle était sûre de ne pas se tromper. Leur amie était sous le charme d'un homme qui n'était pas son futur mari. Elle la vit consulter sa montre et pousser un léger soupir. Une heure trente-sept que je l'attends, pensait Carmen qui flottait sur son nuage, ne devinant rien du regard inquisiteur de son amie. Je crois que je pourrais patienter encore des siècles ne serait-ce que pour l'apercevoir une seconde. Ce mec est à tomber.

Soudain, une femme surgit du fond de l'étroit couloir. Arrivée à la hauteur des trois journalistes en herbe, elle les salua d'un signe de la tête et poursuivit son chemin. Presque aussitôt, la porte de la loge devant laquelle patientaient les trois jeunes femmes s'ouvrit. Quatre personnes sortirent de la pièce en riant bruyamment. Carmen eut un bref moment d'hésitation, puis bondit sur le Croate.

— Milan ? Milan Stegic ? s'écria-t-elle. Puis-je vous présenter des admiratrices ? Sans vous déranger trop longtemps, bien sûr.

Si elle n'avait pas eu le teint naturellement bronzé, le Croate aurait remarqué qu'elle était rouge d'émotion. Il fronça les sourcils en reconnaissant celle qu'il surnommait « la glu ». La présence de son clan l'empêcha de se montrer désagréable. Il tendit la main pour la saluer.

— Voici Astrid Katz et Bérénice Angers, enchaîna Carmen. Bérénice, vous vous souvenez ? Votre copain a embouti sa voiture à Granville.

— Il n'est pas là ! répondit bêtement Milan qui ne savait pas comment se dépêtrer de la situation.

Cette femme s'était conduite comme une endiablée le jour de l'accident. Allait-elle piquer une nouvelle colère ? Le persécuter avec ses photos ?

Stan s'avança, à l'aise comme toujours.

— Ravi de faire votre connaissance, mademoiselle.

Samuel le suivit, s'arrêtant devant Bérénice.

— Bérénice Angers ? murmura-t-il. L'auteur ?

Bérénice acquiesça, un peu coincée. Elle n'aimait pas être reconnue.

— Je vous ai vue un soir dans une émission de télévision. Vous y présentiez votre livre. Fabuleuse histoire que celle de votre grand-mère. J'ai acheté votre témoignage. Je fais des études d'histoire et je suis passionné par...

— Dites, il faut y aller ! s'impatienta Milan.

— On ne va pas se quitter comme ça ! intervint Stan. Et si vous nous attendiez après le spectacle ? Nous pourrions aller dîner tous ensemble et on aurait le temps de bavarder.

Samuel sourit jusqu'aux oreilles. Discuter avec Bérénice Angers était un de ses rêves. Milan grogna. Décidément, dès qu'un jupon apparaissait on ne pouvait plus retenir Stan. Mais il n'avait plus le temps de faire la leçon à son ami. Le lever de rideau était dans moins de cinq minutes.

8

Drôle de tablée que le clan des Tilleuls presque au complet et ces trois jeunes femmes dans une brasserie parisienne. Stan a eu une fois de plus une bonne idée en conviant ces inconnues à dîner, pensait Zlatan, elles sont charmantes et d'agréable compagnie.

Le serveur déposa des assiettes énormes devant chacun. Entrecôtes, andouillettes et steaks hachés accompagnés de frites et de salade, il y en avait pour tous les goûts. Le brouhaha s'estompa un peu ; pendant quelques minutes on n'entendit plus que le bruit des fourchettes et des couteaux alors que l'apéritif avait été agité. On avait discuté de la pièce, félicité Milan pour sa prestation. Il avait rarement joué dans des comédies et avait été hilarant dans le rôle du mari cherchant à se débarrasser de sa femme sans y parvenir. Le comédien avait expliqué que les rôles comiques ne l'intéressaient guère mais qu'il avait accepté celui-ci pour mettre du beurre dans les épinards.

— Quel est ton prochain projet ? lui demanda Zlatan en attrapant une frite du bout des doigts.

— Un peu de repos à partir du 21 juin. Je vais prendre du temps pour réfléchir à ma prochaine pièce. En septembre, si tout va bien, je monte mon *Tolstoï* au Havre.

— Tolstoï ! s'enthousiasma Carmen. C'était donc le but de votre voyage quand nous nous sommes rencontrés à Saint-Pétersbourg ?

— Oui, grommela Milan, à peine aimable.

Stan lui donna une légère tape sur le coude. Il y avait des règles de courtoisie élémentaires à respecter.

— On m'avait proposé de mettre en scène ma pièce, reprit Milan en faisant un effort pour être cordial, mais entre la traduction que je ne pouvais pas contrôler et la censure à laquelle je n'aurais pas échappé, j'ai préféré laisser tomber.

— Je comprends, répondit Carmen. J'ai eu des soucis à Moscou. J'ai même failli me faire embarquer au poste par un policier zélé qui m'accusait d'être un agent étranger parce que je prenais des photos !

— La liberté reste relative en Russie, intervint Zlatan. Je plains le peuple russe.

Milan regarda le Croate et songea à sa mère. Si elle avait été là et si elle avait eu vingt ans de moins, elle aurait été capable de mener un nouveau combat, d'aller militer aux côtés d'Amnesty International ou de toute autre association défendant les droits de l'homme. Zlatan devait sans doute penser à la même chose car il changea de conversation.

— Vous aviez déjà vu Milan sur les planches avant ce soir ? demanda-t-il à Astrid en se tournant vers elle.

— Jamais. Pour tout vous dire, cette soirée était une surprise préparée par Carmen pour fêter son enterrement de vie de jeune fille. Notre amie se marie prochainement.

— Félicitations ! s'exclama Zlatan en levant son verre vers Carmen.

Elle répondit par un merci à peine audible.

— C'est un beau jour dans une existence, reprit le vieux Croate qui avait tant espéré épouser Suzana.

— J'en rêve, murmura Astrid, mais l'homme de ma vie est un peu récalcitrant. En attendant, je serai demoiselle d'honneur au mariage de notre amie.

Elle jeta un œil vers Carmen. Elle semblait assommée comme un boxeur qui aurait reçu un uppercut en pleine figure. Avait-elle oublié qu'elle serait bientôt Mme Malikian ? Astrid s'en voulut de le lui avoir rappelé. Carmen émergea enfin de sa torpeur, un masque de tristesse se posa sur son visage. La joie qui avait éclairé ses traits durant ces dernières heures s'était éteinte.

Cette brusque métamorphose n'échappa pas à Milan. Il avait le don de ressentir les fragilités chez l'autre. Peut-être parce que lui-même avait souffert. La jeune femme lui sembla soudain moins superficielle. Pourquoi cette future mariée se montrait-elle aussi chagrinée quand on évoquait ses noces ? Il s'abstint de tout commentaire et se tourna vers Stanislas pour faire diversion. N'importe quoi qui pourrait la distraire.

— De quoi parlez-vous ? C'est bien animé de votre côté...

— Oh, moi, je me contente d'écouter, fit Stan. Figure-toi que Samuel et Bérénice ont une passion commune !

— L'Histoire, ajouta Astrid. Et mon petit doigt me dit que Bérénice va nous entraîner dans une nouvelle aventure. Hein, Carmen ?

Elle espérait faire sourire son amie mais celle-ci ne parut pas entendre.

— Bérénice a décidé de se lancer sur les traces de son père, poursuivit Astrid. Carmen, prépare-toi à jouer aux détectives ! ajouta-t-elle en haussant la voix.

— Ah, tu te décides à poursuivre ta quête familiale, murmura la métisse.

Du regard elle fit le tour de la table, tentant de se raccrocher aux bavardages. Mince bouée de sauvetage pour refaire surface dans cette soirée qu'elle avait pourtant attendue avec impatience afin de reléguer Anton et ses exigences loin, très loin dans son esprit. Chasser les idées noires et savourer son bonheur d'être là, assise à côté du tsar. Mais bientôt elle épouserait Anton pour le meilleur et pour le pire. Il ne serait plus question de s'embarquer dans un avion pour aller à Berlin ou ailleurs avec ses copines. Non, elle serait Mme Malikian, elle vivrait dans un superbe appartement du 16e arrondissement, deux étages au-dessus de chez ses beaux-parents.

— On ne s'emballe pas, souffla Bérénice. Il se trouve que Samuel poursuit des études d'histoire à l'université et que la guerre froide est son domaine de prédilection. Or j'ai besoin de quelques lumières sur les années soixante-dix.

Samuel lui avait demandé si elle comptait se lancer dans l'écriture d'un nouvel ouvrage. Bérénice lui avait expliqué qu'elle entamait des recherches pour retrouver son père. Lorsqu'elle avait évoqué l'affaire des deux navires soviétiques qui avaient fait escale à Cherbourg et sur lesquels elle ne parvenait pas à obtenir de renseignements, y compris auprès des instances officielles russes, le jeune homme lui avait spontanément proposé son aide.

— Il ne faut rien espérer de la part de l'ambassade. Les diplomates essaient tous de montrer une Russie nouvelle, comme si l'ère soviétique n'avait jamais existé. Mais personne n'est dupe. Le KGB n'existe plus mais les services de renseignements et d'espionnage sont toujours aussi efficaces. Votre requête n'est certainement pas passée inaperçue.

— J'avoue que mon rendez-vous boulevard Lannes m'a fait une grosse impression, je n'étais pas rassurée.

Bérénice narra à Samuel son entretien avec l'attaché russe et le désagréable sentiment qui l'avait envahie lorsqu'elle l'avait vu esquiver ses questions.

— On se croirait dans un *James Bond* ! s'exclama Stan. Je parle des vieux films, ceux avec Sean Connery. L'Ouest contre l'Est, le Bien contre le Mal. Sûr que vous êtes désormais sur écoute et qu'on suit vos déplacements ! ajouta-t-il en riant, jetant un coup d'œil circulaire comme s'il avait craint la présence d'espions.

— Ce n'est pas du *James Bond*, hélas, répondit Samuel. Il ne sera pas aisé d'obtenir des informations. Bérénice pourrait commencer par fouiller dans la presse de l'époque. Vous avez été journaliste, ajouta-t-il en se tournant vers la jeune femme, vous avez bien quelques ex-collègues qui pourraient vous donner un coup de main.

Bérénice grimaça. Elle n'avait nulle envie de faire appel à ses anciennes connaissances. Mais il lui était difficile d'expliquer à Samuel qu'on l'avait évincée de son poste parce que son rédacteur en chef, qui était aussi son amant, lui avait préféré une femme plus jeune. Elle avait tout plaqué à l'époque. Paris, son métier, sa vie mondaine, pour aller s'installer à Granville dans la maison de famille et redémarrer une existence paisible, loin des mauvais coups, des bassesses, des personnes déloyales, des faux amis et des commérages.

Samuel perçut le malaise de Bérénice. Il n'en comprenait pas les raisons mais il était clair qu'elle hésitait à requérir l'appui de ceux qu'elle avait côtoyés pendant des années.

— Je veux bien me charger de la pêche aux infos si vous en êtes d'accord, proposa-t-il. Je suis bientôt en vacances.

— Vraiment ? Je ne voudrais pas dévorer vos congés.

— Ce serait un plaisir pour moi. J'admire le boulot que vous avez accompli pour écrire votre premier livre, la qualité de votre enquête, l'histoire de vos grands-parents. J'ai trois mois devant moi et je ne pars que quatre semaines, deux avec mon père, deux avec ma mère. Il me restera largement du temps à vous consacrer. Et ce sera l'occasion aussi d'enrichir mes connaissances.

Bérénice soupira de soulagement. Elle avait l'impression d'avoir enfin trouvé un allié. En plus, ce jeune homme lui était sympathique. Il était fiable, elle le devinait. Drôle de rencontre tout de même, songea-t-elle en souriant. Et drôle de soirée. Je me confie à cet étudiant que je viens à peine de croiser et il m'apporte son aide sur un plateau.

Stan capta le sourire qui s'était dessiné sur ses lèvres. Jusqu'alors, elle lui était apparue glaciale. Son regard de silex, son teint pâle et ses cheveux presque platine l'avaient rebuté. Elle paraissait moins revêche et se déridait.

— Je démarrerai mon enquête à Cherbourg, déclara Samuel. Je verrai si je peux collecter quelques renseignements sur le port et dans la presse locale. Je demanderai à consulter les archives. Avec ma carte d'étudiant, on ne me refusera pas l'accès aux documents.

Bérénice s'interrogeait tout en regardant la tablée. Devrait-elle rémunérer le jeune homme pour son travail ? Et était-ce le moment d'aborder le sujet de l'argent devant tout le monde ?

— Cherbourg est à peine à deux heures de chez moi. Si vous venez en Cotentin, faites-moi signe. J'ai de quoi vous loger à Granville. J'occupe une maison à la Roche Gautier mais j'en possède une seconde que je peux mettre à votre disposition. Je vous conduirai à Cherbourg si vous le souhaitez. Vous me préciserez quels sont vos tarifs pour ce travail.

— Il n'y a pas de tarif! s'écria Samuel. Votre histoire m'intéresse, je viens pour le plaisir de vous aider et pour satisfaire ma propre curiosité.

— Vous êtes le bienvenu autant de fois que vous le souhaitez. Et puis vous pourrez en profiter pour visiter la région. Vous verrez, c'est très joli.

— Et moi ? s'empressa d'ajouter Stan.

— Et moi ? renchérit Milan.

— Vous êtes tous les bienvenus. La maison est grande.

— Je plaisantais, répondit Stan. Samuel se débrouille très bien sans moi.

— Je n'en doute pas, mais que cela ne vous empêche pas de savourer quelques jours en bord de mer.

— Oh, merci, je ne refuse pas l'invitation. Un week-end, ce serait sympa. Je verrai en fonction de mes gardes à la clinique.

— Je me laisserais bien tenter, chuchota Milan, rêveur. C'est un bel endroit pour trouver l'inspiration…

— Ah, tout ceci prend un parfum de croisière autour des îles anglo-normandes, plaisanta Stan.

— Même pas en rêve ! réagit Milan en bondissant sur sa chaise.

Bérénice fit des yeux ronds. Devant sa mine étonnée, le Croate expliqua qu'il aimait l'air du large… mais à partir du moment où il restait sur la terre ferme !

— Je ne vous proposerai pas d'escapade maritime, promis, plaisanta Bérénice. Vous aurez la paix pour écrire paisiblement. Vous verrez, la maison de mon amie Liz est formidable.

— Liz… fit Samuel, pensif. N'en avez-vous pas parlé dans votre livre ?

Bérénice acquiesça, sans rien ajouter. Samuel n'insista pas, devinant qu'un chagrin était lié à ce souvenir. Astrid avait distraitement suivi la conversation, ne quittant pas Carmen des yeux. Elle avait de nouveau l'air triste, comme si on l'avait exclue de tous ces projets. Astrid pressentit que Bérénice ne la convierait pas à Granville. Pas avec Anton…

— Vous savez que Granville a été l'un des premiers bastions de la Résistance durant la Seconde Guerre mondiale ? reprit Samuel, enflammé. Au début, il ne s'agissait que d'une poignée d'hommes en relation avec Londres par postes émetteurs. Puis le mouvement a rassemblé des gens de tous horizons, prêts à en découdre avec l'armée d'occupation. Dès juin 1940, Maurice Marland, un instituteur de l'école primaire supérieure de Granville, a organisé le départ vers Jersey de militaires anglais, aidé par Jules Leprince, un marin du coin. Les Granvillais ont été de vrais patriotes.

Ils ont même réussi à soustraire à l'ennemi un stock de bronze de la fonderie.

— J'ignorais tout ceci, murmura Bérénice. Je ne connais l'histoire de Granville qu'à travers ce que ma vieille amie Liz m'a raconté et ce que ma grand-mère Mathilde a écrit dans ses cahiers quand elle a fui Paris. Elle y évoque surtout la fin de la guerre. Vous êtes un puits de science, dites-moi !

— Pour le moment, je vais me concentrer sur Cherbourg en 1970.

— Ce qui m'étonne, c'est qu'on ait permis à des navires soviétiques d'y faire escale, intervint Astrid. Je croyais qu'à l'époque les tensions étaient grandes entre l'Ouest et l'Est, sans parler de l'Allemagne scindée en deux et des Berlinois séparés par un mur.

— C'est vrai, mais il faut prendre en compte le contexte politique de la France. Cherbourg était alors un bastion communiste. Il n'est donc pas étonnant que la ville ait reçu des navires soviétiques, et très certainement en grande pompe. Pompidou poursuivait la politique mise en place par de Gaulle vis-à-vis des Américains. Il s'agissait de ne pas tomber sous leur domination. Et en Europe, il fallait continuer à construire la paix malgré le rideau de fer, malgré le Printemps de Prague. Maintenir des relations cordiales avec l'Union soviétique était une priorité. Pompidou s'y est d'ailleurs rendu en octobre 1970, sous Brejnev. Vous voyez que le climat n'était pas celui d'un *James Bond* !

Il fit un clin d'œil à son père, qui éclata de rire.

— Mes connaissances en histoire se sont nettement améliorées aux côtés de mon fils, dit Stan, s'adressant à Bérénice, mais j'ai encore des progrès à faire.

— Moi aussi, j'apprends beaucoup ce soir, répondit-elle.

La brasserie se vidait. Il allait falloir lever le camp, ce que Samuel semblait ignorer car il reprit son laïus.

— Ce 8 mai 1970, il est fort vraisemblable que la commune de Cherbourg a convié les bâtiments soviétiques pour commémorer les vingt-cinq ans de la fin de la guerre. N'oubliez pas que les Soviétiques ont combattu les nazis à partir de 1941. Cherbourg était communiste en 1970, et le parti comptait encore en France à l'époque. Quant à l'Union soviétique, elle était en mauvais termes avec les États-Unis. On peut facilement imaginer qu'une amitié avec la France lui était précieuse. Je suis certain qu'on trouvera des archives qui nous confirmeront tout ça. Cet aspect officiel devrait nous servir pour dénicher des infos sur les équipages. Je ne peux pas vous promettre de mettre la main sur votre père, mais de vous aiguiller sur une bonne piste, oui. La quête sera longue.

— Je m'en doute, soupira Bérénice. Mais peu importe, j'ai besoin de savoir et j'y consacrerai le temps qu'il faudra.

Le serveur apporta l'addition, interrompant la discussion. Bérénice fouilla dans son sac et saisit une carte de visite qu'elle donna à Samuel tandis que Carmen tendait sa Mastercard au garçon. Elle avait la gorge nouée et observait Milan de biais tout en pianotant fébrilement son code, se disant la mort dans l'âme qu'ils allaient bientôt se quitter. Dieu qu'il était beau ! À l'autre bout de la table, Astrid discutait avec Stanislas. Zlatan contemplait ce petit monde, se demandant si tous les serments lancés durant la soirée tiendraient. Qu'en sera-t-il demain, quand chacun sera rentré chez soi ? Dans toute existence, certains chemins se séparent aussi rapidement qu'ils se croisent.

Milan, lui, était sur un petit nuage. Le mot « famille » avait retrouvé tout son sens et le clan des Tilleuls était resté fidèle à lui-même malgré les absents. Stanislas était toujours aussi drôle, prenant un malin plaisir à faire pester les autres, Samuel tentait d'arrondir les angles et d'apaiser les colères, comme Gabriel. La rencontre de ce soir allait-elle changer la donne ? La question tournait en boucle dans l'esprit de Milan alors qu'il sortait de la brasserie. Il avait le sentiment profond qu'il reverrait un jour ou l'autre Astrid, Bérénice, et même ce pot de colle de Carmen. À Granville, à La Roche-Guyon ou ailleurs. Le destin avait voulu que Samuel et Bérénice se trouvent une passion commune, l'Histoire, qu'ils se soient rapprochés grâce au passé de cette jeune femme qui recherchait son père et offrait à tous l'hospitalité dans sa maison de Granville en échange de l'aide de Samuel. Quand on tisse un fil, aussi ténu soit-il, il devient le véritable cordage qui attache les êtres. N'était-ce pas ainsi que Suzana avait cimenté avec Zlatan une complicité de vingt ans qui s'était muée en amour ? Certes, Milan ne songeait pas à un flirt entre Samuel et Bérénice, la grande blonde aux yeux clairs aurait pu être sa mère. Mais il en était sûr, de cette soirée se noueraient d'autres liens.

Le groupe se quitta sur le trottoir dans une bonne humeur plus ou moins feinte. Bérénice avait commandé des taxis. Elle s'engouffra dans le premier véhicule, suivie de Carmen qui tituba tandis qu'elle se dirigeait vers la voiture. Astrid l'empoigna fermement par le coude.

— Je sais que tu n'es pas ivre ! murmura-t-elle à l'oreille de la métisse. Si tu nous disais la vérité ?

— Quelle vérité ?

— Quel est ton chagrin ? Anton ? La perspective d'un mariage qui ne semble pas du tout te combler de bonheur ?

— Fiche-moi la paix, marmonna Carmen.

— Il est encore temps de tout annuler, insista Astrid.

— Tais-toi ! Monte ! cria la métisse en dégageant violemment son bras.

Elle poussa Astrid dans l'automobile, s'y engouffra à son tour et claqua la portière. Une fois assise, elle foudroya son amie du regard. Astrid eut un signe de dénégation mais elle n'insisterait pas. Pas en présence de Bérénice. Elle regrettait d'avoir mis Carmen sur la défensive. Lorsque le taxi les déposa au pied de l'immeuble de Carmen, celle-ci invita ses amies à prendre un dernier verre. Elle semblait s'être calmée. Astrid et Bérénice se laissèrent tomber sur les fauteuils du salon. Carmen fila à la cuisine. Elle en revint avec une bouteille de champagne dont elle s'empressa de faire sauter le bouchon.

— Buvons à mes noces, fit-elle sur un ton léger.

Astrid tendit sa coupe sans broncher. Perdue dans ses pensées, Bérénice laissa son verre se remplir et le porta à ses lèvres sans un mot. Astrid comprit qu'elle était ailleurs, peut-être sur un quai de Cherbourg, tentant d'imaginer comment sa mère, quarante-cinq ans plus tôt, avait pu faire la connaissance d'un Soviétique et concevoir un enfant le temps d'une escale. Et si son amie était partie sur la mauvaise route ? Après tout, elle ne faisait que s'accrocher aux propos d'une vieille femme qui n'avait plus toute sa tête. Elle s'était jetée dans cette aventure sans réfléchir, allant jusqu'à raconter les bribes de son histoire à un gamin dont elle venait tout juste de faire la connaissance. Cela ne lui ressemblait pas. D'habitude, Bérénice ne se confiait pas facilement. Il fallait qu'elle soit bien paumée pour s'épancher aussi vite. Pourvu que ce jeune homme lui apporte l'aide dont elle a besoin, pria intérieurement Astrid. Pourvu qu'elle trouve des réponses à ses questions. Il n'y aura que cela qui lui apportera la paix.

La soirée s'acheva dans la morosité. Bérénice était dans son monde, Carmen avait débouché une seconde bouteille de champagne et buvait coupe sur coupe. Astrid consulta sa montre.

Il allait faire jour. Elle avait espéré que cette sortie au théâtre les aurait rapprochées toutes les trois, mais elle eut plutôt l'impression que leur amitié allait exploser. Bientôt, elles seraient à des années-lumière les unes des autres. Elle sentit des sanglots lui étrangler la gorge.

9

Il était tard quand Astrid regagna son appartement de la place Barthélemy. Elle avait déposé les enfants chez son ex-mari qui lui avait proposé de prendre un verre. Exceptionnellement, elle avait accepté d'entrer. Yann lui avait semblé plus paisible et les garçons avaient été heureux de voir leurs parents discuter autrement que sur le pas de la porte.

Elle monta les marches quatre à quatre, songeant à tout ce qui l'attendait. Terminer ses bagages, s'assurer que Bérénice n'avait pas oublié l'heure de leur rendez-vous à Paris, appeler Konrad pour vérifier son horaire d'arrivée à Roissy le lendemain soir, et manger, car elle avait une faim de loup ! Avait-elle eu une bonne idée d'avancer son départ pour Paris d'une journée ? Il lui était impossible de revenir sur une décision qu'elle avait prise en oubliant que son emploi du temps serait si serré. Elle décida de commencer par se préparer une collation et se jeta sur le réfrigérateur. Hélas, il était presque vide. Elle n'avait pas fait de courses, sachant qu'elle serait absente les huit jours à venir.

Elle se contenta de tranches de pain de mie sur lesquelles elle étala des rondelles de tomate et des miettes de thon.

Son repas terminé, elle fila sous la douche puis passa un pyjama. Il était grand temps de penser aux valises. Elle composa le numéro de Konrad en même temps qu'elle ouvrait les tiroirs de sa commode d'où elle sortit une pile de T-shirts. Elle choisit ceux qu'elle emporterait et mit les autres de côté. Comme toujours, la voix de son amant la calma. Elle s'allongea sur le lit tandis qu'il lui parlait, imaginant ses yeux bleus, sa peau douce et sa poitrine contre laquelle elle aimait tant se blottir. Ils se retrouveraient le lendemain soir pour une soirée en tête à tête. Le samedi serait plus mouvementé puisqu'ils assisteraient au mariage de Carmen. Ensuite, Astrid aurait de nouveau Konrad pour elle seule. Elle avait réservé une chambre dans un bel hôtel et ils parcourraient la capitale en amoureux. Il y avait encore beaucoup d'endroits que Konrad désirait découvrir, et d'autres, comme le Louvre, qu'il avait envie de visiter à nouveau. Si la météo restait clémente, le séjour promettait d'être agréable.

Quand elle raccrocha, elle reprit le tri de ses vêtements qu'elle piocha dans la penderie cette fois, et termina sa valise. Elle pensa soudain qu'elle avait omis de joindre Bérénice et répara son oubli.

— Comment pourrais-je zapper notre rendez-vous ? répondit son amie. Tu m'as déjà envoyé un SMS ce midi. Tu es tête en l'air en ce moment.

Est-ce la perspective de revoir Konrad ? C'est fou l'effet qu'il te fait. Ou alors tu as peur que je me défile ?

— Pas du tout ! Tu as raison. Chacune de mes retrouvailles avec Konrad me fait perdre les pédales. Je suis moins attentive, plus légère, répondit-elle, souhaitant sincèrement que Bérénice rencontre un jour un homme qui lui donne autant de bonheur.

— Tu as songé à ta robe ? demanda Bérénice. À tes chaussures et à ton étole pour la soirée ? Fais bien attention de ne rien oublier.

Astrid pouffa de rire. Sa tenue de demoiselle d'honneur était déjà prête, enveloppée dans une housse accrochée dans l'entrée. Le plus difficile serait de la transporter jusqu'à la gare sans la froisser.

— Nous prendrons un taxi à Paris, déclara-t-elle. Je te laisserai chez Carmen et je filerai à mon hôtel pour y déposer mes bagages. Je vous rejoindrai pour le déjeuner avant d'aller chercher Konrad à l'aéroport.

Bérénice approuva. Un silence s'installa.

— Et toi ? murmura Astrid. Tu te sens capable d'assister à la cérémonie sans écraser ton poing sur la face d'Anton ?

— Je garderai les dents serrées, tu as ma promesse. En souvenir de Clémentine. Et pour Carmen que je sais malheureuse.

— C'est un sérieux progrès depuis votre dernière fâcherie !

Un progrès… Astrid n'en était pas persuadée, mais ce n'était pas le moment d'entamer une nouvelle discussion sur le sujet. Elle avait le sentiment que la présence de Bérénice au mariage de Carmen scellerait des adieux. Effacer la discorde, se quitter poliment, sans dispute. Clore une amitié avec dignité. Refermer un livre sans laisser de corne à une page… Quand elle eut raccroché, elle attrapa un carnet dans lequel elle avait collé quelques photographies. De vieux souvenirs. Des images capturées à Granville, à Berlin ou ailleurs. Bérénice dans un ciré bleu marine, ses cheveux d'ange retombant sur ses épaules, Carmen chaussée de bottes en caoutchouc léopard, Clémentine et son éternel sourire… Chaque amie avait apposé des commentaires et signé de son surnom : « docteur es cœurs brisés » pour Astrid, « miss Intello » pour Bérénice, « sainte Cruche » pour Clémentine et « Mlle Cœur d'artichaut » pour Carmen… Astrid soupira et rangea le calepin. La nostalgie n'avait rien de bon et elle devait encore préparer son nécessaire de toilette.

*

Bérénice avait reposé le combiné en répétant mentalement le serment qu'elle avait fait à Astrid : elle saurait se tenir et resterait polie au mariage de leur amie. Il lui faudrait tenir parole. Elle s'installa devant son ordinateur, reprenant ses notes là où elle les avait laissées quand Astrid l'avait appelée. Concentrée sur son travail, c'est à peine si elle entendit la sonnette de l'entrée. Elle sursauta, regarda l'heure sur son écran. Il était presque minuit ! Qui pouvait venir chez elle aussi tard ? Elle ne recevait guère de visites, et encore moins la nuit ! Pierre Varange, songea-t-elle en se levant. Il aura réfléchi et s'est enfin décidé à venir me parler. Dans l'après-midi, elle était retournée rendre visite à ce Granvillais qui avait si bien connu Mathilde et sa mère. Mais il l'avait une fois encore éconduite, l'accusant de remuer le passé pour gagner de l'argent avec ses livres.

Elle se pencha à la fenêtre mais ne vit personne. Il faisait sombre. De son bureau elle ne devinait que les lumières du port au loin. Le sentier de la Roche Gautier au bout duquel se situait la maison n'était pas éclairé. Le carillon tinta de nouveau. Bérénice s'approcha prudemment de l'entrée.

— Qui est là ? demanda-t-elle.

Quelqu'un lui parlait mais elle ne percevait pas ce qu'on lui disait. Soudain, elle frémit en reconnaissant la voix.

— C'est moi... Carmen.

Le cœur battant, Bérénice ouvrit la porte. Carmen s'effondra dans ses bras. Son amie l'entraîna à l'intérieur. Lorsqu'elle discerna sa bouche tuméfiée et les trois points de suture sur la lèvre inférieure, elle retint un cri. En quelques secondes, elle reprit le dessus, essayant de contenir son émotion. Elle poussa doucement la métisse dans le salon, ôta le gros sac à dos qui écrasait ses épaules et la força à s'asseoir dans le canapé.

— Que t'est-il arrivé ? chuchota-t-elle.

Les yeux dans le vague, Carmen était incapable de lui répondre.

— C'est Anton, n'est-ce pas ?

La métisse ne broncha pas. Bérénice se leva, alla dans la cuisine et revint avec une bouteille d'eau. Carmen but lentement le verre qu'elle lui tendait.

— Tu dois me dire ce qui s'est passé, insista Bérénice. Tu as trouvé la force de venir jusqu'à chez moi et j'en suis heureuse, mais là, il faut que je sache.

Elle serra Carmen contre sa poitrine. Celle-ci réprima un sanglot, Bérénice resserra son étreinte.

— Pleure, ça fait du bien. Après, on discutera.

Ce n'était guère dans les habitudes de Bérénice de montrer de la compassion, mais la situation l'exigeait. Pendant quelques minutes, Carmen laissa ses larmes couler. Quand sa respiration se fit plus calme, Bérénice s'écarta et s'assit à son tour.

— Maintenant, raconte-moi, reprit-elle. Sans rien omettre et sans mentir. Je suis capable de tout entendre sans te juger, bien que tu aies toujours clamé que mon cœur était de pierre ! Si tu es là, c'est que tu as besoin d'aide, mais je ne peux rien faire si tu restes muette. Tu peux demeurer ici autant de temps que tu le désireras. Avant ça, dis-moi tout.

Les yeux de Carmen plongèrent dans ceux de son amie.

— Oui, c'est Anton, murmura-t-elle, des sanglots dans la gorge.

Elle avala encore un peu d'eau puis déballa tout. D'une seule traite. La veille au soir elle avait dîné avec Anton, chez elle, rue des Dames, où s'entassaient des cartons d'affaires personnelles qu'elle avait prévu de déménager avenue Georges-Mandel après le mariage. Tandis qu'elle préparait une salade, Anton avait fouiné dans un carton resté ouvert. Il en avait sorti quelques books de photos, les travaux que Carmen présentait à ses clients. Il les avait feuilletés avant de les remettre à leur place. Une petite boîte rose et blanche au fond du carton avait alors attiré son attention. Il avait rejoint Carmen à la cuisine et lui avait brandi sous le nez la plaquette de pilules. Il était furieux qu'elle l'ait mené en bateau. Ainsi elle prenait un contraceptif à son insu, elle refusait de lui donner un enfant… Carmen n'avait pas répondu tout de suite. Il lui fallait trouver les mots appropriés afin de ne pas attiser la fureur qu'elle lisait dans les yeux d'Anton. Elle avait rassemblé son courage et plaidé sa cause, comme elle l'avait déjà fait à plusieurs reprises. Anton voulait tout, trop tôt, trop vite. Elle avait besoin de temps. La colère de son fiancé avait redoublé. Elle lui avait alors crié son amour. Il l'avait giflée du revers de la main. La chevalière qu'il portait à l'annulaire avait déchiré la lèvre de la jeune femme. Sous le choc, et voyant le sang couler sur le visage de sa fiancée, il avait tendu les bras pour l'enlacer. Elle avait reculé, s'était recroquevillée dans un angle de la minuscule cuisine. Il avait bafouillé quelques phrases.

— Il tentait de me calmer, je crois, chuchota Carmen, et voulait m'emmener chez un médecin. Mais j'ai eu peur. J'ai senti ses doigts sur ma peau et j'ai hurlé. J'étais terrifiée. J'ai songé qu'il allait encore me frapper. Il me semble que je l'ai menacé d'aller chez les flics et de porter plainte.

Carmen se tut.

— Ensuite, que s'est-il passé ? demanda Bérénice.

Elle devait pousser son amie à se confier, même si lui faire revivre ces instants était pour elle douloureux.

— Il continuait à me parler. Je me bouchais les oreilles. Je ne voulais plus l'entendre, plus le voir. Peut-être lui ai-je ordonné de dégager. Je ne m'en souviens plus. Mais dans ma tête, c'est ce que je lui criais, c'est sûr. Il a fini par partir. Le temps de reprendre mes esprits, j'ai bouclé la porte derrière lui et appelé un taxi qui est arrivé dix minutes plus tard. Le chauffeur m'a conduite à l'hôpital. Aux urgences, j'ai prétexté être tombée et m'être cognée sur le coin d'une table. Les infirmières ont fait semblant d'y croire. On m'a posé quelques points de suture et gardée pour la nuit. J'ai réussi à dormir grâce au somnifère qu'on m'a donné. Ce matin, dès que je suis sortie de l'hôpital, j'ai coupé mon téléphone portable en songeant qu'Anton serait capable de me localiser et je suis allée chez un ami photographe. Marc, un type sympa avec qui j'ai bossé quelquefois. Je ne voulais pas retourner toute seule chez moi. Marc était pris une bonne partie de la journée, des séances prévues dans son studio, il m'a proposé de l'attendre chez lui. À son retour, il m'a accompagnée à mon appartement. J'ai mis des affaires dans mon sac et on est allés directement à la gare. Et…

— Et tu es là, tu n'as pas oublié que tu avais un refuge ici.

— Je ne pourrai pas me cacher indéfiniment.

— On va régler les choses les unes après les autres. Ce soir, je pense que tu as besoin de repos. Tu es bouleversée.

— J'ai peur mais je suis soulagée, souffla Carmen. Anton et moi, c'est fini. Je ne céderai à aucune pression, je ne reviendrai pas vers lui.

Bérénice dévisagea son amie.

— Je ne laisserai pas Anton te faire le moindre mal ! On prendra toutes les mesures qui s'imposent.

— Je veux seulement être libre.

Bérénice hocha la tête. La véritable Carmen refaisait surface malgré son visage tuméfié. Ce mariage bidon n'aurait pas lieu. C'était à la fois atroce étant donné les circonstances, mais aussi la meilleure chose qui pouvait arriver à Carmen.

— Je suis heureuse que tu sois venue chez moi, avoua Bérénice, mais pourquoi pas chez Astrid ?

— Tu avais raison sur tout dès le départ. J'ai pensé que je devais laisser ma fierté de côté et tout te raconter au plus vite. Je veux qu'on reconstruise notre amitié. Je me tourne vers toi parce que tu es solide.

— Tu n'as donc pas averti Astrid ?

— Non. Mariage ou pas, elle retrouve Konrad demain à Paris. Je ne veux pas gâcher leur séjour en amoureux.

— C'est vrai ! s'exclama Bérénice. Elle me l'a dit ce soir. Je l'appellerai demain matin et lui expliquerai pour toi. Hors de question qu'elle annule ses vacances avec Konrad.

— Tu as raison, elle a assez galéré dans sa vie, elle a droit au bonheur.

— Et toi, comment vas-tu bâtir le tien ? Comment vois-tu l'avenir ?

— Ce soir, je ne vois rien... murmura la métisse en touchant sa lèvre boursoufflée, sauf que je me suis libérée de chaînes dont je n'avais pas mesuré le poids. L'amour rend aveugle. C'est fou comme ce vieil adage prend tout son sens quand on a cessé d'aimer.

— C'est vrai. Mon tort a été de vouloir te mettre en garde alors que tu n'étais pas prête à m'écouter. Je t'ai braquée. On s'est fâchées.

Carmen leva les yeux au ciel. Allait-elle poursuivre sa confession ? Bérénice l'avait accueillie sans colère, sans reproche, cela l'incita à continuer.

— Ma fuite, mon désamour d'Anton... Tu sais, ce qui s'est passé hier soir n'est finalement que la goutte d'eau qui a fait déborder le vase. Ma passion s'était effritée depuis plusieurs mois, avant même qu'Anton se montre violent. En fait, j'ai rencontré quelqu'un qui a bouleversé mon existence.

Bérénice ouvrit des yeux ébahis. En quelques secondes, son cerveau cogita.

— L'acteur de théâtre ? chuchota-t-elle comme si on pouvait les entendre. C'est de lui dont il s'agit, hein ? Tu as une aventure avec cet homme ?

Le regard de Carmen s'éloigna. Elle était comme derrière une vitre infranchissable.

— C'est Milan Stegic ? Dis-moi, insista Bérénice.

— Oui, mais ce n'est pas ce que tu imagines. Il n'y a rien eu entre nous. Je suis éprise d'un homme auquel je ne cesse de penser mais lui ne le sait pas. C'est devenu une obsession. Son regard si profond, son allure magnifique, il est la beauté incarnée. Je l'ai baptisé le « tsar », figure-toi !

— Rien que cela !

Si la situation n'avait pas été aussi grave, Bérénice en aurait été amusée. Carmen lui raconta leur rencontre à Saint-Pétersbourg, l'affiche de la pièce qu'elle avait vue par hasard dans le métro, sa première visite dans les coulisses au théâtre et la façon dont elle avait persécuté Milan pour obtenir de lui une séance de photos.

— Je sais, souffla-t-elle, je me suis comportée de façon idiote. Il a dû me prendre pour une folle. Même si j'avais eu quelques chances avec lui, je me suis grillée toute seule.

Bérénice fronça les sourcils. Effectivement, Milan n'avait pas dû apprécier d'être ainsi harcelé. Du reste, elle l'avait trouvé assez ombrageux. Mais ce n'était pas le moment de dresser à Carmen son portrait.

— Avant de tomber à nouveau dans les bras d'un homme, tu ne crois pas que tu devrais d'abord recoller les morceaux, lui conseilla-t-elle. Comment envisages-tu l'avenir ? À Paris, où tu risques de croiser Anton dans les défilés ? Mais ne me réponds pas maintenant ! D'abord, tu te poses et tu prends le temps de réfléchir. Un été à Granville pour méditer, c'est bien, non ?

Carmen acquiesça et posa sa tête sur un coussin. Elle tombait de sommeil. Ne serait-elle pas mieux installée dans une chambre du premier étage ? pensa Bérénice. Elle n'eut pas le temps de le lui proposer, son amie s'était assoupie. Elle ôta délicatement ses chaussures, la couvrit d'un plaid, sortit du salon sur la pointe des pieds et alla dans son bureau. Son ordinateur était resté en veille. Elle fit bouger la souris et l'écran s'alluma. Elle relut les dernières phrases qu'elle avait écrites. Son esprit s'égara. Le jeune Samuel, s'il tenait sa promesse, arriverait bientôt. Serait-il accompagné de son père ? Et pourquoi pas du fameux Milan puisque ce dernier avait évoqué la possibilité de venir quelques jours à Granville ? « Mon Dieu ! marmonna Bérénice. Tout cela me ficherait dans une sacrée galère. Avec Carmen ici, je préférerais qu'il renonce. » D'un geste de la main, elle chassa ces idées stupides. On avisera plus tard, pensa-t-elle en consultant l'heure.

Elle éteignit son ordinateur et retourna dans le salon où Carmen dormait paisiblement. Rassurée, elle monta dans sa chambre. Elle alla d'emblée vers la console où elle avait déposé des objets ayant appartenu à sa mère. Des bijoux, mais surtout des photographies qu'elle avait décortiquées des dizaines de fois, sans y trouver un indice qui aurait pu la mettre sur la voie. Il n'y avait aucun homme sur les clichés, seulement Mathilde, sa mère, ou elle, enfant. Toujours à Granville ou à proximité, Donville, Carolles, Julouville. Dans la maison, dans le jardin, à la plage, été comme hiver. Pourtant, Bérénice s'obstinait, persuadée qu'elle tomberait un jour sur quelque chose qui la relierait à son père. Elle prit le paquet de photos, une loupe, et se mit au lit. Ne rien laisser au hasard. Examiner chaque détail encore une fois. Elle se concentra d'abord sur les colliers et les bracelets de Sylvanie. Étaient-ils différents d'une époque à l'autre ? Portait-elle un nouveau bijou après 1970 ? Une bague ? Un présent que lui aurait offert son géniteur ? Elle n'imaginait pas que sa mère ait pu concevoir un bébé avec un homme sans qu'il y ait eu un lien fort entre eux. Pourtant, son esprit cartésien lui criait le contraire : elle était l'enfant d'une nuit, pas celui de l'amour. Mais peut-être Sylvanie avait-elle connu quelques heures de bonheur dans les bras de cet inconnu. Une échappatoire à la tyrannie de Mathilde…

Bérénice posa le paquet de photographies sur la table de chevet. Était-ce vraiment utile de déranger le jeune Samuel pour une recherche qui s'avérait perdue d'avance ? Ce soir, elle voyait tout en noir. Elle éteignit la lumière, espérant trouver le sommeil. Ce fut peine perdue. Son cerveau repassa en boucle les portraits de sa mère. Soudain, elle se redressa dans son lit. Elle l'avait, le détail, le petit quelque chose qu'elle traquait depuis des jours. Elle ralluma sa lampe de chevet, chaussa fébrilement ses lunettes et s'empara de la loupe et des clichés. Elle mit de côté ceux pris en été, puis classa les photos d'hiver qu'elle étala sur son lit avant de les passer en revue. Son cœur battait à tout rompre. Elle ne s'était pas trompée. Avant 1970, sa mère portait des cache-nez différents en fonction de sa tenue. Elle devait en avoir une belle collection. Après 1970, et sur les photographies, elle arborait une écharpe plus légère, toujours la même, comme un objet auquel on tient et dont on ne se sépare jamais. Un foulard bleu marine…

Bérénice jeta un œil à son réveil. Il indiquait quatre heures du matin. Elle ne trouverait pas le sommeil. Elle se releva, prit la lampe de poche qu'elle rangeait dans sa table de chevet et sortit de la pièce. Arrivée au fond du couloir, elle ouvrit une trappe, en tira une échelle et grimpa au grenier. Une quantité de cartons y étaient entassés depuis longtemps. Elle avait inscrit au feutre « Mathilde » sur certains, « Sylvanie » sur d'autres lorsqu'elle avait fait le tri de leurs affaires. Elle déposa sa torche sur une poutre et commença à vider celles de sa mère. Après avoir déballé une dizaine de cartons, elle sentit l'abattement la gagner. Quand, tout à coup, elle faillit hurler victoire. Avec une nervosité qui ne lui ressemblait pas, elle écarta les carrés de soie ou de mousseline et tomba sur l'écharpe bleu marine.

Elle redescendit aussitôt dans sa chambre avec le morceau d'étoffe et l'examina attentivement. C'était un coupon de coton assez grossier, de forme rectangulaire, plutôt masculin. Il y avait une minuscule étiquette cousue dans un angle. Elle prit la loupe et scruta le bout de tissu. Ses yeux se gonflèrent de larmes. Ce n'était pourtant pas le moment de se laisser emporter par l'émotion. Elle se moucha, fila à la salle de bains pour se rafraîchir le visage et retourna dans le bureau pour prendre son bloc-notes et son ordinateur. Dans le salon, Carmen dormait paisiblement. Elle remonta le plaid sur ses épaules et retourna dans sa chambre. D'abord, elle recopia soigneusement ce qui était écrit sur l'étiquette. Un mot, « Kalinine », l'intrigua. Elle se connecta sur un site de traduction en ligne et l'entra dans le moteur de recherche. Une liste de données s'afficha. Apparemment, il s'agissait d'un patronyme assez courant en Russie. Une première occurrence évoquait un homme politique soviétique du début du XXe siècle, une autre une artiste. Plus bas, un site indiquait le nom d'une centrale nucléaire près d'une ville nommée Odoumlia, à deux cent soixante kilomètres au nord-ouest de Moscou…

Bérénice fit défiler les pages, s'arrêta plus longuement sur l'une d'entre elles. Elle découvrit que Kalinine était également une subdivision administrative de Saint-Pétersbourg. Cette ville n'était-elle pas un grand port de la Baltique ? Fébrile, elle passa d'une information à l'autre, mais tout devint de plus en plus confus. Internet regorgeait de données, difficile de faire le tri. Elle s'arrêta pourtant sur un article et reprit confiance. « Kalinine… Kaliningrad, le lien est peut-être là », murmura-t-elle. Elle prit quelques notes. Kaliningrad, ex-Königsberg en Prusse orientale, avait été une ville royale allemande du temps des Hohenzollern. Conformément aux accords de Yalta et de Potsdam, elle avait été annexée par les Soviétiques après la chute du IIIe Reich. On avait évacué vers l'Ouest la population allemande, chassé des familles entières vers ce qui deviendrait la RDA. Puis on avait russifié la région en implantant des peuples venus de presque toute l'URSS. Avec la guerre froide, la cité était devenue l'un des ports militaires les plus importants de l'Union soviétique en mer Baltique, accueillant le haut commandement de la flotte. Elle avait joué un rôle de premier ordre dans le pacte de Varsovie et était une base de départ des expéditions maritimes. Aujourd'hui, Kaliningrad était une enclave russe au milieu de l'Union européenne, coincée entre la Lituanie et la Pologne, à moins de six cent cinquante kilomètres de Berlin. Une enclave bien armée de brouilleurs destinés à troubler le bouclier antimissile américain…

Bérénice attrapa l'écharpe et l'appuya contre son visage. « Si tu pouvais me parler, toi… dit-elle tout bas. Pourquoi je te retrouve parmi des vêtements ayant appartenu à ma mère ? Est-ce que tu viens de cette Russie baltique qu'on appelle le pays de l'ambre ? » Le nez collé contre le tissu rugueux, Bérénice finit par sombrer dans un sommeil agité où se mêlaient des images de navires de guerre, de marins sur un quai de Cherbourg, et de sa mère…

10

C'était jour de marché à Cherbourg. Bérénice avait parcouru les allées, fait quelques achats, beurre, fromages fermiers et fruits, puis elle avait déposé ses courses dans le coffre de la voiture. Elle était ensuite revenue sur ses pas, avait longé le quai Alexandre III avant de regagner l'avenue Gambetta où elle avait laissé Samuel deux heures plus tôt, devant les locaux de la *Presse de la Manche*.

Elle s'installa sur un banc juste en face du journal. Le ciel était dégagé, la température clémente. Ce début juillet était prometteur. Elle s'absorba dans la contemplation des passants, s'amusant à distinguer les autochtones des touristes. Avec les vacances, les premiers visiteurs étaient arrivés. Si la pluie revenait, ils fuiraient vers le Sud. Elle consulta son téléphone portable. Pas de nouvelles de Samuel. Était-ce bon signe ? Abandonnant les promeneurs, elle repensa aux deux semaines qui s'étaient écoulées depuis l'arrivée de Carmen à Granville. Les premiers jours, elle ne l'avait pas lâchée d'une semelle. Elles étaient beaucoup sorties, avaient fait le tour du Roc, la promenade du Plat-Gousset, un peu de shopping en ville. Elles avaient aussi pique-niqué sur la plage et dîné plusieurs fois sur le port. Astrid et Konrad étaient venus passer un week-end, apportant une distraction supplémentaire. Durant ce temps, Bérénice avait écarté de ses pensées l'écharpe bleu marine et ce fameux nom de Kalinine. Laisser reposer pour mieux cogiter ensuite...

Puis Carmen avait émis l'envie de vagabonder seule, appareil photo autour du cou, comme elle aimait le faire. Elle voulait bosser, occuper son esprit. Et surtout, elle devait refaire surface. Ne pas vivre avec la crainte de rencontrer Anton à tous les coins de rues. À Granville, elle était en paix et elle avait l'impression de retrouver une vie normale. Travailler était un premier pas. Chasser de nouvelles tendances sans commande particulière. Elle était faite pour cela. Restait tout de même une grosse incertitude quant à son avenir. Elle n'avait pris aucune décision concernant son retour à Paris. Comme le lui avait conseillé Bérénice, elle s'était donné un délai, elle aviserait à l'automne. Par prudence, elle avait changé de numéro de téléphone et avait maintenu la vente de son appartement de la rue des Dames. Si elle optait pour un redémarrage dans la capitale, elle se mettrait en quête d'un nouveau logement... en priant très fort pour ne pas croiser Anton. Sa lèvre avait dégonflé, les traces des points de suture ôtés par le médecin de Bérénice s'estompaient. Demeurerait une cicatrice qui s'effacerait sans disparaître totalement. Une piqûre de rappel pour ne jamais oublier, ne jamais retomber dans les pattes d'un homme possessif comme Anton. Elle avait appris la leçon.

De son côté, Bérénice avait remis le nez dans ses recherches mais n'avait rien obtenu de plus que ce qu'elle avait déjà découvert. En admettant qu'elle ne commette pas d'erreur, que le foulard provienne de Kaliningrad, où iraitelle avec cet indice ? Pas loin. Il était illusoire de croire qu'elle pourrait retrouver quelqu'un dans une ville de plus de quatre cent mille habitants avec un coupon de coton vieux de plus de quarante ans. Elle retournait sans cesse à la case départ, comme au jeu de l'oie quand les dés ne sont pas favorables. Son moral oscillait entre haut et bas... Mais l'arrivée de Samuel avait changé la donne. Peut-être parce que, dans la naïveté et l'audace de sa jeunesse, rien n'aurait pu ébranler sa confiance et son enthousiasme. Mais aussi parce qu'il avait débarqué avec des tonnes d'idées. On irait ici, on demanderait là. On pourrait contacter untel, joindre telle administration... Sa foi et sa bonne humeur étaient contagieuses et le baromètre intérieur de Bérénice était remonté au beau fixe. De plus, il était venu seul, ce qui l'avait soulagée. Pas de tsar à l'horizon, même si le jeune étudiant avait évoqué la possible visite de son père et de Milan. On verra bien, se dit Bérénice. Chaque chose en son temps. Pour le moment Carmen récupère, et si le fameux Milan se pointe, on réfléchira.

La jeune femme concentra de nouveau son esprit sur son enquête. Elle espérait sincèrement que les employés de la *Presse de la Manche* avaient accueilli favorablement la requête de Samuel. Pour avoir bossé dans le journalisme pendant des années, elle savait que personne n'aurait de temps à lui consacrer, surtout pour un événement survenu quarante ans plus tôt. Elle faillit l'appeler, se souvint qu'elle avait refusé de l'accompagner en prétextant qu'elle préférait se promener dans Cherbourg alors qu'elle était surtout angoissée par la perspective de rencontrer des gens de son ancien milieu professionnel. Samuel n'avait pas insisté, devinant une blessure. Ce qu'il avait déjà supposé lors de leur première rencontre.

Bérénice se sentit soudain mal à l'aise de l'avoir laissé seul alors qu'il se démenait pour elle. Elle soupira, mesurant combien son passé avait laissé de vilaines cicatrices dans sa chair. Tout un pan de sa vie s'était écroulé d'un coup. Elle avait été trompée par l'homme qu'elle aimait, blessée, humiliée d'avoir été écartée de son poste. Son mec ne l'avait pas plaquée, il n'en avait pas eu le courage, mais il s'était contenté de la remplacer dans son lit et au travail par une femme plus jeune, plus belle. Pire, pour la dédommager et l'éloigner, il lui avait offert ce qu'il considérait comme une promotion : un poste dans le sud de la France ! Il aurait pu la larguer par SMS, se montrer désolé, ça n'aurait pas été pire. Elle avait refusé sa proposition, quitté son job, Paris, et s'était réfugiée à Granville. « Je ne devrais pas remuer tout cela, bougonna-t-elle. Je me fais du mal et je ne veux plus souffrir.» Existait-il des hommes sensibles et délicats, capables de tendresse, honnêtes, susceptibles de rendre une femme heureuse? Des hommes qui vous prennent dans leurs bras sans jamais vous mentir? Pourquoi ces questions venaient-elles brusquement la troubler? Pourquoi fallait-il qu'aujourd'hui elle regarde en arrière? Aurait-elle une nouvelle chance? Bérénice secoua la tête pour balayer ces pensées qui ne la menaient nulle part. C'était aussi débile que de s'asseoir sur la plage, d'attendre le lever du soleil et d'espérer que l'astre apparaisse une seconde fois! Elle avait fait une croix sur sa vie sentimentale pour oublier ce qui était perdu et sauver ce qui lui restait. Ce qu'elle voulait maintenant, c'était retrouver ses racines, et en premier lieu son père. Dénicher au moins un nom et le placer sur l'arbre généalogique de sa famille, là où il y avait toujours un point d'interrogation. C'était pour cette raison qu'elle avait accepté l'aide de Samuel, brillant étudiant en histoire, et qu'elle était avec lui à Cherbourg aujourd'hui. Un chic jeune homme, songea-t-elle tout en jetant un œil sur les passants.

Elle l'aperçut de l'autre côté de la chaussée. Il sortait des locaux de la *Presse de la Manche* avec un gros rouleau de carton sous le bras, affichant un sourire jusqu'aux oreilles. Bérénice comprit qu'il avait obtenu des informations. Elle se leva de son banc, pressée d'aller à sa rencontre.

— Ne bougez pas, j'arrive!

Elle se rassit, le regarda patienter devant le passage piétons puis traverser rapidement les clous. Arrivé à sa hauteur, gagné par l'émotion, il chercha ses mots avant de se lancer.

— Formidables, ces journalistes... Surtout le directeur. Il a vraiment pris le temps de me recevoir. Quel type sympa ! Il m'a écouté, nous sommes allés aux archives. Là, il a sorti les numéros qui m'intéressaient et a tout photocopié ! Bon, on y va ? On a de la lecture qui nous attend !

Bérénice fixait le tube de carton avec avidité.

— Vous voulez voir les documents maintenant ? demanda Samuel.

— On mange d'abord un morceau et on file chez moi étudier tout cela. Au calme.

Ils avalèrent des sandwichs sur le pouce, pressés de reprendre la route de Granville.

*

— Tu as des nouvelles de Gabriel ? demanda Milan à Stan.

Le chirurgien posa son magazine et se redressa de son transat. Il faisait bon au soleil, dans le jardin où il farnientait depuis le début de l'après-midi. C'était son premier week-end sans garde depuis trois semaines. Il avait réussi à libérer son vendredi afin de rejoindre Milan à La Roche-Guyon plus tôt.

— Je l'ai eu sur Skype hier. Il était heureux, sa fille venait d'arriver. Elle doit passer une partie de l'été auprès de lui...

— Sauf que là-bas, c'est l'hiver !

— Je ne crois pas que ça les dérange. Ils sont contents de se retrouver.

Milan grogna, Gabriel lui manquait. L'atmosphère à la maison n'était pas la même quand il n'était pas là.

— Tu t'ennuies avec moi ? l'interrogea Stan, moqueur.

Le chirurgien devinait tout. Milan faillit bondir, vexé d'avoir été démasqué.

— Ce n'est pas la question. Mais j'aime quand nous sommes tous les trois !

— Je sais. Je te taquine.

— C'est un peu ta faute après tout. C'est toi qui nous as donné l'habitude de nous retrouver ensemble.

— Ma faute ! Quelle mauvaise foi ! Quand tu boudes, tu dis n'importe quoi. Veux-tu que nous...

— Stop ! Surtout, ne propose rien ! aboya Milan. Ni de kayak sur la Seine ni d'escalade dans les Alpes. Je t'en supplie, épargne-moi toute bizarrerie qui pourrait te venir à l'esprit.

Stan se rallongea sur la chaise longue et se mit à rêvasser en contemplant les peupliers. Milan n'avait pas tort. Quand l'un d'eux était absent, l'ambiance n'était plus la même. Et le retour de Gabriel n'était pas prévu pour demain. Il était même possible qu'il prolonge son séjour en Nouvelle-Zélande et ne soit pas de retour pour les fêtes de fin d'année. Le chirurgien jeta un coup d'œil en coin. Milan arborait son air maussade et fermé des jours où il broyait du noir.

Il avait pourtant des projets, parlait d'écrire une nouvelle pièce. Mais il ne semblait pas s'atteler à la tâche et passait des journées entières à tourner en rond et à ressasser. Cette maison de la place des Tilleuls est certes celle du bonheur, mais aussi celle où Suzana s'est éteinte, pensa Stanislas. Pour la première fois, il se demanda s'il n'aurait pas été mieux de la vendre lorsque la mère de Milan était partie. Ils adoraient tous leur nid, mais peut-être auraient-ils dû s'en défaire pour mieux redémarrer ailleurs. Savoir effacer le passé, surtout lorsqu'il est source de douleur. Il faillit ouvrir la bouche mais se ravisa. Milan était à fleur de peau, ce n'était pas le moment d'aborder le sujet.

— Et si nous allions rejoindre Samuel à Granville ? proposa-t-il.

Milan le fusilla du regard.

— Je te rappelle que Bérénice, la fameuse Bérénice, nous a invités, poursuivit Stan sans se démonter. Elle t'a même dit que le cadre était idéal pour écrire paisiblement.

Milan s'agita mais Stan ignora délibérément la colère qu'il sentait naître chez son ami.

— On pourrait y faire un saut ce week-end, continua-t-il. Et si l'endroit te plaît je t'y laisserai car lundi, moi, je bosse.

Il y eut un grognement assorti d'une expression que Stan connaissait bien. Le Croate ne disait pas non, il réfléchissait ! Il suffisait de patienter un peu et de revenir à la charge en douceur. Appâter le poisson avant de le ferrer, mais d'abord choisir l'hameçon.

Le chirurgien se leva et se dirigea vers la maison. Il revint quelques minutes plus tard avec deux bières et une assiette de beignets de crevettes qu'il avait pris le temps de réchauffer. Milan en raffolait.

— Merci ! murmura-t-il. Tu les as achetés chez ton Chinois préféré ?

— Oui, j'ai pensé qu'un petit apéro dînatoire serait sympa. J'ai rapporté quelques mises en bouche, celles que tu aimes bien.

— J'adore ton Chinois, mais dommage que Gabriel ne soit pas là, il nous aurait cuisiné de bons petits plats.

— Ce n'est pas une raison pour se laisser mourir de faim ! répondit Stan. Arrête de te lamenter sans arrêt comme un gosse.

Milan haussa les épaules.

— Deux jours en bord de mer, avec ce beau temps, ça me tente bien, insista Stan. On pourrait aller déguster des fruits de mer sur le port. On n'a fait que traverser Granville quand on est allés à Chausey, l'endroit mérite une visite. Samuel m'a parlé de la ville haute, la vieille cité corsaire et ses remparts. Il paraît que c'est agréable de s'y promener.

Le chirurgien monologuait devant le Croate qui ne bronchait pas. Il était temps d'abattre la dernière carte, celle qui allait certainement titiller la corde sensible.

— Samuel serait content de nous voir et moi de passer un peu de temps avec lui. Après Granville, il part en vacances avec sa mère et je ne devrais pas le revoir avant la mi-août.

Milan avala un beignet, but une gorgée de bière.

— Appelle ton fils, ordonna-t-il doucement en essuyant ses lèvres. Demande-lui si on peut venir. Si la « fameuse » Bérénice est toujours d'accord pour nous accueillir. Sinon, on ira à l'hôtel.

À défaut de pouvoir sauter au plafond car ils étaient dehors, Stanislas se leva d'un bond de son transat et poussa un cri de joie qui tira un sourire à Milan.

— Cinquante balais et t'es toujours un môme ! lâcha-t-il en éclatant de rire.

Depuis près de trente ans c'était Stanislas qui menait la danse, mais comment lui résister ? C'était le pote le plus casse-pieds qu'il ait jamais eu mais aussi le plus fidèle, avec Gabriel. On ne pouvait pas ne pas aimer Stan. On ne pouvait pas ne pas lui céder. C'était un rayon de soleil, un gardien des étoiles, aurait pensé Suzana...

*

— Bérénice est toujours aussi concentrée quand elle compulse des documents ? chuchota Samuel qui émergea du canapé.

— Les premiers jours d'une enquête, oui ! renchérit Carmen. Elle est dans son truc et elle n'entend ni ne voit ce qui se passe autour d'elle. Je pourrais me mettre à chanter *La Traviata* qu'elle ne broncherait pas !

Ils se tournèrent tous les deux vers le bureau de Bérénice. Elle était penchée sur la table, un crayon à papier entre les dents. De temps à autre, elle l'utilisait pour griffonner rapidement un mot ou deux sur son bloc-notes puis replaçait son outil entre ses mâchoires. Ses lunettes avaient glissé et tenaient à peine sur le bout de son nez. Le meuble était envahi de photocopies de coupures de presse.

— Tous ces journaux représentent une mine d'or pour elle, reprit Carmen. Elle pourrait oublier de manger, de dormir... tout comme elle a déjà oublié que nous sommes là !

Samuel frotta ses yeux et consulta sa montre. Il était bientôt 20 heures. Il s'était assoupi dans le canapé, épuisé par sa lecture des nombreuses pages d'archives récupérées à la *Presse de la Manche*.

— Et vous, vous avez fait une belle promenade ? demanda-t-il à Carmen qui avait quitté la maison après le déjeuner, préférant le laisser bosser tranquillement avec Bérénice.

— Si on se tutoyait ? proposa la métisse. Le « vous », c'est pour les étrangers !

Samuel acquiesça.

— Je suis allée à la pointe d'Agon, reprit-elle. Tu devrais prendre le temps pour une escapade ! C'est dommage de venir ici et de ne pas profiter des beautés du coin. J'ai réalisé quelques clichés. Rien de folichon, mais ça m'a occupé l'esprit.

Si Samuel ne connaissait pas tous les détails des récents événements, il avait compris que le mariage de Carmen était tombé à l'eau et qu'elle était venue trouver refuge chez son amie. Il avait bien remarqué la blessure sur sa lèvre.

— Je me réserverai une journée de tourisme quand nous aurons avancé Bérénice et moi. On aimerait trouver un élément probant qui nous permette de poursuivre notre enquête.

— Tu l'as constaté toi-même, Bérénice est une bête de travail. Tu peux être sûr que quand vous aurez déniché quelque chose, elle t'emmènera sur une nouvelle piste. Point de congés, point de vadrouille !

Samuel sourit. Il admirait la détermination de Bérénice, l'acharnement qui la gagnait quand elle tombait sur un fait intéressant, son enthousiasme, et même ses défaillances quand elle était déçue.

— Cette quête est importante pour elle, murmura-t-il.

— C'est vrai, admit Carmen. Sa famille, c'est comme un puzzle auquel il manque la dernière pièce. Je crois qu'elle ne pourra pas aborder l'avenir tant qu'elle n'aura pas en main toutes les clés de son passé. On lui a déjà menti pour son grand-père. Je ne te raconte pas le choc quand elle a découvert que ce n'était pas un résistant mais un officier SS ! Et maintenant il faut qu'elle fasse la lumière sur son père. Mais c'est à ce prix qu'elle pourra aller de l'avant.

— Je la comprends. J'ai rencontré mon père pour la première fois il y a peu. Pendant vingt ans, j'ai vécu seul avec ma mère qui m'affirmait qu'elle ignorait qui était mon géniteur. En fait, elle m'a caché son existence parce qu'elle lui en voulait. De son côté, mon père était à mille lieues de se douter qu'il avait un fils !

Carmen hocha la tête. Le fait que Samuel mette autant de cœur à aider Bérénice ne l'étonnait pas. Certes, il y avait l'attrait historique, mais ils avaient des points communs dans leur parcours.

— On va tenter de ramener notre Bérénice sur terre, déclara Carmen en se levant. En attendant, il est tard et je commence à avoir l'estomac dans les talons. Pas toi ?

— Oui, j'ai faim !

Le portable de Samuel vibra dans la poche de son jeans. L'écran affichait un message, c'était son père qui lui demandait s'il pouvait venir à Granville deux jours en compagnie de Milan. Il rejoignit Carmen dans la cuisine. Elle débouchait une bouteille de vin.

— Il se pourrait que je prenne des congés plus tôt que prévu, annonça-t-il, radieux. Papa et Milan envisagent de venir ici. Ils arriveraient demain. Il faut que je demande à Bérénice son accord.

— Ton père viendrait avec son ami ? demanda Carmen.

— Milan ? Oui.

Un voile passa devant les yeux de Carmen. Elle s'appuya contre la porte du réfrigérateur.

— Ça ne va pas ? s'inquiéta Samuel.

— Il faut que je mange.

Samuel coupa une tranche de pain et la lui tendit. Fébrile, la jeune femme se servit un verre de blanc qu'elle avala d'une traite. Samuel jugea que ce n'était pas le meilleur remède à une crise d'hypoglycémie mais il garda pour lui cette remarque.

— Préparons le dîner, déclara-t-il.

— Il n'y a rien à faire à part sortir les fruits de mer du frigo.

— Je vais concocter une mayonnaise !

Il monta la sauce tandis que Carmen disposait les bulots, les crevettes et les langoustines sur un grand plat. Quand le couvert fut mis, ils appelèrent Bérénice. Elle ne répondait pas, absorbée dans sa lecture. Samuel alla la retrouver dans le salon et lui tapota doucement l'épaule.

— Le cerveau a besoin d'un peu de nourriture pour carburer.

Elle releva le nez et lui sourit.

— Il y a là une mine d'informations. Je viens de lire un article évoquant les fameuses émeutes avec les colleurs d'affiches.

— Ah ! Montrez-moi !

Elle lui tendit une page de journal datant du 12 mai 1970. Le journaliste expliquait que quatre types venus de Paris avaient semé la pagaille sur le quai de France. Vers 1 heure du matin, les quatre hommes s'étaient approchés des deux navires soviétiques et avaient entrepris de coller des affiches sur les grues et les wagons situés à proximité des bâtiments invités. L'alerte avait été rapidement donnée. Une quinzaine de militaires soviétiques était intervenue. Les intrus avaient tenté de s'enfuir et de regagner leur voiture, écrivait le journaliste, mais ils avaient été rattrapés par les marins soviétiques.

La relation exacte de ce qui s'était passé ensuite était plutôt confuse, les autorités soviétiques s'étant montrées discrètes sur l'affaire. La police de Cherbourg était arrivée sur les lieux et avait fait décoller les affiches. Les quatre hommes avaient été arrêtés, conduits au commissariat où on les avait interrogés. Par la suite, on avait appris que ces trouble-fête étaient issus d'un mouvement appelé «Jeune Révolution», qu'ils disposaient d'une trentaine d'affiches rédigées en français ou en cyrillique, réclamant la libération d'un général arrêté à Moscou pour avoir défendu les droits de l'homme. Un peu plus tard, les dirigeants de ce mouvement d'extrême droite avaient téléphoné à divers journaux pour préciser «que les Soviétiques n'y étaient pas allés de main morte avec les militants». Des militants qui, à peine libérés s'étaient aussitôt rendus à la gare maritime dans le but évident de provoquer un second scandale. Mais les agents français veillaient au grain et cet incident avait été étouffé dans l'œuf. Le journaliste concluait sur le fait que ce couac n'avait en aucun cas altéré les relations amicales entre les Cherbourgeois et les équipages soviétiques.

— On sent évidemment le parti pris de l'auteur, fit Samuel en reposant la page. J'imagine que si l'événement a provoqué du remue-ménage en haut lieu, on a étouffé l'affaire afin de ne pas attiser le feu. Ça n'était pas rien, tout de même, de recevoir des marins d'URSS!

— Effectivement. Quand on voit le nombre d'articles consacrés à la réception de l'*Oktobrskaya Revolutsia* et de l'*Obraztsvoyi*, on comprend que Cherbourg tenait à ce que la fête soit réussie. Bref, ce papier confirme les propos du marin granvillais que j'avais accusé d'avoir trop bu ! Comme quoi, cet homme était digne de foi.

— C'est sûr qu'il a gardé une bonne mémoire malgré son penchant pour la bouteille. Si nous allions dîner ?

— Il y a un tas de photos que j'aimerais examiner de près, murmura Bérénice qui avait bien du mal à lâcher ses documents. Peut-être vais-je enfin repérer un visage connu.

— Je vous aiderai. Mais en attendant, on mange !

À regret, elle lâcha son crayon et suivit Samuel.

— Nous ne laisserons rien au hasard, reprit-il en voyant sa mine contrariée. Je vous aiderai, nous examinerons chacun des clichés à la loupe. Vous pourriez aussi sortir quelques photos de votre maman et de votre grand-mère afin que j'aie leurs visages sous les yeux. Et si vous disposez d'un portrait de l'ami de votre mère, Pierre Varange, j'aimerais bien le voir également.

— Vous en êtes toujours au vouvoiement ? intervint Carmen alors qu'ils s'installaient à table.

Bérénice eut un regard surpris.

— Samuel et moi on se tutoie !

— Alors nous ferons de même, dit doucement Bérénice.

Elle attrapa machinalement un bulot, l'esprit ailleurs, cherchant à reconstituer les événements. C'était du reste la seule chose qui la préoccupait et elle ne prêtait aucune attention à Carmen qui, de l'autre côté de la table, attendait le moment où Samuel allait aborder le sujet qui l'intéressait. N'y tenant plus, elle balança :

— Samuel t'a fait part du message qu'il a reçu de son père ?

— Je n'en ai pas eu le temps, intervint Samuel, gêné d'être pris au dépourvu. En fait, papa a projeté de venir passer le week-end à Grandville avec son ami Milan. Ils arriveraient demain et resteraient jusqu'à dimanche. Comme vous... pardon, comme tu l'avais gentiment proposé, tu crois que c'est possible ?

— Bien sûr ! La maison de Liz est assez grande pour vous loger tous les trois !

— Merci. J'enverrai un SMS à mon père après le dîner.

Ce n'est qu'en croisant le regard béat de Carmen que Bérénice revint sur terre. Absorbée par ses recherches, elle avait complètement oublié cette histoire avec celui qu'elle appelait le « tsar ». Une tuile ! Mais il était trop tard pour revenir sur sa parole. De toute façon, comment aurait-elle pu refuser de recevoir le chirurgien et son ami sans donner d'explication à Samuel ? Il lui était impossible de lui raconter que Carmen était tombée sous le charme de Milan lors d'un voyage à Saint-Pétersbourg. Ne restait plus qu'à prier pour que ce week-end se déroule au mieux. Deux jours, ce n'était pas si long. Mais elle allait perdre du temps pour ses recherches. Samuel voudrait profiter de son père et ne serait pas disponible pour l'aider. De son côté, elle devrait consacrer quelques heures à ses invités. Elle jeta un coup d'œil vers son bureau sur lequel elle avait étalé les photocopies des journaux. Il y avait tant d'infos à trier, à décortiquer, songea-t-elle. Et si nous réussissions à trouver des films de ces journées ? Je voudrais voir la foule sur le quai de France, l'entendre, m'imprégner de l'atmosphère. Comme s'il avait lu dans ses pensées, Samuel la relança sur les photos.

— On pourrait étendre nos recherches sur les réseaux sociaux. Plus de quarante ans se sont écoulés mais je suis persuadé qu'on réussira à dénicher des clichés intéressants, des anecdotes, des films éventuellement. Je m'y collerai dès demain.

Bérénice sourit. Son allié ne l'abandonnait pas malgré la venue de son père. À l'autre bout de la table, Carmen rayonnait mais pas pour les mêmes raisons. Elle allait revoir le Croate… Elle passa un doigt sur sa lèvre blessée, sentit la cicatrice. Finalement, en la frappant, Anton lui avait ouvert les yeux et l'avait empêchée de faire la bêtise de sa vie. Elle était libre, et demain le « tsar » serait à Granville…

11

Bérénice ferma les yeux. Dans moins d'une heure elle serait à Kaliningrad. Jusqu'à ce qu'elle ait foulé le sol de cette enclave russe coincée entre la Pologne et les pays baltes, elle n'y croirait pas. Elle avait encore peur d'être rejetée en débarquant à l'aéroport.

Elle était partie à la dernière minute. Ou presque. Son enquête ne reposait que sur des bases fragiles et obtenir un visa pour la Russie était long. Elle s'était malgré tout renseignée. En fournissant à l'ambassade un billet d'avion, les nuitées réservées à l'hôtel et le nom d'un contact sur place, elle pouvait obtenir en express un visa de trois ou quatre jours. Elle s'était alors décidée sur un coup de tête. Comme toujours, Samuel avait été d'une aide précieuse. L'un de ses enseignants à Paris lui avait communiqué les coordonnées d'un confrère à Kaliningrad. La réponse avait été au-delà des attentes de Bérénice. Elle serait reçue par un professeur d'histoire renommé de l'Université russe d'État Emmanuel-Kant. Si ce célèbre philosophe ne s'est pas trompé, s'était dit Bérénice, je dois être intelligente, car côté incertitudes, je suis gâtée! Le grand homme n'avait-il pas écrit qu'on mesurait l'intelligence d'un individu à la quantité d'incertitudes qu'il était capable de supporter? Sur le moment, cette pensée l'avait fait sourire. Un peu d'ironie pour oublier les doutes. Certes, elle n'arriverait pas les mains vides à Kaliningrad. Elle disposait d'une écharpe et d'une photo. Des indices toutefois bien minces pour suivre une piste sérieuse.

Avec Samuel, elle avait minutieusement épluché les photocopies récupérées à la *Presse de la Manche*. Ils avaient analysé les articles et clichés consacrés à la visite des bâtiments soviétiques. Dans un port comme Cherbourg on aimait les marins, et chaque fois qu'un bateau s'amarrait au quai de France et s'ouvrait à la visite, les gens venaient nombreux. Mais quand le croiseur *Oktobrskaya Revolutsia* et la corvette *Obraztsvoyi*, deux bâtiments battant pavillon du géant des pays de l'Est, accostèrent en mai 1970, ce fut plus de 25 000 curieux qui se déplacèrent en quelques jours. Une foule à la mesure de l'événement. On venait à la rencontre d'un autre monde, on honorait la reprise, après une interruption de plus d'un demi-siècle, des relations entre les marins russes et Cherbourg, port d'escale de la flotte des tsars avant la révolution d'octobre 1917.

Un papier avait retenu leur attention. Le journaliste y mentionnait qu'en dehors des cérémonies officielles beaucoup d'écoliers s'étaient rendus à bord de ces navires. Sur les clichés, on devinait des dizaines de bambins avec leurs instituteurs et institutrices. Bérénice avait senti son cœur se pincer. Sa mère était maîtresse d'école. S'était-elle aussi rendue à Cherbourg avec sa classe ? Samuel avait fouiné davantage et découvert que seules celles de Cherbourg étaient venues sur le quai de France. Sylvanie, elle, avait toujours enseigné à Granville. Malgré tout, Bérénice s'accrochait, guidée par son instinct. Elle en était sûre, sa mère avait fréquenté un marin soviétique.

Puis il y avait eu *le* miracle. Sur Facebook, Samuel s'était inscrit dans un groupe de passionnés d'histoire de la Normandie. Il avait lancé un appel, précisant qu'il recherchait des photos d'amateurs ou de professionnels prises lors de cet événement forcément resté dans les mémoires des Cotentinois. Bingo ! Trois personnes avaient répondu et transféré de vieux clichés *via* Internet. La très mauvaise qualité des photos n'avait cependant pas permis à Samuel d'en tirer quelque chose. Il les avait confiées à un photographe professionnel après les avoir enregistrées sur une clé USB. En attendant le retour des clichés, Bérénice et Samuel avaient continué à disséquer les journaux de l'époque. Outre l'accueil des visiteurs sur leurs navires, les marins soviétiques avaient bénéficié de permissions et avaient pu déambuler librement dans les rues de Cherbourg. De nouveau, les nerfs de Bérénice s'étaient noués. Elle imaginait sa mère marchant près du port, main dans la main avec un inconnu. Quand elle y réfléchissait, elle se trouvait idiote d'avoir de telles idées. Des faits, pas des rêves !

Dans l'un des articles, le journaliste décrivait l'atmosphère de kermesse sur le quai de France lors de ce fameux week-end qui avait suivi l'arrivée des navires. Le lundi, des marins en uniformes porteurs de l'étoile rouge s'étaient répandus dans toutes les artères de la ville, nullement découragés par la pluie qui s'était abattue sur Cherbourg. Ils avaient pris d'assaut les bureaux de tabac et les kiosques, avaient cherché à se procurer *L'Humanité*, en vain. L'état-major soviétique en avait alors fait commander quelques-uns. Le journaliste ajoutait que certains militaires s'étaient rués sur les publications masculines, s'arrachant les numéros de *Lui* ou de *Playboy*. Les officiers, qui bénéficiaient de plus d'argent de poche, avaient acheté des chaussures en cuir tandis que les cadets et les matelots s'étaient contentés d'acquérir des crayons feutres ou des briquets. Les épouses, les fiancées, les mères et les sœurs n'avaient pas été oubliées. À défaut de disposer d'assez de devises pour rapporter une jolie robe ou un beau tailleur *Made in France*, certains avaient pu se procurer des patrons.

Des histoires d'amour étaient-elles nées durant cette escale ? Le journaliste n'en disait mot. Du départ du croiseur et de la corvette après six jours passés dans la darse transatlantique, la presse n'évoquait que la fête, la présence de la fanfare, les vivats de la foule, le rapprochement de deux peuples d'idéologies différentes, et les cérémonies qui se voulaient être celles d'un au revoir et non d'un adieu. Comment sa mère aurait-elle pu nouer une relation en si peu de temps, avec en plus la barrière de la langue ? s'interrogeait Bérénice. Sylvanie ne parlait pas un mot de russe et il n'y avait guère de chance que les Soviétiques s'expriment en français. Il est vrai qu'en amour on ne s'embarrasse guère de paroles. Pourtant, les souvenirs qu'elle avait gardés de sa mère lui criaient que c'était inconcevable. Sylvanie n'avait pas été une femme qui couchait facilement. D'ailleurs, Bérénice ne lui avait jamais connu d'amant...

Indifférents au soleil qui irradiait la cité et que savouraient les Granvillais et les vacanciers, Samuel et Bérénice s'étaient de nouveau enfermés dans la maison, scrutant chaque cliché. Le photographe avait fait du bon boulot. Mieux, il leur avait offert gracieusement un film d'époque tourné en super 8 et qu'il avait copié sur un CD. En voyant les images que lui avait confiées Samuel, le commerçant s'était en effet rappelé qu'il avait dans son grenier, parmi les vieux films tournés par son père, un document sur la venue des navires soviétiques à Cherbourg. Ils avaient regardé le film en boucle, et c'était Samuel qui avait repéré le premier une tête dans la foule qui pouvait être Sylvanie. Il avait comparé les visages avec le portrait de famille que Bérénice lui avait donné avant de lui dévoiler sa trouvaille. Elle n'avait pas rêvé, c'était bien sa mère au premier plan, parmi une vingtaine d'autres personnes, abritant un marin soviétique sous son parapluie. Mon père, peut-être… avait-elle aussitôt songé. Tout excité, Samuel s'était précipité chez le photographe qui avait retravaillé et agrandi l'image. Les traits de l'homme étaient plus nets, avec un peu de chance quelqu'un pourrait l'identifier avec ce document.

L'identifier ? pensa Bérénice alors que l'hôtesse venait d'annoncer la descente de l'avion sur Kaliningrad et de demander aux passagers de boucler leur ceinture. Le mot résonnait étrangement à présent qu'elle était seule et à des centaines de kilomètres de Granville. Et même si elle disposait aujourd'hui d'un cliché de bonne qualité, il s'était écoulé quarante-cinq ans. Elle ressentit une grande lassitude et eut soudain envie d'abandonner cette chasse aux fantômes et de reprendre le premier vol pour Paris.

*

Tandis que l'avion se posait sur le tarmac de Kaliningrad, Carmen sonnait au portail de la jolie maison de Liz où Milan s'était installé après le départ de Stanislas. Il avait accepté l'offre de Bérénice de rester à Granville jusqu'à la fin août avec l'espoir que ce cadre enchanteur lui permettrait de retrouver cette foi en l'écriture qui lui avait tant manqué ces derniers mois. De son côté, Bérénice s'était réjouie de savoir la demeure occupée pour l'été. Mais quand Carmen lui avait signifié qu'elle ne l'accompagnerait pas à Kaliningrad, elle avait été moins joyeuse.

Bérénice savait très bien que son amie avait décidé de camper à Granville pour ne manquer aucune occasion d'être auprès de Milan. Rien n'avait pu la décider à partir en Russie.

Personne ne vint ouvrir. Carmen appuya de nouveau sur le carillon. Elle sourit en songeant aux derniers conseils de Bérénice juste avant son départ ce matin. Ne pas déranger Milan, et surtout se tenir à distance d'une éventuelle nouvelle histoire qui se terminerait en catastrophe. Durant le séjour de Stanislas et Milan à Granville, ils s'étaient tous retrouvés pour dîner dans un restaurant du port. Ce soir-là, Bérénice n'avait pas remarqué de manège particulier entre le Croate et Carmen qui aurait pu l'inquiéter. Stanislas, en revanche, ne s'était pas gêné pour lancer des regards intéressés à la métisse. Bérénice n'avait fait aucune allusion aux assauts du chirurgien, mais elle avait toutefois mis en garde la métisse. Elle avait toute la vie devant elle pour bâtir un grand amour...

Carmen n'avait même pas attendu vingt-quatre heures pour revenir à la charge ! Dès le départ de Bérénice, elle était passée chez le meilleur artisan pâtissier de Granville, avait acheté un plateau de petits fours frais, du thé, et à 17 heures pétantes, la voilà qui se retrouvait chez Liz dans l'espoir de voir son tsar.

Enfin, le portail s'ouvrit et elle vit Milan apparaître en haut du perron.

— Je suis venue rompre votre solitude, annonça-t-elle avec empressement, un sourire jusqu'aux oreilles.

Milan s'effaça pour la laisser entrer. Il la laissa préparer le thé et elle le rejoignit au salon avec un plateau chargé de tasses fumantes et de délicieuses pâtisseries. Il écarta une liasse de feuilles d'un revers de la main et rabattit l'écran de son ordinateur portable. Carmen l'avait peut-être dérangé, mais celle-ci ne voulut pas le voir. Il s'empressa d'avaler un petit four et de boire son thé, puis reprit son bloc-notes, une façon à peine polie de lui faire comprendre qu'il avait du travail et que la récréation s'arrêtait là. Certes, la métisse ne le relançait plus avec ses projets photographiques ou ses books, mais elle était aux antipodes de ce qu'il appréciait chez une femme. Et puis il ne voulait plus aimer, il voulait seulement être en paix. Depuis le petit bureau qu'il occupait pour travailler, il pouvait admirer la mer, et par temps très clair les îles Chausey à l'horizon. C'était beau et apaisant. Il avait retrouvé le goût de l'écriture. Enfin, il posait les mots sur le papier. Il ne regrettait pas d'avoir accepté l'invitation de Bérénice. Un peu poussé, il est vrai, par Stan.

Il se sentait bien dans cette demeure dominant l'étendue bleue de l'océan. Rester dans la maison de La Roche-Guyon ne lui convenait plus quand Stan et Gabriel étaient absents. Il y tournait en rond comme un fauve dans sa cage. Gabriel ne reviendrait pas de sitôt, Stan était à Saint-Pétersbourg où il avait finalement emmené Samuel qui souhaitait visiter l'ancienne capitale des tsars. Milan avait refusé de les accompagner, prétextant que son dernier séjour là-bas lui avait suffi. Il avait surtout souhaité laisser le père et le fils en tête à tête. À Granville, la solitude ne lui pesait pas. Au contraire, elle le servait. Bientôt, une nouvelle pièce de théâtre naîtrait de ces journées d'exil. Victor Hugo n'avait-il pas été prolifique lors de son séjour forcé sur les îles anglo-normandes ? Milan sourit, songeant qu'il était bien prétentieux de se comparer à l'une des plus illustres plumes françaises.

Il ne faisait plus attention à la métisse qui attrapa son sourire et poursuivit son babillage, évoquant promenades et sorties. Elle s'éternisait, Milan ne l'écoutait plus que d'une oreille distraite. Il aurait pu lui dire qu'il marchait matin et soir, descendait vers le Plat-Gousset au lever du soleil, y retournait à l'heure où l'astre plongeait dans la mer. Il s'asseyait alors sur la jetée déserte ou sur un rocher et contemplait le paysage. La journée, il travaillait ses personnages et ses dialogues, reprenait le déroulement de l'action. Il ne se rendait en centre-ville que très rarement afin d'assurer son ravitaillement, des courses vite faites car lorsqu'il était en phase de création il se nourrissait mal, ne mangeant que des céréales et du lait.

Enfin, Carmen se décida à lever le camp. Milan la raccompagna avec empressement. Elle tenta une dernière proposition.

— Nous pourrions aller manger des fruits de mer sur le port demain soir. Qu'en dites-vous ? À moins que vous ne préfériez déguster une galette à l'Échauguette, en vieille ville.

Le Croate déclina l'invitation. Il vit le regard de Carmen s'assombrir et les paillettes d'or qui illuminaient d'ordinaire ses yeux bruns se ternir. Il s'en voulut de lui causer de la peine. Certes, il ne voulait pas qu'elle s'imagine quoi que ce soit, mais ce n'était pas une raison pour lui faire du mal. Elle était casse-pieds, pas méchante.

— Vous avez raison, se ravisa-t-il, une petite sortie me fera du bien. D'accord pour une galette. Mais je ne rentrerai pas tard, je dois avancer dans mon travail.

Il avait accepté l'invitation mais blindé ses arrières. Pas question de lui laisser imaginer que la soirée puisse se prolonger ailleurs.

Carmen jubilait. Elle avait remporté une manche, le tsar avait cédé. Mais elle suivrait les conseils de Bérénice, elle ne brusquerait pas les choses. Elle se contint d'envoyer un message à son amie pour lui dire combien elle était devenue sage, estimant qu'il était préférable pour le moment qu'elle ignore tout de cette visite. En regagnant sa voiture, elle avait déjà d'autres préoccupations. Que porterait-elle demain soir ? Elle avait bien cette très jolie robe blanche qu'elle avait emmenée dans ses bagages. Avec ces merveilleux escarpins achetés chez Louboutin, un bijou à près de six cents euros et dix centimètres de talons qui galbaient le mollet et allongeaient la jambe, ce serait tellement chic ! Elle pourrait aussi enfiler un jeans et un chemisier, et accessoiriser cette tenue plus décontractée avec ses sandales Chanel bleu lavande, brodées de camélias perlés.

Arrivée à la Roche Gautier, Carmen n'avait toujours pas tranché. Elle se précipita dans sa chambre, sortit mille et une tenues de son armoire, sentit son cœur se serrer devant un carré Hermès sur lequel elle avait craqué des années plus tôt. Elle faisait du shopping avec Clémentine et la pauvre tentait vainement de la dissuader d'acheter cette pièce de tissu. « Il n'y a pas de prix indiqué, il doit coûter une fortune ! » l'avait-elle serinée. Clémentine disait vrai. Elle avait sérieusement écorné son compte en banque ce jour-là. Ce souvenir la plongea soudain dans une triste mélancolie. Elle songea à leurs disputes, à leurs fous rires, à tous ces moments de la vie qui les avaient rapprochées, à la mort qui les avait séparées. Elle aurait voulu rattraper le passé, entendre à nouveau la voix complice de Clémentine. « C'est injuste, trop injuste ! », murmura-t-elle en repliant le carré.

*

À la grande surprise de Bérénice, le professeur Igor Volodine Legorov s'exprimait dans un français parfait. Elle avait craint que leurs échanges aient lieu en anglais, une langue qu'elle ne maîtrisait pas suffisamment pour pouvoir expliquer sa démarche avec précision. Igor était un homme âgé d'une soixantaine d'années, assez grand, les traits un peu fatigués, la peau grise comme tous les enseignants qui ont passé leur existence à l'ombre des bibliothèques et des salles de cours. Il était venu accueillir Bérénice à l'aéroport et avait courtoisement porté sa valise jusqu'au parking.

Sur la route menant à Kaliningrad, ils dépassèrent des quartiers entiers qui n'avaient pas été rénovés depuis des lustres, où s'alignaient des barres de béton sur des kilomètres, séparées les unes des autres par de minuscules espaces verts.

— C'est vilain, n'est-ce pas ? fit le professeur qui avait remarqué la moue de Bérénice. Ce territoire est le tribut de guerre accordé à Staline par les Alliés en contrepartie des pertes humaines subies par l'URSS pendant la guerre. Grâce à Kaliningrad, la Fédération disposait enfin d'un port sur la Baltique, libre de glace toute l'année, ce qui n'était pas le cas à Saint-Pétersbourg. On a chassé les Allemands et on a fait venir des gens de Russie centrale, d'Ukraine, leur promettant de nombreux avantages, dont une maison. Vous voyez ce qu'il en reste. Pourtant, la région est bien dotée. Sa position d'enclave, considérée au départ comme un facteur d'isolement, est désormais vue comme un atout. Et il y a des richesses : l'ambre, le pétrole exploité offshore, les infrastructures portuaires. Balstiisk reste le siège de la flotte russe en Baltique, mais une partie a été aménagée à des fins civiles avec notamment un terminal pour les containers. Pour certains, Kaliningrad pourrait devenir le nouvel Hong-Kong de la Baltique ! Nous n'en sommes pas là, même si aujourd'hui de grandes marques nous font confiance et profitent de la zone franche. BMW a installé un site d'assemblage ici. La priorité est également donnée au tourisme. Avec les falaises et les plages de sable, les stations balnéaires sont vraiment jolies. Mais la qualité de nos installations hôtelières est encore insuffisante pour prétendre développer cette activité, bien que notre région attire déjà les voyageurs. De même, certains de nos monuments sont en très mauvais état. Depuis quelques années, on s'est enfin décidé à restaurer les plus importants. Vous allez pouvoir le constater puisque nous arrivons en centre-ville.

Bérénice remarqua effectivement les nombreux chantiers en cours. Igor lui expliqua que la ville se dotait de beaux appartements dont le prix était inabordable pour la majorité des habitants de Kaliningrad. Les acheteurs étaient les nouveaux riches de Moscou ou de Saint-Pétersbourg.

— Les logements pour étudiants sont tous concentrés sur l'île de Kneiphof. C'est peut-être l'un des seuls projets immobiliers qu'on a destiné aux moins nantis.

Igor savait que Bérénice n'était pas venue à Kaliningrad pour y passer des congés. Il avait toutefois prévu de l'emmener à la cathédrale, un édifice du XIVe siècle, et de lui présenter un marchand d'ambre auprès duquel elle pourrait, si elle le souhaitait, acquérir un bijou. Un joli souvenir à ramener de ce bout de Russie qui renfermait la plus grosse réserve mondiale de ce fabuleux minéral.

Ils ne tardèrent pas à arriver à son domicile. Igor habitait une demeure pas très grande, ancienne mais bien entretenue. La cuisine, qui faisait également office de salle à manger, était meublée sommairement. La plus grande pièce, un ensemble salon, bureau et bibliothèque, était en revanche chaleureuse. Bérénice devina que c'était là qu'Igor passait le plus clair de son temps. Il l'emmena au premier étage. Il y avait là deux chambres. Il invita Bérénice à déposer ses bagages dans l'une des pièces sur un ton qui n'admettait pas de refus. Il n'était pas question qu'elle loge à l'hôtel, elle était son invitée. Il avait d'ailleurs annulé la réservation qu'elle avait faite pour les besoins du visa. Bérénice accepta son offre, soulagée de ne pas se retrouver seule. Son hôte était charmant, elle pressentait qu'elle n'avait rien à redouter de cet homme qui lui proposait avec tant de gentillesse son hospitalité. Dans un monde et à une époque où les Russes n'étaient pas toujours bien vus, il avait à cœur de lui montrer qu'ici, à Kaliningrad, on aimait les Occidentaux. Il souhaitait surtout être agréable à son homologue français qui lui avait recommandé de prendre soin de Bérénice.

Quand ils redescendirent, une femme d'âge mûr les attendait dans le salon. Elle avait disposé un plateau avec des boissons sur le bureau et salua Bérénice d'un signe de tête.

— Je vous présente Ekaterina. Elle ne parle pas un mot de français mais elle va bien s'occuper de vous. C'est une cuisinière hors pair, vous verrez. Si vous avez besoin de quoi que ce soit, dites-moi, je lui traduirai.

Igor ajouta qu'elle était là en permanence. Bérénice se demanda si Ekaterina était la compagne d'Igor ou une simple employée, et surtout où elle logeait puisqu'il n'y avait que deux chambres à coucher.

— Ekaterina vit au sous-sol depuis près de quarante ans, dit Igor qui avait lu dans ses pensées. Elle y a aménagé un petit endroit à elle quand je l'ai prise à mon service.

Bérénice rougit jusqu'aux oreilles, avec la sensation de se mêler de ce qui ne la regardait pas.

— Ne soyez pas troublée. Ekaterina mendiait dans la rue quand je l'ai rencontrée, ajouta Igor. Ici en Russie, quand on est orphelin, avoir un toit et un travail, ça vaut tout l'or du monde.

12

— Louis, tu ne t'éloignes pas! cria Astrid.

Comme chaque fois qu'elle était sur la plage avec ses enfants et qu'il y avait du monde, elle ne respirait plus.

— Tu devrais les équiper d'un GPS, plaisanta Carmen. Tu pourrais ainsi les suivre sur l'écran de ta tablette!

— Louis! reprit Astrid, ignorant la remarque de son amie, tu ne vas pas plus loin!

— Laisse-le vivre, marmonna la métisse en ajustant ses lunettes de soleil. Il est à cinquante centimètres de ta serviette. Que peut-il lui arriver?

Astrid soupira. Carmen avait tort et raison à la fois. Tort car elle ne mesurait pas que Louis pouvait disparaître de son champ de vision en un éclair, raison car elle avait tendance à couver un peu trop ses petits. C'était plus fort qu'elle, elle imaginait toujours le pire.

Elle était venue deux jours à Granville profiter du bon air de la Normandie et de la douceur exceptionnelle de cet été. Elle était là aussi pour vérifier que Carmen allait bien, Bérénice lui ayant dit avant de partir qu'elle n'était qu'à moitié rassurée de la laisser seule.

— Quand revois-tu Konrad ? demanda Carmen en attrapant une poignée de sable qu'elle laissa couler dans le creux de sa main.

— Pas avant septembre. Mais on a passé deux semaines ensemble en juillet. Je l'avais rejoint à Berlin avec les enfants et nous sommes allés en Bavière. Louis et Geoffrey ont beaucoup aimé. On a loué des vélos et traversé une vallée sur une tyrolienne. Un vrai dépaysement. Konrad profite maintenant de ses enfants à Titisee. Il m'a promis d'être là pour la rentrée des classes. Il devrait rester à Rouen un mois.

Carmen sourit. Astrid était radieuse quand elle parlait de Konrad. Ce devait être cela, l'amour. Ils vivaient à mille kilomètres l'un de l'autre mais semblaient toujours heureux de se retrouver. Pour le moment, l'alchimie fonctionnait.

— Tu n'envisages pas de t'installer à Berlin ?

— J'y pense, bien sûr. Mais Louis et Geoffrey ont besoin de leur père et je tiens à ce qu'ils le voient régulièrement. Alors…

— Alors tu partages ta vie et ton cœur !

— Exactement. Après-demain, je dépose les garçons chez leur père où ils resteront jusqu'à la fin des vacances. J'ai du boulot au cabinet, mes patients m'attendent. Mais parle-moi un peu de toi. Comment te sens-tu ?

— Bien ! J'ai pris la meilleure décision de mon existence en renonçant à me marier avec Anton. C'est évident, il m'aurait maltraitée un peu plus chaque jour. Bérénice avait raison depuis le début et j'ai été stupide de ne pas l'écouter. Reste à fixer la date de mon retour à Paris et à me mettre en quête d'un appart. Pour le moment, je ne suis pas prête. Et puis ici, je peux voir le tsar ! Sinon, tu penses bien que je serais partie à Kaliningrad avec Bérénice !

Astrid éclata de rire. Elle n'ignorait rien de toute l'histoire bien que d'après Bérénice, le fameux Milan ne paraissait pas très réceptif au charme de Carmen. Le jour même de l'arrivée d'Astrid à Granville, la métisse s'était empressée de lui raconter qu'ils avaient dîné ensemble un soir mais qu'il s'était poliment éclipsé sitôt le repas terminé. Quand un homme s'intéresse à une femme, songea Astrid, il prolonge généralement la soirée avec elle.

— Il est tellement beau, soupira Carmen en levant les yeux au ciel. Jamais un homme ne m'a fait un effet pareil. Je bénis Bérénice et Samuel. Quelque part, c'est grâce à eux qu'il est ici. Je t'assure, je suis vraiment accro. Un jour, il sera à moi !

Astrid grimaça. Comme toujours, Carmen s'emballait. On ne l'appelait pas « cœur d'artichaut » pour rien ! Comment lui dire qu'elle pouvait encore une fois se tromper ? Mais elle n'avait pas le courage de mettre les pieds dans le plat, et surtout de provoquer sa colère. Elle préféra changer de sujet.

— Notre Bérénice progresse-t-elle dans son enquête ? Je n'ai pas beaucoup de nouvelles.

— Je n'en sais pas plus que toi, soupira Carmen. À mon avis, elle préfère se consacrer à fond à ses recherches avant de nous faire un rapport complet. Attendons son retour. Mais je crains que ce soit perdu d'avance. Si elle avait fait d'importantes découvertes, même en une phrase elle nous l'aurait écrit.

Astrid hocha la tête. Tenter de retrouver son père dans un pays qui compte près de cent cinquante millions d'habitants avec en poche une simple écharpe et une photo vieille de quarante-cinq ans, autant dire rechercher une aiguille dans une botte de foin. Mais il fallait que Bérénice aille jusqu'au bout. Même si elle revenait sans rien, elle aurait quand même tout essayé. C'était le seul moyen pour elle de trouver la paix.

— Samuel l'a tout de même bien guidée en l'envoyant vers ce professeur à Kaliningrad.

— Carrément ! s'exclama Carmen. Ce gamin est plein de ressources, et avec Bérénice on peut dire qu'ils forment un tandem de choc. Tu aurais dû les voir, penchés sur leur paperasse. Ils en oubliaient même de manger ! J'aurais pu leur servir une assiette de vieux journaux à la vinaigrette, ils n'y auraient vu que du feu ! En les voyant ainsi tous les deux, je me disais que Bérénice aurait été la plus heureuse des femmes si elle avait eu un fils comme lui.

— À défaut d'avoir un fils elle a trouvé quelqu'un qui partage les mêmes passions qu'elle. Et il l'aide, en plus. Ça me rassure. Nous ne l'avons guère épaulée ces derniers temps et je m'en veux.

Carmen acquiesça. Quelques années plus tôt, quand Bérénice s'était lancée sur les traces de son grand-père, ses amies avaient fait bloc autour d'elle. Pas cette fois. Clémentine n'était plus là, Astrid était accaparée par ses enfants, par Konrad, tiraillée entre la France et l'Allemagne. Carmen, elle, avait cru bâtir une existence auprès d'Anton, elle rêvait maintenant de Milan.

— On devrait se montrer plus présentes et lui donner un coup de main, ajouta Astrid. On s'est trop éloignées les unes des autres.

— C'est vrai, admit Carmen, et c'est en grande partie ma faute.

— N'y pense plus. Tu as su venir trouver Bérénice à Granville et te rabibocher avec elle. Je sais qu'elle en est heureuse.

*

— Alors, ma poule, ce voyage à Saint-Pétersbourg ? Tu t'éclates ? Tu as l'air crevé ?

Stan s'approcha de l'écran de l'ordinateur et observa Gabriel en fronçant les sourcils.

— Tu as oublié le décalage horaire, ou quoi ? Je te rappelle que toi, tu te lèves, frais comme un gardon ! Nous, nous venons de rentrer de Tsarskoïe Selo après avoir parcouru des kilomètres. On est un peu sur les paturons, ce soir. Je pourrais presque aller me coucher sans dîner.

— Ah, Tsarskoïe Selo, la résidence impériale, le palais Catherine et le palais Alexandre… C'est magnifique !

— Nous avons tout visité, Samuel est aux anges.

— On parle de moi ? fit Samuel en s'approchant de l'écran.

Il passa sa main devant la webcam pour saluer Gabriel.

— Tu rentres quand ? demanda-t-il.

— J'ai signé pour neuf mois, répondit Gabriel. Et il se peut que je prolonge ma mission. Mais je serai de retour pour Noël. Salomé vient de repartir et elle me manque déjà. Le temps a passé trop vite. Et puis, il me tarde de vous voir.

Stan éclata de rire.

— C'est le Croate qui va être heureux si tu rentres pour la fin de l'année. Tu lui manques aussi, figure-toi.

Gabriel sourit.

— Il est toujours à Granville ? Seul ?

— Oui. Je crois que ce séjour prolongé lui fait du bien. La Roche-Guyon en solitaire, ce n'est pas top pour son moral. À Granville, il respire et surtout il écrit.

— Cette femme est vraiment adorable d'avoir proposé sa maison… Comment s'appelle-t-elle déjà ?

— Bérénice ! hurla Samuel. Elle est extra, intelligente et réfléchie. C'est vraiment génial de travailler avec elle.

Samuel était intarissable quand il évoquait Bérénice. Il lui vouait une véritable admiration et n'était pas peu fier qu'elle ait accepté l'aide d'un jeune débutant comme lui.

— Moi, je préfère la métisse, intervint Stan. Elle a un de ces pétards !

Gabriel pouffa. Il aurait voulu pouvoir sauter dans un avion vers la France et y retrouver ses amis. Leurs rires, leurs conversations légères lui manquaient, même l'humour parfois graveleux de Stan.

— Finalement, personne ne va en Croatie cet été ? demanda-t-il.

— Milan n'était pas chaud, répondit le chirurgien. Moi, j'ai prévu d'aller un week-end à Zagreb cet automne. Là, le Croate m'accompagnera sans doute.

— Je viendrais volontiers avec vous si je n'étais pas si loin, soupira Gabriel. Tu ne voudrais pas reporter ton voyage de quelques mois ?

— Non, mais si tu le souhaites on pourra y retourner tous les deux au printemps. Bref, quand tu seras définitivement rentré de Nouvelle-Zélande.

Gabriel approuva d'un hochement de tête. Il voyait Samuel tourner en rond derrière son père, apparemment impatient de reprendre la parole.

— Tu veux me dire quelque chose ?

— Quand tu seras rentré, j'aimerais bien qu'on convie Bérénice à La Roche-Guyon un week-end. Je suis persuadé que tu l'apprécieras.

— Tu ne cherches pas à me caser, j'espère ? plaisanta Gabriel de l'autre côté de l'écran.

— Pas du tout ! Pourquoi imaginez-vous toujours des mariages dès qu'on vous présente quelqu'un ? J'ai aidé Bérénice dans ses recherches, elle m'a aussi beaucoup appris et m'a très bien reçu à Granville. Je ne veux pas perdre le contact. On échange souvent des mails, elle me tient au courant de l'avancée de son enquête. Tout de même, cette femme a une histoire de famille peu commune. Tu devrais lire son premier bouquin.

— Je le ferai, c'est promis, répondit Gabriel, et on reparlera de cette invitation. Mais vous n'êtes pas obligés d'attendre mon retour pour l'inviter un week-end à La Roche-Guyon.

Stan fronça les sourcils et colla son nez sous la webcam.

— Écoute-moi, vieux, je veux bien recevoir Bérénice, ou plutôt ce glaçon, mais pas sans la sulfureuse Carmen !

— Mouais... Carmen la furie, marmonna Gabriel qui n'avait pas oublié leur rencontre à Granville. C'est un vrai ouragan, cette fille.

Samuel soupira, pressentant que ce ne serait pas simple de parvenir à réunir tout le monde à La Roche-Guyon. Gabriel serait affolé à l'idée de croiser à nouveau Carmen, au contraire de son père qui avait des vues très précises sur la métisse mais semblait mal à l'aise avec Bérénice. Cette femme l'impressionne, pensa soudain Samuel, et cela ne lui ressemble pas.

*

Igor se frotta les yeux et Bérénice étouffa un bâillement.

— Quel tandem nous formons tous les deux! ironisa le Russe en allongeant ses jambes sous le bureau. On a bien travaillé tout de même, et il faut avouer qu'il y a de quoi être épuisé. Pourtant, le résultat est maigre, ou plutôt pas celui que vous aviez escompté en venant ici.

Bérénice acquiesça. Elle ne savait pas si elle était satisfaite ou pas. Sa semaine à Kaliningrad s'achevait. Quel bilan en tirer? Elle avait du mal à distinguer le positif. Sans doute avait-elle trop espéré de ce voyage, comme si, d'un claquement de doigts, elle aurait pu retrouver son père.

— Ne soyez pas découragée! reprit Igor.

Elle lui sourit. Elle aimait son accent et cette façon si particulière qu'il avait de rouler les «r». À ses côtés, elle avait retenu quelques mots et expressions russes. Igor prétendait qu'elle avait des dispositions pour apprendre la langue. Peut-être s'y mettrait-elle un jour.

Ekaterina entra dans le salon et déposa un plateau sur une petite table.

— *Spassibo!* Merci! s'exclama le professeur, l'air ravi. J'ai faim, et voici notre dîner!

Il se leva et alla s'installer dans un autre fauteuil, à proximité de la petite table. Bérénice l'imita, il lui tendit une assiette.

— Mangez, fit-il avec douceur. Vous avez besoin de reprendre des forces. Vous êtes toute pâle. Demain matin nous devons arriver de bonne heure à l'aéroport. Vous avez bien conservé le ticket qui atteste l'achat de vos bijoux en ambre? Il y a un tel trafic que les douaniers ne plaisantent pas sur le sujet.

— J'ai tout rangé comme il le faut, avec les certificats d'authenticité, répondit Bérénice.

Elle rapportait dans ses bagages quatre pendentifs. Un pour Carmen, un pour Astrid et un pour elle, mais aussi un pour Samuel qui pourrait l'offrir à sa maman, une manière originale de le remercier de l'avoir mise en relation avec Igor.

— Je ne vous laisserai pas tomber, lança Igor avant d'avaler un morceau de poisson. Je vais poursuivre les recherches, harceler mes contacts à droite et à gauche. Les universitaires ont l'habitude de se serrer les coudes ! Il y a toujours quelqu'un qui connaît quelqu'un qui… Vous pigez ce que je veux dire ? On trouvera votre père.

Mon père… Était-il vraiment russe ? se demanda Bérénice. Rien n'était moins sûr. Sylvanie pouvait très bien avoir eu une aventure avec n'importe quel type en mai 1970. Pourquoi avait-elle focalisé sur ce marin soviétique ? Le doute l'assaillit de nouveau, comme chaque fois qu'elle faisait un pas en avant. Qu'est-ce que je fais à des centaines de kilomètres de chez moi à poursuivre un fantôme qui n'est peut-être pas le bon ?

— Quand je vous regarde, murmura Igor qui percevait ses incertitudes, je vois en vous du sang russe. Vos yeux, vos cheveux, votre teint… Je suis persuadé que vous allez dans la bonne direction.

— Ma mère avait également les yeux clairs, le même teint que moi et la même couleur de cheveux. Tout comme… tout comme son père, conclut-elle avec hésitation.

Les mots se coinçaient dans sa gorge. Fallait-il qu'elle raconte au professeur Hans et Mathilde ? Comment le prendrait-il ? Elle l'observa un instant. Cet homme était intelligent et clément. Il pouvait tout entendre.

— Ma mère est la fille d'une Française et d'un officier SS, lâcha-t-elle. Alors les gènes, les cheveux blonds, les yeux bleus…

Igor sourit.

— Les gènes, comme vous dites, ont fait de vous une belle personne. Même si cet héritage est lourd à porter, restez celle que vous êtes. Ne soyez pas perturbée par cette page de votre histoire familiale. Nous poursuivrons votre quête et nous tenterons de mettre la main sur votre père. Cela ne me semble pas impossible. Même si c'est long.

Bérénice soupira. Elle était loin de partager l'optimisme d'Igor. Certes, après huit jours d'allées et venues dans l'oblast de Kaliningrad elle repartait avec une information essentielle : l'homme de la photographie, celui qui partageait le parapluie de sa mère sous l'averse cherbourgeoise, avait été identifié. Il s'agissait d'Alekseï Dementiev, sous-officier dans l'armée Rouge. Il avait 30 ans en 1970 et il était à bord de l'*Oktobrskaya Revolutsia* à Cherbourg. Igor avait obtenu ces renseignements sous le manteau et à coups de pots-de-vin. Le problème, c'est que la trace d'Alekseï se perdait à partir de 1987. Il avait vécu à Kaliningrad, vécu étant un bien grand mot puisqu'il avait passé l'essentiel de son temps sur des navires. Quand il rentrait au pays, il habitait une chambre dans un vieil immeuble situé le long du canal maritime qui reliait la ville au port. Un taudis, paraît-il, appartenant à une vieille femme qui hébergeait pour une somme dérisoire des marins peu exigeants, habitués à des conditions d'existence rigoureuses et qui n'avaient besoin que d'un toit et d'un lit dans la mesure où ils passaient leurs journées dehors lorsqu'ils étaient à terre.

Alekseï ne semblait pas avoir eu d'autre adresse dans la région. Avait-il été marié ? Avait-il eu des enfants ? Ses parents étaient-ils encore en vie ? Et lui ? Les vieux marins qu'ils avaient rencontrés étaient tous célibataires. Rares étaient ceux qui avaient fondé une famille. Et lorsqu'ils étaient mis à la retraite, ils restaient au port et vivotaient, allant d'un bar à un autre. L'année de la disparition d'Alekseï correspondait à celle du désarmement de l'*Oktobrskaya Revolutsia*. Le bâtiment avait été mis sur cale en 1987 puis démoli un an plus tard à Saint-Pétersbourg, là où il avait été construit dans les années cinquante. Il n'avait plus été question alors de le réparer ou de le moderniser, comme cela avait été le cas en 1977. Ainsi, Alekseï s'était évanoui en même temps que le fameux croiseur. L'avait-il accompagné pour son dernier voyage ? Était-il ensuite resté à Saint-Pétersbourg ?

— Je vais me renseigner, dit Igor. On sait qu'une grande partie de l'équipage venait de Saint-Pétersbourg, Leningrad à l'époque. Lors de leur escale à Cherbourg, les marins ont distribué de petits portraits à l'effigie de Lénine dont ils fêtaient le centenaire de l'anniversaire de sa naissance. Peut-être Alekseï a-t-il fait le choix de s'installer dans cette ville quand il a été démobilisé.

L'enquête serait coûteuse et Bérénice songea qu'elle devrait laisser de l'argent à Igor.

— Je vous dirai si j'ai besoin de quelques devises, fit-il. Mais nous n'en sommes pas là.

Une fois encore, la jeune femme se demanda si Igor n'avait pas le don de décoder la moindre de ses pensées. De nouveau, elle laissa son esprit vagabonder. Aurait-elle pu s'appeler Bérénice Dementiev ? Avait-elle un géniteur quelque part à Saint-Pétersbourg ? Elle avait hésité à appeler Samuel. Elle le savait en vacances avec son père dans cette belle cité mais n'avait pas osé le déranger. Il avait déjà beaucoup fait pour elle.

— Et si j'allais moi-même à Saint-Pétersbourg ? s'écria Bérénice.

Igor fit la moue.

— Pas maintenant. D'abord, vous n'avez pas les papiers nécessaires. Ensuite, qu'y feriez-vous ? Où iriez-vous ? Où fouilleriez-vous ? Laissez-moi prendre quelques contacts. Je vous promets de ne rien vous cacher de ce que je pourrais découvrir. Si un voyage à Saint-Pétersbourg s'avère utile, je vous le ferai savoir.

— Vous croyez vraiment que je suis la fille d'Alekseï ?

Igor se leva, s'empara de la photo prise ce fameux jour de 1970 à Cherbourg. D'un mouvement du menton, il invita Bérénice à regarder le miroir au-dessus de la cheminée. Bérénice obéit tandis qu'Igor tenait le cliché à ses côtés.

— N'observez que votre mère, ordonna-t-il. Vous retrouverez dans votre visage une part du sien. À un détail près, l'ourlet de votre lèvre supérieure. Fermez les yeux. Ouvrez-les de nouveau. Maintenant, comparez votre bouche avec celle d'Alekseï.

Bérénice obtempéra. Un frisson la parcourut. Elle devait se rendre à l'évidence, le bas de son visage était identique au sien. Une larme perla au coin de sa paupière.

— Bérénice Angers Dementiev, ça sonne bien ! s'exclama Igor.

Il ne savait comment s'y prendre face à l'émotion de la jeune femme. Elle semblait si forte, distante parfois, prenant à bras-le-corps tous les soucis des autres. Mais sous cette carapace il y avait une enfant qui devait porter un bien lourd passé pour de si frêles épaules. Un grand-père officier SS et un père sous-officier de la marine soviétique, ce n'était pas rien.

— Nous allons trinquer, déclara Igor en sortant une bouteille de vodka de la bibliothèque. À notre réussite, à ce bout de chemin parcouru ensemble, à celui à venir ! Nous allons boire et vous oublierez pour un temps ces démons qui vous hantent, ces questions qui vous pressent et auxquelles ni vous ni moi ne pouvons répondre aujourd'hui.

Il servit deux verres. Bérénice dégusta le sien lentement. L'alcool lui brûlait la langue et réchauffait son cœur. Son esprit lâchait prise, elle se détendait. Oui, elle se fierait à Igor. S'il avait une nouvelle piste, nul doute qu'il la tiendrait au courant. Alors elle reviendrait en Russie. Elle irait jusqu'à Saint-Pétersbourg. S'il le fallait, elle était prête à traverser la Sibérie pour retrouver son père.

Elle regarda attentivement la photo. Oui, elle ressemblait à sa mère, mais il y avait aussi une part d'Alekseï dans ses traits. Ils ont l'air heureux sur le cliché, pensa-t-elle avec émotion. S'ils s'étaient aimés, même le temps d'une escale, alors elle était une enfant de l'amour, et cela la réconfortait.

13

Carmen referma soigneusement la porte de l'appartement de Milan et la boucla à double tour, quittant à regret ce deux-pièces qu'elle avait occupé pendant plus d'un mois.

Mis à part la bibliothèque du salon où tous les ouvrages étaient soigneusement classés, il régnait un formidable bazar quand elle avait pris possession des lieux. Quelques livres traînaient encore sur la table basse et à même le sol, annotés et marqués d'un Post-it ici ou là. Sans doute des bouquins en cours de lecture. Sur le bureau installé devant la fenêtre s'entassaient des feuilles de papier plus ou moins jaunies tandis que crayons et gommes étaient éparpillés sous cette paperasse, à côté de l'imprimante recouverte de quelques millimètres de poussière. Si Milan est le « tsar », il n'est ni le roi du rangement ni le prince du ménage, avait alors pensé Carmen qui n'en avait cependant pas fini avec les surprises. Dans les placards de la cuisine, le sel était posé à côté du produit à vaisselle et de l'eau de Javel, le sucre voisinait avec le vinaigre... Comment s'y retrouver dans ce rangement hétéroclite ? Et ce n'était pas mieux dans le réfrigérateur où elle n'avait trouvé qu'un pot de confiture dont le dessus était moisi et des yaourts périmés depuis deux mois ! Tout en continuant à fureter, Carmen s'était dit que son tsar ne devait pas être non plus un as de la gastronomie. Elle n'avait pas vu un seul pot d'épices dans les placards. Les ustensiles de cuisine se résumaient à une poêle, une casserole, et la vaisselle à quatre assiettes, quatre verres, deux bols et quelques tasses. Le strict nécessaire !

Les premiers jours, elle s'était attelée au ménage, prenant garde de remettre chaque chose à sa place. Surtout, ne pas s'immiscer dans les affaires de Milan. Elle s'estimait trop heureuse qu'il lui ait prêté son appartement ; elle allait vivre chez lui, découvrir une part de son intimité... Les événements s'étaient précipités en juillet. Elle avait réussi à vendre son appartement de la rue des Dames facilement. Pour satisfaire les acquéreurs qui souhaitaient s'y installer au plus vite, elle avait convenu avec eux qu'elle viderait les lieux au plus tard à la fin de l'été. Fin août, elle avait loué les services d'un déménageur et fait entreposer son mobilier dans un garde-meuble, le temps de trouver un nouveau logement.

Carmen sourit en rangeant le trousseau de clés dans son sac. Elle ne partait pas s'installer très loin. Le petit appartement qu'elle avait dégoté, juste au-dessus d'un café, se trouvait à deux pas de chez Milan, rue des Amandiers, à l'angle de l'avenue Gambetta. Évidemment, cette localisation ne devait rien au hasard, Carmen ayant précisé à l'agence immobilière où elle s'était inscrite qu'elle souhaitait acheter dans ce quartier et pas dans un autre. Elle avait espéré que cette proximité lui offrirait plus de chance de croiser le Croate, de prendre un verre avec lui ou, pourquoi pas, de partager un dîner.

Avant de pouvoir dénicher son nouveau cocon, Carmen avait envisagé de prendre une chambre d'hôtel. Elle en avait parlé au cours d'un dîner chez Bérénice auquel Milan avait été convié. Le Croate lui avait spontanément proposé son appartement. Il avait prévu de prolonger son séjour à Granville et de là, partir directement au Havre pour y monter sa pièce. Elle pourrait l'occuper jusqu'à son retour. Cet élan subit de générosité avait surpris Milan lui-même, bien qu'en son for intérieur il savait qu'il le destinait à Bérénice plutôt qu'à Carmen. Il se sentait redevable. Bérénice avait mis à sa disposition une maison magnifique, il avait pu renouer avec l'écriture, et ces semaines passées face à la mer, loin de Paris et de La Roche-Guyon, l'avaient apaisé. Quant à Carmen, si elle lui semblait toujours aussi futile, il la trouvait désormais moins énervante. Il pouvait bien lui rendre ce service, sachant par ailleurs qu'en l'aidant, il ôtait une belle épine du pied à Bérénice qui se faisait du souci pour son amie. Milan trouvait son hôtesse agréable, posée et intelligente, et il était heureux de pouvoir à la fois la soulager et lui témoigner sa gratitude pour les merveilleuses journées qu'il avait vécues à Granville. Il savait qu'il serait toujours le bienvenu ici et qu'il pourrait poser ses valises dans ce petit coin de la Manche chaque fois qu'il en éprouverait l'envie. C'était en tout cas ce que Bérénice lui avait dit lorsqu'il avait quitté Granville.

Le journalisme et l'écriture les avaient rapprochés. Bérénice enquêtait sur ses origines et voulait écrire un livre sur son père, Milan faisait revivre à travers ses pièces de théâtre les auteurs et les personnages que l'Histoire ne devait pas oublier. Ils connaissaient les mêmes doutes, les mêmes peurs, la crainte de la page blanche, l'effroi quand l'idée était là, dans un coin de la tête, mais que les mots ne venaient pas. Chacun pouvait confier à l'autre ses impressions en sachant qu'il serait compris. Leur complicité énervait parfois Carmen qui bouillonnait dans son coin, excédée de ne pas avoir à partager quelque chose qui l'aurait raccrochée à leurs conversations d'écrivains. Certes, Bérénice ne tentait pas de séduire Milan, sur ce point-là elle était rassurée. Jamais, d'ailleurs, son amie n'aurait essayé de lui voler l'homme de ses rêves, d'autant plus qu'elle avait élevé autour d'elle une forteresse pour empêcher son cœur de déborder et d'aimer. Bérénice ne céderait plus aux sentiments, elle le lui répétait assez souvent, et pour mieux y parvenir elle avait choisi l'isolement et le travail, ne sortant que pour ses recherches, posant immédiatement des barrières si jamais un homme l'approchait d'un peu trop près, parfois même à la limite de la politesse. Se protéger coûte que coûte. Se protéger quitte à rester seule.

Carmen aimait provoquer Bérénice, la railler gentiment en lui disant qu'elle menait une vie de nonne. Mais Bérénice maintenait son cap, développait ses arguments. Amour rimait forcément avec déraison. Les hommes étaient infidèles et les femmes malheureuses. Point. Elle avait pris un sacré coup de massue sur la tête lorsque son ami journaliste l'avait quittée pour une autre femme. La blessure avait été profonde, elle avait perdu confiance en elle et son ego avait été malmené. Pendant des mois, elle avait vécu l'esprit hanté par cette trahison, avec une obsession : qu'avait de plus celle qui l'avait remplacée ? Le temps avait fini par cicatriser les plaies et Bérénice avait retrouvé une certaine sérénité, mais sa conception de l'existence avait changé. Sa vie, désormais, elle la construirait seule, et c'est dans ce renoncement de l'autre qu'elle avait enfin retrouvé la paix. Les deux amies se chipotaient souvent lorsqu'elles abordaient le sujet, et chaque fois Carmen sortait de ses gonds. Elle, elle n'avait pas capitulé malgré sa rupture brutale avec Anton, une rupture qui pourtant l'avait marquée, bien qu'elle s'en défende. Et quand elle pensait à Milan, elle espérait profondément qu'un jour il la regarderait autrement.

Arrivée au pied de son immeuble rue des Amandiers, la photographe jeta un œil vers le café, bondé en cette fin de journée. Elle monta au premier étage, ouvrit la porte de son nouvel appartement, se surprit à sourire en franchissant le seuil. Certes, elle avait quitté le nid de Milan, mais quel bonheur de retrouver ses meubles et de penser qu'elle allait avoir des dizaines de cartons à déballer. Pour la première fois depuis longtemps, elle songea au superbe appartement du 16e arrondissement où elle avait failli habiter avec Anton. Elle ne regrettait rien. Elle était à nouveau chez elle, libre... Elle déplaça le canapé que les déménageurs n'avaient pas disposé comme elle le souhaitait et poussa le fauteuil poire sous la fenêtre, pensant à Bérénice qui aimait s'y asseoir quand elle venait rue des Dames. Elle avait une chance inouïe de vivre une amitié aussi forte avec elle et Astrid. Un lien profond et indéfectible les unissait. Il était grand temps de prévoir une soirée entre filles, en premier lieu la pendaison de crémaillère. Elle leur téléphonerait ce soir pour fixer une date avec elles. Le plus tôt possible, et surtout avant qu'elle embarque pour l'Angleterre. Elle venait de signer un beau contrat qui la conduirait à Londres, puis aux États-Unis. Quatre semaines de shooting dans la capitale anglaise avant de s'envoler pour New York !

*

Stanislas quittait son bureau quand son bip sonna. Il regarda sa montre et songea l'espace d'une seconde que sa soirée avec Natacha serait fichue. L'instant d'après, il avait déjà oublié sa maîtresse et il courait au bloc.

— Une pré-éclampsie, expliqua une infirmière en l'aidant à nouer sa blouse tandis qu'il enfilait son masque. La patiente souffrait d'hypertension et de maux de tête, ce qui a alerté son médecin traitant qui nous l'a immédiatement envoyée.

— Combien de semaines ? demanda Stan.

— Trente !

— On va les sauver, elle et son bébé.

Il poussa la porte du bloc d'un coup de genou et fut heureux de voir qu'Erwan était aux commandes. C'était son ami, mais aussi le meilleur anesthésiste de l'hôpital. Le ventre de la future maman était déjà badigeonné de Bétadine, la sonde urinaire posée ainsi que la perfusion et l'appareillage de surveillance de la tension et du rythme cardiaque. Aucun champ opératoire n'isolait le visage de la parturiente et Stan comprit qu'Erwan avait choisi l'anesthésie générale. Le chirurgien prit quelques secondes pour rassurer la patiente, lui expliquant qu'il allait pratiquer une césarienne, puis il leva le pouce, donnant à Erwan le feu vert. L'instant d'après, la jeune femme s'endormait. Bistouri en main, Stan commença son travail, aidé de son assistant et d'une infirmière. La puéricultrice se tenait en retrait, prête à accueillir le bébé et à l'emporter pour ses premiers soins. D'un geste sûr, Stan pratiqua une incision horizontale d'une petite dizaine de centimètres sur le bas-ventre de la maman. Même en urgence, il essayait de conserver cette technique qui ne laissait qu'une mince cicatrice. Il écarta le tissu musculaire sans le couper et pratiqua une seconde incision sur l'utérus. Il aspira le liquide amniotique, saisit le bébé et coupa le cordon. Le nouveau-né cria presque immédiatement. Les yeux de Stan croisèrent ceux d'Erwan. Tous deux souriaient derrière leur masque. C'était toujours pareil depuis vingt ans. Même si le tandem était rôdé depuis longtemps, ils ressentaient le même bonheur chaque fois qu'ils donnaient la vie.

La puéricultrice s'empara du bébé et le couvrit avant de l'emmener. Il n'était pas question de traîner au bloc où la température était très basse. Stan se pencha de nouveau sur sa patiente, recousit les différentes épaisseurs. Quand ce fut terminé, la maman fut dirigée vers la salle de réveil où elle serait surveillée pendant deux ou trois heures avant d'être transférée en soins intensifs pour une journée ou deux, par précaution.

Stan sortit du bloc et alla immédiatement voir le papa pour lui donner des nouvelles de son épouse et de l'enfant. Il ne s'était pas écoulé trente minutes depuis le début de l'intervention. C'était peu pour Stan. C'était énorme pour cet homme qui avait attendu, piétinant dans le couloir. Il avait aperçu rapidement son bébé et était ému. Il le reverrait plus tard dans l'unité destinée aux prématurés. C'était un petit de moins de quarante centimètres et d'à peine un kilo et demi. Il serait nourri à la sonde et resterait hospitalisé quelques semaines, mais il était hors de danger. Stan songea que la réactivité du médecin traitant et celle de l'équipe de la clinique épargnerait certainement à cet enfant un retard de croissance, autre risque de la pré-éclampsie. Mais il ne lui appartenait pas d'en parler avec le père. Le pédiatre s'en chargerait dès le lendemain et expliquerait aux parents le suivi de rigueur. Le papa se confondit en remerciements, Stan coupa court à ce débordement de politesse en lui tendant la main.

— Vous pouvez vous rendre en néonat, fit-il, votre petit garçon vous y attend.

Et moi, c'est Natacha qui doit m'attendre, pensa-t-il en se ruant de nouveau au bloc. Il se débarrassa de sa blouse, s'empara d'une serviette et se rinça rapidement le visage sous l'eau. Moins de dix minutes plus tard, il était dans sa voiture. Il démarra tout en envoyant un SMS à Natacha. Il aurait un peu de retard. Elle répondit dans la foulée qu'elle patienterait.

Ils se retrouvèrent chez Gill pour dîner. Sitôt le repas terminé, Stan emmena Natacha chez lui. Ainsi se déroulaient toutes les soirées qu'ils passaient ensemble. Un dîner, puis le dessert dégusté sous les draps ! Repue d'amour, Natacha s'endormit dans les bras de son amant. Stan ne parvenait pas à fermer les yeux. De nouveau, l'approche de la cinquantaine l'effrayait. Que deviendrait-il quand il ne serait plus assez séduisant pour Natacha, ou pour les autres ? Resterait-il éternellement célibataire ? La vie de couple n'avait rien d'idéal pour lui. L'être humain est fait pour exister à deux, dit-on. Pour lui, il ne s'agissait que d'une inaptitude à se suffire à soi-même. Il soupira. Il vivait en solo, comme Milan et Gabriel. Quand la vieillesse serait là, il pourrait toujours compter sur leur trio pour ne pas sombrer dans la solitude. Mais qu'aura-t-il construit en dehors de cette belle histoire d'amitié ? Le découragement revenait, avec son artillerie lourde de questions. C'est vrai, il appréciait sa liberté et pouvait organiser son temps et sa vie comme bon lui semblait. Pourtant, quand il regardait autour de lui, il s'apercevait que malgré l'âge, les gens cherchaient à se caser. Pour ne pas finir seuls… Il ne se sentait pas prêt à bâtir son existence avec une compagne. Toutes ses expériences avaient été des échecs. Seules les femmes sans attaches telles que Natacha l'attiraient. Cela lui convenait-il vraiment ? Sans doute, c'était tellement plus facile. Du plaisir, pas de souffrance. Mais le bonheur dans tout cela ? Il regarda Natacha qui dormait paisiblement à ses côtés. Au matin, après la douche et le petit déjeuner, elle partirait. Ils se reverraient peut-être dans huit ou quinze jours, ou le mois suivant. Mais voulait-il vraiment cela, ou souhaitait-il autre chose sans se l'avouer ? Il se retourna dans le lit, furieux contre lui-même, furieux contre ses idées, et finit enfin par sombrer dans le sommeil.

Quelques heures plus tard, face à Natacha devant un bol de café et des croissants, il lança une question sans réfléchir :

— Tu as parfois songé au mariage ?

Elle éclata de rire. Il sut qu'il avait parlé trop vite, mais il était trop tard, la bombe était lâchée.

— Si tu as des vues sur moi, oublie tout de suite, fit-elle en souriant. Ça n'est pas mon truc.

— C'était juste une question en l'air, par pure curiosité.

À son regard, il devina qu'elle ne l'avait pas cru.

— Je t'adore, Stan, murmura-t-elle en caressant sa main. Je t'adore.

Il comprit qu'elle ne l'aimait pas. Elle croqua dans un croissant et reprit sur un ton léger :

— Je n'attends personne et je veux continuer ainsi. Je suis exigeante, égoïste peut-être, mais surtout réaliste. Je ne crois pas au prince charmant. L'homme idéal n'existe pas. Toi et moi, c'est génial parce que sans obligation. Je sais très bien que je ne rencontrerai jamais un partenaire parfait, un type que j'aurais envie de retrouver chaque soir.

Stan opina de la tête.

— Je ne vois aucun charme dans les défauts des autres, contrairement à ce que me baratinent mes copines mariées qui se forcent à trouver chez leur époux des qualités qui n'en sont pas. Certainement pour se convaincre elles-mêmes qu'elles ne se sont pas trompées. Et pour les apparences qu'il faut toujours sauver !

— Tu as raison. Vivre en se mentant à soi-même est au-dessus de mes forces.

— Je savais que tu serais d'accord avec moi. Plaisir et liberté, quoi de plus génial ? Je ne jette pas la pierre à ceux qui décident de se caser, mais moi, je ne veux pas de ça. Quand un mec tente de me passer la bague au doigt, je m'enfuis en courant !

Stan comprit l'avertissement, il n'aborderait plus le sujet avec elle sous peine de ne pas la revoir. Peut-être même l'avait-il déjà perdue.

*

À son retour de Kaliningrad, Bérénice avait pris le temps de se poser quelques jours. Elle n'avait pas ouvert son ordinateur ni touché à ses dossiers, mais en réalité son esprit n'avait pas cessé de cogiter. Elle avait toutefois réservé quelques moments à Carmen, ravie de constater qu'elle avait retrouvé sa joie de vivre et son caractère grognon. C'était à la fois casse-pieds et bon signe. Bérénice avait également passé de longues heures auprès de Milan, l'invitant souvent à dîner. Elle avait décidé de lever le blocus qu'elle avait tenté d'imposer entre Carmen et Milan, jugeant qu'il n'était plus utile. Carmen s'était calmée, Milan avait dû marquer les limites à ne pas franchir. Le Croate était d'une agréable compagnie. C'était un homme réservé, cultivé, avec lequel elle se sentait à l'aise et pouvait discuter sans qu'une arrière-pensée vienne se glisser dans la conversation.

Après le départ de Carmen et Milan fin août, elle avait de nouveau baigné dans une solitude qu'elle ne détestait pas et s'était remise au travail. Elle avait écrit un long mail à Samuel, accompagné de pièces jointes qu'elle avait scannées. Si elle avait tenu le jeune homme au courant de ses recherches lors de son déplacement à Kaliningrad, elle n'avait jamais pris le temps de lui communiquer tous les détails et elle lui devait bien cela. Il avait immédiatement répondu, ravi d'apprendre qu'elle avait avancé dans son enquête. Il espérait avoir l'opportunité de pouvoir l'aider de nouveau, et peut-être même l'accompagner en Russie si elle devait y retourner. Par manque de temps, il ne pourrait, hélas!, pas venir la voir à Granville mais il l'invitait dans la maison de son père à La Roche-Guyon le week-end de la Toussaint. Il aurait alors quatre jours de liberté. Bérénice lui avait promis d'y réfléchir. Après leurs échanges de mails, elle n'avait pas chômé. Elle avait rassemblé et trié toutes les notes prises lors de son voyage en Russie, puis commencé l'écriture d'un nouveau chapitre de son livre dans lequel elle expliquait les démarches qu'elle avait effectuées à Kaliningrad avec Igor et ce qu'ils avaient découvert ensemble : l'identité de son probable géniteur, son périple jusqu'à Saint-Pétersbourg où ils avaient perdu sa trace.

L'automne pointait son nez et le professeur de l'université de Kaliningrad ne donnait toujours pas signe de vie. Cette attente commença à peser à Bérénice qui sentait le découragement la gagner. Tous les jours, elle espérait qu'il l'appelle et lui annonce qu'il était sur une nouvelle piste, qu'un de ses contacts avait déniché d'autres informations sur Alekseï Dementiev, qu'il savait maintenant ce qu'il était devenu après la démolition du navire sur lequel il avait été sous-officier…

Les hauts, les bas, Bérénice connaissait bien. Ce matin, elle ressentait le besoin de sortir quelques heures pour s'aérer. La journée était belle, les Granvillais parlaient d'été indien. Elle enfila un gilet et partit à pied vers la ville haute. Ses pas la conduisirent naturellement vers Notre-Dame-du-Cap-Lihou, comme si elle avait été guidée par son inconscient. Elle poussa la porte de l'église et entra. Un couple de touristes arpentait les allées. Ils s'arrêtèrent et prirent une photographie de la plaque indiquant que Christian Dior avait été baptisé ici en 1908. Plus loin, assise près de la statue de saint Clément, Bérénice aperçut Armelle. Elle semblait prier. Fébrile, la journaliste s'approcha de la vieille femme et resta quelques instants à l'observer. Comme si elle avait senti une présence à ses côtés, Armelle ouvrit les yeux et la regarda fixement.

— Je vous reconnais, fit-elle. Vous êtes la fille de Mathilde.

— Non, pas sa fille, sa petite-fille. Ma mère se nommait Sylvanie.

— Je me souviens. On m'a déjà parlé d'elle.

Bérénice soutint son regard, l'encourageant à parler. La mémoire d'Armelle était certes défaillante mais elle la savait capable de retrouver des bribes de souvenirs. Il lui sembla qu'elle était ailleurs. Pourrait-elle la questionner et éclaircir quelques points ? Elle décida de se jeter à l'eau.

— Si Mathilde, ma grand-mère, avait voulu cacher la grossesse de sa fille, où aurait-elle pu l'envoyer ? Y avait-il des établissements par ici où on accueillait les futures filles-mères ? Des endroits discrets ?

— On ne s'embarrassait pas avec ça. Dans les ports, les filles-mères, on avait l'habitude. Une soirée avec un marin, et la fille était grosse. Et quand elle ne voulait pas de l'enfant, il y avait la faiseuse d'anges.

— Je suis née, moi, dit doucement Bérénice. Ma mère n'est pas allée chez la faiseuse d'anges. Alors, où a-t-elle pu se terrer pendant tous ces mois, quand elle était enceinte ?

— Dans la famille, sans doute.

— Ma grand-mère n'avait pas de famille où elle aurait pu envoyer sa fille.

Armelle haussa les épaules. Elle murmura quelques mots inaudibles puis se mit à chantonner en se balançant d'avant en arrière. Bérénice comprit qu'il était inutile d'insister. Il ne lui restait plus qu'à trouver une autre source si elle voulait en savoir davantage. Par exemple ce qu'était devenue sa mère entre le moment où elle était tombée enceinte et celui où elle était réapparue à Granville avec un bébé sous le bras...

14

— Combien te dois-je pour le billet d'avion ? demanda Milan le portefeuille à la main.

Stanislas haussa les épaules et glissa un CD dans le lecteur en fermant les yeux, comme pour mieux s'imprégner des premières notes de musique et de la voix rauque de Springsteen. Puis il fila à la cuisine, passa sous l'eau quelques tomates cerise, sortit deux verres d'un placard et une bouteille de Perrier du frigo.

— Nous avions dit que tu réservais et payais les places mais que je te rembourserais au retour, insista Milan qui l'avait suivi.

— Tu me gonfles ! râla le chirurgien. Tu ne me dois rien du tout. C'est cadeau !

— En quel honneur ?

— J'en sais rien ! Pourquoi faut-il toujours une raison à tout ? Je t'offre ce voyage, point barre.

Les deux amis retournèrent au salon. Le chirurgien se planta devant la baie et observa les feuilles rousses qui couvraient la pelouse noyée de flaques d'eau. La pluie et les forts coups de vent de ces derniers jours avaient commencé à dénuder les arbres. L'automne ne faisait qu'arriver et le temps sentait déjà l'hiver. Stanislas aimait ce défilé des saisons à La Roche-Guyon, même quand la météo n'était pas clémente. L'endroit lui apportait toujours bonheur et apaisement. Il songea qu'il monterait du bois dès le lendemain si les températures continuaient de descendre. Rien de tel qu'un bon feu de cheminée pour rendre l'atmosphère cosy.

Furieux du peu d'attention que lui prêtait Stan, Milan se lança dans un long monologue sur leur récent voyage à Zagreb. Il était heureux d'y avoir revu Zlatan et d'être allé se recueillir sur la tombe de sa mère. Heureux que Stanislas l'ait accompagné. Mais il n'en restait pas moins son débiteur et tenait à régler sa dette.

Stanislas monta le son de l'ampli, décidé à ne pas l'écouter. Le prix d'un aller-retour pour la Croatie ne représentait rien pour lui, alors que pour Milan c'était un trou dans son budget. Même s'il avait reçu quelques subsides en jouant sa pièce au Havre, il n'avait guère renfloué son compte. Milan haussa le ton, Stan continua à faire le sourd.

— La prochaine fois, j'irai seul, soupira Milan.

— De quel droit irais-tu là-bas tout seul ?

— Nous ne sommes pas mariés !

— Exact ! Je t'adore depuis près de trente ans mais je ne te voudrais pas dans mon lit, plaisanta Stan. Tu n'as pas ce qu'il faut. Moi, j'aime…

— Je sais ce que tu aimes ! Les femmes plantureuses, sensuelles, qui n'ont pas froid aux yeux et excellent dans l'art du…

Le Croate se tut et le chirurgien éclata de rire. La pudeur de son ami l'amusait. Il y avait des mots que Milan ne pouvait prononcer. La discussion avait dévié et il en avait oublié le remboursement de son billet d'avion.

— En parlant de nanas, Samuel et toi avez bien conspiré en invitant Bérénice à venir ici, fit Stan en fronçant les sourcils.

— Nous en avons parlé trois fois devant toi. Tu n'as pas dit non.

— Je n'ai pas dit oui non plus.

— Tu n'avais qu'à prendre part à la discussion ! Samuel apprécie Bérénice, et moi aussi. Nous aurons plaisir à la recevoir. Nous avions songé attendre le retour de Gabriel mais ça ferait un peu tard. Et puis, ça te permettra de la remercier de t'avoir accueilli à Granville un week-end !

— Tu as raison, mais avoue qu'elle n'est pas d'un naturel très joyeux.

— Tu ne la connais pas. Elle est intelligente et pleine d'humour. Il faut seulement l'apprivoiser. Elle n'est pas d'un abord facile, d'accord, mais sans doute parce que la vie ne lui a pas fait de cadeaux.

— Elle t'a tapé dans l'œil ? Tu ne serais pas amoureux par hasard ?

— Absolument pas. Mais je me vois bien lier une belle amitié avec elle. Sa réserve, sa façon posée d'analyser les choses et de les exprimer me sont agréables. Ton fils partage mon sentiment. Bérénice viendra donc passer la Toussaint avec nous.

— Bon, je vois que je n'ai pas le choix. Est-ce que la belle métisse sera là ? Et l'autre copine, celle que nous avions rencontrée à Paris ?

Milan sourit. Stan ne perdait pas le nord. Il avait une folle attirance pour le sexe opposé et les charmes de Carmen ne l'avaient pas laissé insensible.

— Nous avons effectivement proposé à Bérénice qu'elle vienne avec ses amies. Cette Carmen qui te plaît tant part bientôt en voyage pour son job et Bérénice ne sait pas si elle sera de retour fin octobre. Quant à Astrid, il y a peu de chance qu'elle se joigne à nous. Elle partage sa vie entre ses enfants, avec lesquels elle vit à Rouen, et son compagnon qui lui habite Berlin.

— Quelle relation bizarre ! S'aimer à distance. C'est possible, ça ?

— Tout est possible. L'essentiel est d'être heureux...

— Mouais, là, tu n'es pas très convaincant.

Milan se garda de répondre. Son ami n'était pas le mieux placé en matière d'affaires de cœur. Bérénice lui avait parlé d'Astrid et de Konrad. Évidemment, beaucoup de leurs échanges se faisaient par téléphone ou par mail. Mais ils avaient respectivement appris à reconnaître les qualités de l'autre, son mode de pensée, sa sensibilité. Leur couple avait grandi, s'était solidifié autour de vacances, de week-ends volés au temps et de conversations par écrans interposés. S'ils étaient séparés par un millier de kilomètres, ils veillaient à préserver la magie de leur amour en ne manquant jamais une occasion d'exprimer leurs sentiments. Ils se racontaient leurs journées, s'écrivaient même des lettres, de vraies lettres, quand le manque était trop fort, quand l'envie de se revoir se faisait plus pressante. Il y avait là une sincérité qui avait troublé Milan. À tel point qu'il pensait de plus en plus écrire une pièce tournant autour de ce sujet : l'amour à distance. Il ne serait pas difficile de partager la scène en deux, d'y placer une femme d'un côté un homme de l'autre et de les écouter s'aimer séparés par une cloison…

— Tu me sembles bien rêveur, se moqua Stan en tapant sur l'épaule de son ami.

— Non, seulement pensif.

Pas question d'avouer devant Stan son côté fleur bleue, ce besoin de tendresse qu'il ne trouvait pas dans la vraie vie et qui pourtant paraissait à la portée de certains, à l'image d'Astrid et de Konrad. Milan était un incurable romantique, et il le savait. C'est pourquoi il se tenait loin des femmes, se limitant au registre de l'amitié. Quant à ses pulsions d'homme, il les assouvissait avec des « comtesses hygiéniques », comme disait l'empereur François-Joseph pour désigner les dames mises à sa disposition quand son épouse Sissi n'avait plus voulu partager son lit. Cette pensée le fit sourire.

— À quoi penses-tu ?

— À la pièce que j'écris en ce moment, mentit Milan.

— Némirovsky ? Tu progresses ?

— Oui, plutôt bien. La retraite à Granville a été productive. Je vais rendre à Irène sa grandeur dans la solitude de ses derniers jours, avant qu'elle soit arrêtée et déportée à Auschwitz. Elle pressentait sa mort. Le plus troublant, c'est qu'elle soit parvenue à achever son manuscrit et qu'elle ait confié la certitude de sa fin prochaine dans une lettre à son éditeur en évoquant ses écrits comme des œuvres posthumes, et cela juste avant que les gendarmes français l'arrêtent.

— Un bel hommage. As-tu déjà une idée de l'actrice qui pourrait tenir le rôle ?

— Aucune. Mais ça viendra.

— Je peux t'organiser un casting et t'aider dans ton choix si tu veux !

— Ah, nous revoilà partis sur ton terrain de jeu favori !

Ils éclatèrent de rire tous les deux. C'était toujours un bonheur de se retrouver, même si Gabriel leur manquait. Les mois passaient et le retour de leur ami approchait. Bientôt, le trio serait réuni. Milan fut soudain parcouru par un frisson. Et si un jour leur amitié se brisait ? Si l'un d'eux rencontrait une femme qui les sépare ? Pire, si l'un d'eux disparaissait…

— Ça ne va pas ? s'inquiéta Stan devant la pâleur de son copain.

— C'est rien. Juste une idée étrange qui m'a traversé l'esprit.

— Elle ne devait pas être drôle.

— Je songeais à nous… Tu imagines qu'on s'éloigne un jour les uns des autres ?

— Jamais de la vie ! On est potes depuis trente ans. On se connaît par cœur. Tu sais tout de moi, tu supportes tous mes défauts. Et je n'ignore rien de ton fichu caractère buté. On s'engueule mais on sait pardonner. Comment pourrait-on rompre ces trente ans de complicité ? Pourquoi voudrais-tu qu'on change ? Sache que je n'ai que deux vrais amis : Gabriel et toi. Au boulot, je m'entends bien avec Erwan, mais c'est un partenaire professionnel avant tout. Il m'arrive de lui parler de mes angoisses autour d'un verre, mais ça n'a rien à voir avec le lien qui m'unit à Gabriel et à toi. Nous avons tant partagé. Pourquoi se fâcherait-on ? Pourquoi se séparerait-on ?

Milan secoua la tête. Il avait parfois de sombres pensées.

— C'est tellement exceptionnel ce que l'on vit, je ne voudrais simplement pas perdre tout ça.

— Il n'y a aucune raison. Nos souvenirs et notre présent ont un sens et donnent du goût à nos existences ! Mes folies te font râler mais elles cimentent notre amitié. Chacun a besoin parfois de prendre un peu de distance, c'est normal, mais ni les obligations professionnelles ni les contraintes familiales ne nous ont déchirés. Ta mère n'aurait pas aimé te voir ainsi broyer du noir.

— C'est vrai, murmura Milan. Surtout, ne perds pas ton grain de folie. Même si ça me fait grogner, j'adore. Tu ne m'as pas dit combien je te devais pour l'avion ?

— Tu me poses encore une fois la question et je t'étripe à mains nues ! Ce serait la première de mes interventions chirurgicales sans bistouri! Et sans anesthésie!

*

« Toute la pluie tombe sur moi, et comme pour quelqu'un dont les souliers sont trop étroits, tout va de guingois », chantonnait Bérénice, le nez collé à la fenêtre. Le refrain de la chanson de Sacha Distel tournait en boucle dans sa tête. Il tombait des cordes sur Paris. Les averses se succédaient depuis le matin. C'était un automne pourri.

— Hum, tu me sembles bien morose, marmonna Carmen en tapotant l'épaule de son amie. C'est le temps ou il y a autre chose ? Un tracas ?

— Tu as compté tes paires de chaussures ? cria Astrid à l'autre bout de l'appartement. Il te faudra au moins neuf vies, comme les chats, pour toutes les user!

L'intervention de son amie évita à Bérénice de répondre.

— La chaussure est l'accessoire indispensable à la finition d'une tenue, rétorqua Carmen avec sérieux. Tu es parfaite en jeans si tu as l'escarpin qu'il faut à ton pied.

— Une paire de baskets, c'est pas mal aussi, fit Bérénice. Ce n'est peut-être pas très élégant, mais si confortable.

— Pouah! Ça, c'est bon pour traîner dans la cambrousse. Quand on tient à son image on ne se promène pas en Adidas ou en Doc Martens.

Surtout à Paris. Le chic, les filles, le chic! Combien de fois devrai-je vous le rappeler? Être élégante en toutes circonstances.

La métisse se trémoussa et tendit une jambe, dévoilant de superbes bottes noires et grises.

— Est-ce que cette démonstration du «chic» t'empêcherait de sentir une odeur de brûlé? ironisa Bérénice.

Carmen se leva d'un bond et se précipita dans la cuisine. Elle sortit le plat du four et le laissa tomber dans l'évier en lâchant un «merde» retentissant.

— Le gratin de coquillages est mort!

— Jolie façon de s'exprimer! s'écria Bérénice. Très... chic! C'est bien la peine de porter des bottes à huit cents euros.

— Oh, la miss Intello, épargne-moi ta leçon de morale.

— Avec quoi devions-nous déguster ce plat? demanda Astrid.

— Des tagliatelles à la crème. Bon, il nous reste deux alternatives: soit on va au resto, soit je commande des pizzas.

— Tes pâtes à la crème, c'est parfait, dit Bérénice. L'essentiel est que l'on soit ensemble.

Astrid acquiesça et déboucha une bouteille de saumur. Contrariée d'avoir raté son dîner, Carmen avait l'œil noir mais elle se détendit un peu lorsque son amie lui tendit son verre de vin.

— Hum... Quel bouquet!

Bérénice fit claquer sa langue pour confirmer. Assise dans le fauteuil près de la fenêtre, elle avait l'impression de se retrouver rue des

Dames. Astrid éprouvait le même sentiment. Le nouvel appartement de Carmen était aussi douillet que le précédent. Elle rêvassa un instant, songeant au passé. Le sourire de Clémentine passa devant ses yeux et elle sentit son cœur se serrer. Bérénice devina son trouble. Elle posa doucement la main sur son épaule.

— Elle est avec nous pour toujours, murmura-t-elle, bouleversée de voir son amie aussi émue.

Les paupières d'Astrid se gonflèrent de larmes. Si Clémentine avait été là, elle aurait été la première à lui offrir un mouchoir.

— Pour toujours, répéta Carmen en levant son verre. On t'aime, Clémentine !

— On n'oublie jamais rien, dit Bérénice. Le meilleur comme le pire. On ne pardonne pas, on fait juste semblant.

Carmen et Astrid se regardèrent. Que se passait-il dans l'esprit de leur amie ? Pourquoi cette tristesse et surtout cette amertume ?

— Qu'est-ce qui cloche ? l'interrogea Astrid, inquiète.

— Je tourne en rond avec l'histoire de mes parents. Je ne parviens pas à savoir où ma mère est allée pour cacher sa grossesse. J'ai pris des renseignements auprès de l'Éducation nationale. À l'inspection académique, ils ont bien la trace d'un congé de maternité mais aucune autre adresse que celle de Granville. Où était ma mère ? J'aimerais bien le savoir. C'est évidemment Mathilde qui l'a éloignée. Où a-t-elle pu la cacher ? J'ai retrouvé une ancienne collègue de ma mère qui enseignait elle aussi à Granville. J'étais d'ailleurs dans sa classe au cours préparatoire. Elle est un peu âgée, mais elle se souvient bien de Sylvanie. Malheureusement, elle n'a rien pu m'apporter de nouveau. Ma mère a terminé son année scolaire en juin 1970. Elle n'est pas revenue à l'école à la rentrée de septembre mais est réapparue quelques mois plus tard avec un bébé. Moi, évidemment ! Jamais elle n'a évoqué le père de l'enfant et on ne l'a pas plus questionnée sur le sujet. Sujet tabou. Certaines mauvaises langues ne se sont pas privées de jaser à Granville, m'a dit cette prof, Sylvanie en a souffert. Les instits n'ont pas cherché plus loin, inutile d'ajouter de la peine. Elles m'ont vu grandir, m'ont toujours laissée tranquille, surtout à partir du moment où j'ai été scolarisée dans l'école où bossait ma mère. Jamais je ne parlais de mon père, je ne le dessinais même pas. Comme quoi Mathilde et Sylvanie avaient tout fait pour que je ne me pose aucune question.

— Tu ne devrais pas bloquer là-dessus, répondit Astrid. Tu le sais depuis des lustres que ta grand-mère a tout fait pour masquer son passé et, plus tard, celui de sa fille. La vie a sans doute été dure pour elle. Imagine, elle a dû se sauver de Paris pendant la guerre avec l'enfant que lui avait donné un soldat allemand, et trente ans plus tard sa fille tombe enceinte d'un marin soviétique. L'histoire qui se répète... Pas simple à gérer ! Elle a sûrement voulu vous protéger, Sylvanie et toi.

— Tu la vois meilleure qu'elle ne l'était !

— Elle a souffert, tu le sais. On ne doit pas la juger.

— C'est vrai, mais dans la mesure où ma mère est décédée assez jeune, ma grand-mère aurait peut-être pu me faciliter la tâche et me confier quelques indications sur mon père afin que je ne reste pas orpheline.

— À ce propos, Igor ? Quelles nouvelles ?

— Pas de piste sérieuse pour le moment. Il a demandé à ses contacts de chercher du côté de Saint-Pétersbourg, mais ça n'aboutit pas. Le nom de famille Dementiev est commun, semble-t-il. Il m'a proposé de venir là-bas et de passer la ville au peigne fin avec lui. Frapper à toutes les portes, vous imaginez le boulot ? Et moi qui ne parle que trois ou quatre mots de russe…

L'horizon semble en effet bouché, pensa Astrid. Carmen fronça les sourcils. Une idée trottait dans sa tête. C'était peut-être un peu fou, mais en même temps c'est parfois avec des projets déraisonnables qu'on obtient un résultat.

— Si on allait à Saint-Pétersbourg toutes les trois ? Une huitaine de jours, on met le paquet, on remue ciel et terre ! Tu demandes à Igor de nous y rejoindre, de mon côté je demande à mon amie Anna, que j'ai connue à Moscou, de nous donner un coup de main si elle peut. Qu'en dites-vous ?

Bérénice fit la moue.

— Avec toi, c'est toujours facile.

— Avec moi, il y a toujours de l'espoir ! rétorqua Carmen. On tente, on n'a rien à perdre.

Une semaine en Russie, et je suis sûre qu'on met la main sur ton père.

— Non, non, non et non ! s'emporta Bérénice. Arrête avec tes chimères. Quand comprendras-tu qu'il y a parfois dans la vie des défis qui relèvent de l'impossible ? « Impossible », tu comprends le sens de ce mot ?

Carmen posa son verre un peu brusquement sur la table basse et se redressa, prête à contrer l'attaque. Astrid la retint doucement par le bras. La métisse se rassit, cala un coussin sous son bras, irritée de s'être fait rembarrer par son amie. Ses yeux lançaient des flammes et Astrid devina qu'elle était à deux doigts de l'explosion.

— On irait quand ? demanda-t-elle.

— Après mon retour des États-Unis, disons en novembre. Il y a de toute façon un délai important pour l'obtention des visas. Tu penses que tu pourrais prendre des congés et laisser les enfants à leur père ?

— Ce n'est pas impossible. En tout cas, je suis partante, murmura Astrid. Réfléchis, Bérénice. C'est une belle proposition, l'occasion de passer du temps ensemble et de t'aider à retrouver la trace de ton père. C'est peut-être un coup de poker, mais pourquoi ne gagnerait-on pas la partie après tout ?

Astrid se tut et sourit. La mine songeuse de Bérénice laissait à penser que sa colère s'était apaisée et qu'elle analysait la proposition de Carmen qui, somme toute, n'était pas si bête. Ce voyage leur permettrait de resserrer les liens entre elles, devait-elle se dire. Et c'est Carmen qui avait fait le premier pas, comme pour fêter la renaissance de leur amitié. Les trois amies restèrent silencieuses un moment, le regard dans le vague. Puis Bérénice se leva et retourna se poster près de la fenêtre. La pluie continuait à laver les carreaux. Carmen la rejoignit.

— «J'ai le moral, et je me dis qu'après la pluie, vient le beau temps», chantonna-t-elle à l'oreille de son amie.

— «Vient le beau temps, et moi j'ai tout mon temps», reprit Bérénice en esquissant un sourire.

15

— Ça caille ! s'exclama Stan en ôtant ses gants. C'est pas la Toussaint, c'est Noël aux tisons ! Je vais allumer un feu.

Samuel sourit et se tourna vers Bérénice et Carmen qui retiraient leurs manteaux.

— Mon père et sa cheminée... Il n'y a guère qu'en été qu'on parvient à l'en détourner. Grâce au barbecue !

— C'est vrai, dit Milan en s'écroulant dans un fauteuil, Stan a une attirance bizarre pour le feu. Serait-ce un petit côté pyromane ? Il devrait peut-être consulter un psychanalyste.

— Comment ça, un psychanalyste ? Tu t'es regardé avec ton fichu caractère ? Il aurait fallu à Freud vingt ans d'analyse pour venir à bout d'un patient tel que toi.

— Mon caractère te dit bien des choses ! Mais je préfère rester poli devant nos invitées.

— Ce n'est rien, intervint Samuel pour rassurer Bérénice et Carmen. Ils ont plaisir à s'asticoter. C'est à celui qui fera le plus râler l'autre. Le signe que tout va très bien entre eux.

Leur côté vieux couple m'a toujours beaucoup amusé.

— Moi en couple avec Milan ? On croit rêver !

Bérénice éclata de rire, songeant aux nombreuses fois où elle s'était emportée contre Carmen pour des broutilles. Stan la dévisagea. Son rire l'avait surpris, comme s'il découvrait qu'elle pouvait être d'humeur joyeuse. Il y avait en elle quelque chose qui le refroidissait et le mettait à distance. Depuis l'arrivée des deux jeunes femmes à La Roche-Guyon, il avait du mal à participer aux conversations, il était constamment sur le qui-vive avec ce sentiment que Bérénice décortiquait avec sérieux chacune des paroles qui étaient échangées, mais surtout qu'elle était incapable de se distraire. Il préférait de loin le côté boute-en-train de Carmen, même si parfois elle semblait forcer le trait un peu facilement quand Milan lançait une vanne censée être drôle.

— C'est toujours la même question, fit Bérénice. Faut-il penser comme le prétend le dicton que « qui se ressemble s'assemble », ou alors que les contraires s'attirent ?

— Quand j'ai fait la connaissance de Stan et de Gabriel, répondit Milan après quelques secondes de réflexion, je venais d'un horizon très différent. J'ai tout de suite apprécié leur compagnie. On partageait beaucoup, nos débats animés pimentaient nos soirées ! Avec Stan, c'était toujours l'aventure, même en restant à Rouen !

— Ah, je sens que ça va encore être ma fête, dit le chirurgien. C'est le moment de déboucher une bouteille de champagne.

Milan raconta quelques souvenirs de leurs années d'études, les projets un peu fous que Stan bâtissait, le sérieux de Gabriel qui le ramenait sur terre, et tout ce qui avait donné de la valeur à leur lien dans un passé moins lointain.

— Indéniablement, nous partageons des valeurs communes, conclut Milan. Des personnalités aux antipodes mais des valeurs communes. Mais parfois, Stan me gave vraiment!

— Je reconnais que je suis un peu exubérant, concéda le chirurgien. J'aime bouger, être dans l'action alors que Milan est beaucoup plus réservé. Il n'y a que sur les planches qu'il se lâche. C'est étrange qu'il arrive à être aussi à l'aise au théâtre alors que sa tendance naturelle est d'être renfermé.

— Sur scène, j'imagine qu'on est différent, murmura Carmen, un double de soi peut-être.

— La scène est un métier. On interprète un personnage, on joue la comédie. Là, je peux endosser n'importe quel costume, réciter n'importe quel texte. J'incarne un autre que moi. Et c'est ce que j'aime.

— Une façon de cacher ta vraie personnalité aux autres! s'exclama Samuel. Sauf avec tes proches.

Le jeune homme avait tout de suite perçu le côté secret de Milan, cette peur du monde extérieur qui venait certainement de son enfance chaotique et des épreuves qu'il avait subies. Tout avait dû être difficile pour sa mère après l'assassinat de son père. Milan n'était qu'un gosse à l'époque, et il vivait dans la Yougoslavie de Tito. Les mauvais souvenirs, surtout les plus durs, ne s'effacent pas facilement.

Il y eut un instant de silence. Stanislas le premier reprit la parole.

— À table ! Et on dit merci à M. Picard ! Je suis désolé, je ne sais pas cuisiner.

— Pas de problème, répondit Carmen.

— Alors, Londres, New York, c'était comment ? s'enquit Milan.

Carmen avait rapporté de ses séances de shooting dans les deux métropoles des centaines de clichés qu'elle allait devoir trier afin de garder ceux qui intéresseraient son client. Elle était très satisfaite du travail accompli. En l'observant parler, Stanislas songea qu'elle était terriblement à son goût. Samuel croisa son regard et fronça les sourcils. C'était un week-end de retrouvailles, pour le plaisir de bavarder, pas pour que son père joue les don Juan. Stan perçut l'agacement de son fils et s'efforça de se contenir. Pas simple, cette fille ne se laissait pas oublier. Il avait noté qu'elle ne cessait de s'adresser à Milan. Et lui qui ne remarquait rien ! L'imbécile, songea Stan avec humour. On me lancerait les mêmes regards, je ne laisserais pas passer une telle opportunité !

— Alors, Bérénice, demanda Samuel en se servant une part de tarte aux poireaux, tu me racontes où tu en es ? Depuis ton arrivée je bouillonne de te poser des questions.

La jeune femme sourit devant son impatience. Elle-même avait hésité à parler de son enquête pour ne pas plomber l'ambiance de ce week-end réservé à la détente. Ils avaient passé la journée à l'extérieur, visité le château de La Roche-Guyon adossé à la falaise, déjeuné dans une sympathique auberge, puis marché le long de la boucle de la Seine jusqu'à la tombée de la nuit. Elle expliqua rapidement qu'elle n'avait guère avancé et annonça son prochain voyage à Saint-Pétersbourg avec Carmen et Astrid dès qu'elles auraient obtenu les visas.

— Ça ne devrait plus tarder, intervint Carmen.

— J'aurais adoré vous accompagner mais je commence un stage qui compte pour l'obtention du master. C'est vraiment dommage.

— J'ignore ce qui va résulter de ce voyage, peut-être rien, murmura Bérénice qui souhaitait atténuer la déception du jeune homme. Nous allons suivre l'idée de Carmen. Igor nous aidera, ainsi qu'Anna, une amie moscovite de Carmen. Nous irons frapper aux portes de tous les Dementiev pour tenter de débusquer le bon. Mais il est probable que je ne retrouverai pas mon père. Il me faudrait un énorme coup de pouce du destin.

— Mais la chance existe ! s'écria Samuel. Le hasard, ou comme tu dis le coup de pouce du destin ! Les historiens l'ont souvent vérifié. Il suffit parfois de peu de chose, un tout petit détail pour franchir une montagne.

— Ton optimiste me regonfle le moral !

— Trinquons à ce projet! proposa Stan qui débouchait déjà une bouteille de vin. Accompagné d'un morceau de fromage, cet élixir est une merveille.

Bérénice le laissa remplir son verre en pensant qu'elle avait déjà trop bu, ce qui n'était pas dans ses habitudes. Le repas terminé, Milan servit le café dans le salon et Samuel s'éclipsa. Il revint très vite avec une carte et un livre qu'il donna à Bérénice.

— Un plan de Saint-Pétersbourg pour faciliter ton repérage. Même si Igor connaît bien la ville, il te sera peut-être utile. Et un ouvrage sur l'histoire de la flotte de la Baltique. Tu y trouveras notamment celle du croiseur *Aurore*. J'ai appris qu'il devrait être bientôt ouvert au public en tant que navire-musée. Ce croiseur est le symbole de la révolution d'Octobre, il a donné le signal de l'attaque du palais d'Hiver en tirant le premier coup de canon. Il est en ce moment en révision sur le chantier naval de Kronstadt mais ne devrait pas tarder à revenir à Saint-Pétersbourg. Il y a aussi dans ce livre une photographie du navire sur lequel se trouvait ton père, mais aucun autre renseignement que tu ne connaisses déjà.

Bérénice remercia Samuel et feuilleta quelques pages de l'ouvrage. Ce jeune homme était adorable et elle envia Stanislas d'avoir un fils aussi attachant. Elle chassa cette idée de son esprit, le temps où elle aurait pu être mère était révolu.

— Soyez prudentes, dit Milan. Il ne fait pas bon fouiner à Saint-Pétersbourg... comme partout ailleurs en Russie. La police se montre parfois zélée, si vous voyez ce que je veux dire.

— On fera attention, assura Bérénice.

Un doute la saisit et elle sentit vaguement la peur s'emparer d'elle. Pas pour elle, mais pour Carmen et Astrid qu'elle entraînait dans une aventure pas très raisonnable. Elle vit son amie photographe frissonner. Les mots de Milan avaient ravivé le souvenir de l'incident de la place Rouge. La jeune métisse resserra les pans de son gilet sur sa poitrine.

— Je vais monter le thermostat et vous offrir un verre de *rakia*, proposa Milan.

— Pardon ? demandèrent en cœur les deux jeunes femmes.

— *Rakia*, répéta Milan. On l'écrit « *rakija* ». Apporté de mon pays, bien sûr !

Bérénice voulut refuser, la tête lui tournait, mais elle n'osa pas de crainte de vexer le Croate. Elle avala une gorgée d'alcool qui lui brûla les lèvres, la langue, et lui fit monter les larmes aux yeux.

— Ça tient du tord-boyaux, fit Stan, hilare, en voyant les deux femmes grimacer. Ça tabasse, n'est-ce pas ?

— Quarante degrés minimum, expliqua Milan.

— À la seconde gorgée, on perçoit un peu le goût du fruit, souffla Bérénice le rouge aux joues.

— En Croatie, dans le temps, les gens en consommaient à toute heure de la journée, surtout avant les repas. Les jeunes oublient un peu cette coutume, ce qui n'est pas plus mal. Je crois que ce truc pourrait faire autant de dégâts que l'absinthe !

La soirée s'acheva sur une note heureuse, l'alcool ayant délié les langues et provoqué les rires. Puis chacun monta se coucher. Aussitôt dans sa chambre, Bérénice ôta son pull et le laissa tomber sur le lit, puis elle se rendit dans la salle de bains. Elle passa de l'eau fraîche sur son visage, espérant atténuer les effets du *rakija*. Elle examina son reflet dans le miroir, entrevit l'image de son père, cette ressemblance qu'Igor avait trouvée criante. Elle épongea les gouttelettes d'eau qui dégoulinaient le long de son cou. Malgré l'heure tardive, elle n'avait pas sommeil. Elle regretta de ne pas avoir emporté un bouquin. Elle se souvint qu'elle avait laissé le plan et le livre prêtés par Samuel dans le salon. Elle le savait, elle ne dormirait pas tant que cette légère ivresse ne se dissiperait pas.

Elle redescendit sans bruit et sans allumer la lumière. C'était une nuit de pleine lune, avec un ciel sans nuage. Elle s'approcha de la grande baie donnant sur le jardin. Dans la pénombre, elle distinguait les arbres et le ruban noir du fleuve légèrement brillant. C'était joli, mystérieux et apaisant. « La maison du bonheur », murmura-t-elle en songeant à ce lien si fort qui unissait les trois amis qui avaient acquis ensemble cette charmante demeure. Elle pensa qu'elle n'était pas parvenue à réaliser la même chose à Granville. Astrid et Carmen venaient bien la voir, mais ce n'était pas l'aboutissement d'un rêve commun. Des idées encore plus noires la gagnèrent. Dans sa vie personnelle aussi elle avait échoué. Certes, elle ne manquait de rien, mais il n'y avait personne à ses côtés... Des larmes roulèrent sur ses joues. Elle se détesta de ne pouvoir contrôler ce chagrin, méprisa ce qu'elle jugeait être une faiblesse. Ses larmes redoublèrent. Elle se concentra sur sa respiration pour se calmer, les yeux toujours rivés sur la Seine. Elle avala encore une gorgée d'air, souffla doucement.

— Quelque chose ne va pas ?

Elle sursauta. Elle n'avait pas entendu arriver Stanislas.

— Vous ne dormez pas ? demanda-t-il. Pardon, j'ai oublié qu'on se tutoie. Es-tu souffrante ?

Bérénice esquissa un petit sourire et essuya ses joues d'un geste furtif.

— Tout va bien, assura-t-elle.

Il ne la crut pas mais ne voulut pas se montrer indiscret.

— Je suis un piètre cuisinier, cependant je sais faire chauffer de l'eau et préparer une tisane. Ça te tente ? Ou peut-être un verre de lait ? J'étais descendu pour ça. J'ai besoin de faire passer les vapeurs de cet alcool croate !

Il avait adopté le ton de la plaisanterie, espérant dérider la jeune femme. Elle fit non de la tête, incapable de prononcer un mot. De nouveau, ses paupières se gonflèrent de larmes. Ne pouvait-il pas aller se coucher et la laisser seule ? De son côté, Stan était décontenancé par l'attitude de cette femme et ne savait que faire. Il posa une main sur son épaule comme il l'aurait fait avec un vieux pote, se reprocha aussitôt son geste.

— J'imagine que c'est compliqué de parcourir le monde pour retrouver son père, chuchota-t-il. Mais tu sembles tellement solide, tellement…

Il se tut. Il avait failli lui dire qu'elle était imperméable, distante. Il se souvint l'avoir jugée hautaine dès leur première rencontre.

— Tellement quoi ? murmura Bérénice.

Il se mordit la lèvre, persuadé qu'elle avait lu dans ses pensées. Durant quelques instants, il fixa son regard bleu clair comme de l'eau de roche et y perçut une certaine fragilité. Il s'était trompé. Elle était tout sauf insensible, froide et dure, mais il ne pouvait définir ce qui l'avait touché en elle.

— Je semble tellement quoi ? insista Bérénice. Indifférente ? Endurcie ? Sans doute que je le suis. Carmen m'a rabâché mille fois que j'avais un cœur de pierre !

Stanislas la scruta, détaillant encore ses yeux, discernant dans leur reflet son désarroi, sa solitude. Sous sa main, il sentit la finesse de son épaule qu'il n'avait pas lâchée. Sans réfléchir, il se pencha vers elle. Leurs lèvres se frôlèrent, puis se rencontrèrent. Bérénice eut d'abord un léger mouvement de recul, puis l'infinie douceur de la caresse qu'elle sentait sur son dos l'emporta sur la raison. Cette raison qui pourtant ne la quittait jamais. En quelques secondes, tout bascula. Les doigts de Stan remontèrent sur sa nuque, l'emprisonnèrent, et dans un élan fou elle lui rendit son baiser. Depuis combien de temps ne s'était-elle pas donnée à un homme ? Elle ne savait plus. Elle n'avait pas envie de compter. Le désir physique la submergea et elle se mit à trembler, avide d'être aimée, battue pour une fois par des sentiments qu'elle ne dominait plus. Les gestes experts de Stan l'apaisèrent et l'exaltèrent tout à la fois. Les yeux fermés, elle se laissa faire. Il l'emporta sur le canapé sans penser une seconde que n'importe qui pouvait descendre et les surprendre, là, au beau milieu du salon. Il la déshabilla sans impatience, goûtant sa peau, respirant son parfum. Ils s'aimèrent avec lenteur, savourant le moment, oscillant entre passion et tendresse. Le plaisir les surprit en même temps. Ils retinrent l'un et l'autre leurs gémissements puis restèrent sans bouger, reprenant leur souffle, jambes et bras emmêlés.

Il s'écarta d'elle et voulut lui dire quelques mots, mais déjà elle attrapait son pantalon. Il resta muet, la regarda prendre le livre posé sur la table basse et remonter sans bruit à l'étage. Quand il entendit la porte de la chambre se refermer, il regretta de l'avoir laissée s'échapper aussi vite, de n'avoir pas su prononcer quelque chose d'adéquat en pareille situation. Il secoua la tête et ramassa sa chemise. Mais qu'aurait-il pu exprimer ? J'ai passé un bon moment ? Il avait bien fait de se taire. Il se leva, alla à la cuisine et se servit un verre de lait qu'il but par petites gorgées. J'aurais dû tout bêtement l'embrasser, songea-t-il en contemplant le jardin plongé dans la nuit. L'embrasser avant qu'elle ne file...

*

— Fraise ou abricot ? demanda Samuel en montrant deux pots à Carmen. Recettes maison de Gabriel ! Un délice !

— Hum... Fraise pour commencer !

Samuel déposa les pots de confiture sur la table tandis que Milan apportait le café et que Carmen disposait les tasses et les assiettes.

— On attend Bérénice et papa ou bien on déjeune sans eux ? J'ai une faim de loup !

— Mangeons, dit Milan en se servant un verre de jus d'orange. Ils ne devraient pas tarder.

Comme pour lui donner raison, Stan apparut en bas de l'escalier, suivi quelques minutes plus tard de Bérénice.

— Tu as une de ces mines ! fit Milan à l'intention de son ami. On pourrait penser que tu n'as pas fermé l'œil. Nuit blanche ?

— C'est ton alcool ! grogna le chirurgien. J'ai mal aux cheveux !

— C'est l'âge, ma poule, comme dirait Gabriel. Tu ne tiens plus le coup !

Samuel éclata de rire, imité par Carmen. La journée commençait fort. Ils petit-déjeunèrent dans la bonne humeur, puis débarrassèrent rapidement la table. Le programme était déjà établi. Ils iraient à Giverny visiter la maison de Claude Monet.

— C'est le dernier jour d'ouverture, dit Milan en rangeant les couverts dans le lave-vaisselle.

Ensuite, le musée sera fermé jusqu'en mars. J'ai réservé nos entrées, ce qui nous évitera la longue file d'attente. Il y a toujours un monde fou ! On a de la chance, le temps est frais mais il fait beau et sec.

— C'est dommage, intervint Samuel, à cette époque le jardin est triste. Il n'y a plus de fleurs. Il faudra revenir en mai ou juin ! Mais j'espère qu'on se reverra avant. À Noël peut-être ? Quand Gabriel sera là ?

Carmen approuva. Bérénice, elle, n'avait aucune envie de revenir à La Roche-Guyon. Stan remarqua son visage fermé. Il attendrait le moment de se retrouver seul avec elle pour lui parler. L'occasion se présenta quelques heures plus tard, dans la maison du célèbre peintre impressionniste. Tandis que les autres parcouraient la demeure aux volets verts, elle s'était arrêtée devant des estampes japonaises qu'elle détaillait avec attention. Il se pencha vers elle.

— Je suis désolé pour cette nuit, je n'aurais pas dû te...

— C'est l'alcool, comme tu l'as si justement dit tout à l'heure. Je suis également désolée. Oublions cet instant d'égarement.

Elle avait parlé doucement, presque gentiment. Pourtant, Stan reçut ces paroles comme un couperet. Elle était de nouveau distante et froide. Il se demanda s'il n'avait pas rêvé. Était-ce cette femme qu'il avait serrée contre lui cette nuit, qui s'était blottie entre ses bras, avait frémi, vibré, frissonné tandis qu'il lui faisait l'amour ?

16

— C'était bien la peine que je passe trois heures chez le coiffeur à faire lisser mes cheveux avant notre départ, aboya Carmen. Non mais regardez-moi ça ! Tout est fichu, je suis laide comme un pou. Il ne va jamais cesser de pleuvoir ? Alors novembre à Saint-Pétersbourg, c'est du froid et de la flotte ? De la boue sur les trottoirs dès qu'on quitte les quartiers chics ? J'avais gardé un autre souvenir de cette ville.

Astrid posa son livre, voulut réagir mais se ravisa. Il était inutile de tenter de faire taire son amie, au risque de jeter de l'huile sur le feu. Depuis qu'elles étaient rentrées à l'hôtel, la métisse n'en finissait pas de déverser sa colère. Il y avait d'abord eu des critiques à propos du déjeuner qu'elle avait trouvé indigeste, puis un long monologue sur le chauffeur de taxi, un arnaqueur, et maintenant les plaintes parce qu'elle était épuisée après cette journée passée à arpenter les rues de Kronstadt pour rien. Le plus étonnant, songea Astrid, était que Bérénice laissait crier Carmen et n'avait pas encore explosé de fureur comme elle le faisait habituellement quand elle était lassée d'entendre ses jérémiades.

Leur amie était assise dans un fauteuil près de la fenêtre, dans la grande chambre familiale qu'elles occupaient à l'hôtel Helvetia, au cœur de Saint-Pétersbourg. Elle semblait absente, préoccupée sans doute. Le périple du jour n'augurait rien de bon. Les recherches entreprises n'avaient pas donné le moindre résultat. La veille, Igor avait cru détenir un tuyau fiable. On lui avait dit qu'il y avait des Dementiev à Kronstadt, sans toutefois qu'on lui donne d'adresses. Ils étaient partis tôt le matin et s'étaient séparés en deux groupes, Anna accompagnant Carmen et Astrid tandis qu'Igor et Bérénice avaient fouiné de leur côté.

Le départ avait été plutôt enthousiaste. Kronstadt, située sur l'île de Kotline, dans la baie de la Neva au fond du golfe de Finlande, était à une vingtaine de kilomètres de Saint-Pétersbourg. Il suffisait d'emprunter la route construite sur une digue pour effectuer la traversée. Le voyage avait été court mais sympathique. La découverte de Kronstadt aussi, au premier abord. Fondée par Pierre le Grand trois siècles plus tôt, la ville avait été avant tout une forteresse destinée à protéger la capitale des tsars. Elle était restée un port abritant le siège de l'amirauté russe et le commandement de la flotte de la Baltique. Malgré les destructions subies lors de la Seconde Guerre mondiale sous les bombardements intensifs de la Luftwaffe, certaines fortifications demeuraient et la cathédrale navale avait été épargnée. L'édifice, dédié à saint Nicolas, était un chef-d'œuvre de l'architecture néo-byzantine russe.

La petite troupe n'avait fait que passer dans le cœur historique de Kronstadt pour se rendre dans des quartiers où vivaient les familles de marins. C'est là qu'ils s'étaient séparés et avaient arpenté les rues, frappant de porte en porte en répétant le même discours. Ils recherchaient un dénommé Alekseï Dementiev, ou toute personne susceptible de les renseigner sur cet homme. La quête avait duré des heures, mais partout on avait répondu négativement à leurs questions. Ils avaient distribué des dizaines de feuilles sur lesquelles Bérénice avait imprimé la photo de son père, la seule dont elle disposât, qu'elle avait accompagnée d'un court texte qu'Igor avait traduit et en bas duquel il avait ajouté son adresse électronique et son numéro de téléphone portable, priant qu'on le joigne si le moindre détail pouvait les éclairer. Une prime était également prévue à l'intention de la personne qui fournirait une indication les mettant sur la piste d'Alekseï. L'idée de verser un peu d'argent revenait à Astrid. Dans un pays où la population était loin de vivre dans l'opulence, un encouragement financier délierait les langues. Le risque, avait souligné Carmen, était qu'on leur raconte n'importe quoi pour soutirer du fric.

Carmen ne s'est pas trompée, songea Astrid. On nous a envoyés à Kronstadt pour rien. Le temps défile comme un compte à rebours qui s'accélère, notre séjour ici va s'achever et nous n'aurons pas avancé. Était-ce cette pensée qui donnait à Bérénice cet air absent ? Elle devait être déçue. Elle paraissait ailleurs, indifférente aux propos de Carmen qui braillait toujours. Il fallait que quelque chose cloche pour que la grande blonde ne ferme pas le clapet de la jolie métisse.

— Je vais prendre un bain et enfiler un pyjama, déclara Astrid.

Elle emporta son téléphone portable, brancha le haut-parleur, fit couler l'eau du bain et appela ses fils. Elle discuta ensuite avec Konrad tandis que l'eau presque brûlante couvrait son corps. Elle se réchauffait enfin. Elle avait évité de se plaindre bien qu'elle ait souffert du froid toute la journée. Le thermomètre n'avait pas dépassé les trois degrés. Avec la pluie qui n'avait pas cessé de tomber, l'atmosphère était glaçante. L'humidité s'imprégnait partout. Lorsqu'elle ressortit de la salle de bains, Carmen s'était mise au lit, casque sur les oreilles, preuve qu'elle n'avait plus envie de parler, ce qui n'était pas plus mal, et Bérénice s'était endormie dans le fauteuil. Astrid la secoua doucement.

— Tu serais mieux allongée sous la couette, murmura-t-elle.

Bérénice cligna des yeux et attrapa la main que lui tendait son amie. Elle se laissa guider, un peu comme une enfant perdue. Ce n'était pas dans ses habitudes. Astrid l'observa tandis qu'elle se glissait entre les draps, puis elle se coucha à son tour dans le lit voisin.

— Je comprends ta déconvenue, chuchota-t-elle, mais nous ne sommes pas au bout de notre séjour. Qui sait si d'ici la fin de la semaine nous n'aurons pas une info intéressante ?

— Je n'ose pas y croire.

— Je pense au contraire que quelques illusions ne font pas de mal. Il faut entretenir l'espoir. C'est comme le bonheur, ça ne vient pas tout seul, et parfois il faut faire des efforts pour ne pas le voir filer. Un peu de chance et...

Elle ne termina pas sa phrase. On toquait à la porte. Elles reconnurent la voix d'Igor qui occupait une chambre voisine. Bérénice bondit de son lit pour lui ouvrir.

— Vous dormiez déjà ? fit-il en remarquant ses paupières gonflées, je suis désolé.

Sa tête exprimait tout le contraire car il souriait. Astrid se leva à son tour. Carmen ôta son casque.

— Que se passe-t-il ? demanda Bérénice, l'invitant à entrer.

— Il y a du nouveau. Une femme vient de m'appeler. Elle est de Kronstadt. Elle a eu le papier que j'avais glissé sous la porte d'un voisin. Elle dit être en mesure de nous renseigner sur les Dementiev.

— Comment savoir si cette piste est fiable ? intervint Carmen sur un ton peu amène.

— Il n'y a rien pour le prouver ! rétorqua Igor, contrarié, mais il nous faut tout vérifier. Nous retournerons à Kronstadt demain matin à la première heure.

Le professeur salua les jeunes femmes et sortit. Aussitôt la porte refermée, Astrid entama une sorte de danse un peu folle devant Bérénice qui éclata de rire.

— On a la baraka ! s'exclama Astrid. Je te l'avais dit, il fallait y croire. Nous avons une bonne étoile, qui veille sur nous chaque fois que nous sommes ensemble. C'est pour cela que notre rencontre a eu lieu. C'était le destin !

— On commande une bouteille ? proposa Carmen, enfin décidée à cesser de mugir.

— Oui, champagne ! Je vais chercher Anna et Igor. On va trinquer, fêter cette fortune qui nous sourit. On dormira plus tard !

À 8 h 30 le lendemain, le petit déjeuner aussitôt terminé, Igor commanda deux taxis depuis la réception de l'hôtel. Ils ne pouvaient pas s'imposer tous les cinq chez cette femme. Igor y accompagnerait Bérénice tandis qu'Anna, Astrid et Carmen poursuivraient les recherches dans un autre quartier de la ville.

Comme la veille, sur la chaussée qui courait sur la digue au cœur de la baie de la Neva, Bérénice eut l'impression de rouler vers le bout du monde. Son cœur battait la chamade et un nœud s'était formé dans sa gorge, se resserrant un peu plus au fur et à mesure qu'ils approchaient de Kronstadt. Si elle avait été debout, elle serait tombée dans les pommes, songea-t-elle. Enfin, la voiture s'arrêta devant une vieille bâtisse de la rue Komsomola. Bérénice s'obligea à respirer lentement, profondément, dans l'espoir de se calmer.

C'était un immeuble de trois étages à la façade abîmée, les vitres cassées par endroits. Tous les logements n'étaient peut-être pas occupés. Igor sortit un papier de sa poche, y jeta un œil puis se dirigea d'un pas vif vers la droite du bâtiment. Il se retourna pour s'assurer que Bérénice le suivait et perçut son anxiété. Il lui tendit son bras et l'attendit. Elle y accrocha le sien et souffla un grand coup lorsqu'ils entrèrent dans le hall. C'était l'hôtel des courants d'air, l'endroit respirait la misère. Bérénice sentit les larmes lui monter aux yeux et, durant quelques secondes, elle regretta d'être venue. Un homme d'une quarantaine d'années les attendait au pied de l'escalier. Il les salua et prononça quelques mots. C'était lui qui avait remis à sa voisine l'avis de recherche sur lequel figuraient la photo et le nom d'Alekseï. Igor lui tendit un billet, l'homme le remercia d'un signe de tête et disparut.

— On y va, dit Igor en se tournant vers Bérénice.

Ils grimpèrent jusqu'au premier étage. Igor frappa à une porte. Une femme âgée leur ouvrit et les invita à entrer. Bérénice soupira de soulagement. Si l'appartement était modeste, il n'était pas pauvre et semblait bien entretenu. Igor fit les présentations, sans toutefois préciser que Bérénice pouvait avoir un lien de parenté avec les Dementiev. Il prit soin ensuite de traduire à Bérénice les paroles de celle qui se nommait Irina Dostoïveski. La veille au soir, son voisin l'avait informée que des gens recherchaient Alekseï et lui avait passé le document qu'il avait trouvé sous sa porte. Elle avait aussitôt contacté Igor. Pas pour l'argent, précisa-t-elle, mais parce qu'elle connaissait Alekseï. Il était son cousin.

— Nous avons été une grande famille par le passé, commença-t-elle en servant le thé. Mon père et celui d'Alekseï étaient frères. Mon père est né en 1919, celui d'Alekseï en 1920. Ils étaient les deux derniers d'une fratrie de neuf enfants. Toute notre famille a vécu ici, à Kronstadt, près des chantiers navals, ou à Saint-Pétersbourg. Alekseï est né en 1940, comme moi, et sa petite sœur Marina en 1941. Ensuite, nos pères sont partis à la guerre et n'en sont pas revenus. Le mien est mort à Stalingrad au début de l'année 1943. On ne connaît pas la date exacte. Celui d'Alekseï a été tué dans les derniers combats à Berlin.

Bérénice porta la main à son front. Elle se crut proche de défaillir. Si tout ceci était vrai, ses grands-pères paternel et maternel avaient été ennemis et étaient morts tous les deux dans la capitale du IIIe Reich… L'un pour le drapeau à la croix gammée, l'autre pour la faucille et le marteau. Igor vit son trouble et poussa vers elle une assiette de biscuits. Irina s'exprimait lentement, laissant au professeur le temps de traduire ses paroles.

— On n'a pas eu de chagrin, poursuivit Irina qui avait également noté l'émotion de Bérénice. On était trop petits pour comprendre, et on connaissait à peine nos pères. On a été élevés par nos grandes sœurs, nos mères travaillant dur à l'arsenal pour ramener un salaire. On habitait sous le même toit, sans hommes, tous morts à la guerre. Les aînées nous racontaient les défunts. On nous fabriquait une mémoire. Dans notre famille, les hommes ont toujours été militaires, au service de leur pays. C'était déjà le cas à l'époque des tsars, ça l'est resté après. Alekseï n'a pas échappé à la règle. De toute façon, il ne souhaitait rien d'autre. Il voulait voyager, il a choisi la marine. Comme il avait eu la chance de faire des études, du moins un peu plus que nous tous, il n'est pas resté matelot. Il était gradé, sa mère était fière. Malheureuse aussi, car elle ne le voyait jamais. Elle est morte en novembre 1962, peu après la crise des missiles à Cuba. Je crois que son cœur n'a pas résisté à la tension. Elle avait tellement peur d'un nouveau conflit, tellement peur de perdre son fils…

— Sur quel navire était-il ? demanda Igor.

Bérénice se redressa, devinant qu'Igor testait la véracité des propos d'Irina. Jusqu'alors, elle aurait pu narrer une histoire se rapportant à n'importe quelle famille russe.

— Alekseï était sous-officier sur l'*Oktobrskaya Revolutsia*.

— Vous en êtes bien certaine ?

— Oh oui, les bateaux, ici, on connaît. On les regardait partir et on attendait leur retour… Et puis ce navire, c'était tout un symbole. Il avait eu un aîné, un croiseur du même nom qu'on a vu presque couler dans le port de Kronstadt en 1941, lors de la bataille de Leningrad. Nos mères avaient gardé quelques images découpées dans le journal. Il a été démoli plus tard et reconstruit. Je crois qu'Alekseï est entré dans la marine en 1956, l'année où le nouveau *Révolution d'Octobre* est sorti des chantiers, celle aussi où je me suis mariée et où je suis partie habiter à Saint-Pétersbourg. Je suis revenue vivre ici avec Marina, la sœur d'Alekseï, après le décès de mon mari il y a une dizaine d'années.

Igor hocha la tête. Il ne voulait pas brusquer cette femme apparemment pleine de bonne volonté, mais maintenant il avait besoin d'éléments plus précis concernant le père de Bérénice.

— Je voudrais des preuves, dit-il doucement, des preuves qu'Alekseï Dementiev est réellement votre cousin. Je souhaiterais savoir ce qu'il est devenu. C'est important pour la jeune femme qui est ici avec moi.

Une lueur d'étonnement passa dans les yeux d'Irina. Comme si elle n'avait pas songé qu'on puisse douter d'elle. Puis elle observa Bérénice, la détaillant de la tête aux pieds. Enfin, un sourire éclaira son visage. Elle se leva lentement et se dirigea vers la pièce d'à côté.

— Venez, ordonna-t-elle poliment, je vais vous présenter Marina.

Bérénice sursauta. Si elle avait bien saisi tout ce qu'Igor avait traduit, elle allait rencontrer la petite sœur de son père. Elle n'eut pas le temps de réfléchir davantage. Ils pénétrèrent dans une chambre. Allongée dans un lit, une dame paraissant plus vieille que son âge, souffrante, se reposait, les bras croisés sur sa poitrine.

— Marina ne vous parlera pas, murmura Irina. Elle est soignée pour une vilaine maladie et n'a plus de voix à cause du traitement. On lui a fait des rayons. Mais elle a toute sa tête et elle nous entend. Vous pouvez lui raconter votre histoire et la questionner.

Igor approcha une chaise et s'assit. Il exposa le but de sa visite, toujours sans préciser que Bérénice était sans doute la fille de son frère. Les paupières de la dame papillonnèrent. Igor fut certain que le nom d'Alekseï avait éveillé en elle de vrais souvenirs et qu'elle faisait un effort surhumain pour lui prêter attention. Il sortit de sa poche le cliché que Bérénice avait fait retirer en grand format et le lui montra. Une larme coula sur la joue amaigrie.

— J'aimerais un indice, chuchota Igor, un objet qui me permette de faire le lien entre l'homme qui figure sur la photo et votre frère.

Le regard de Marina alla vers Irina, puis vers la commode près de la porte. Bérénice sentit qu'une tendre complicité unissait les deux femmes. Irina ouvrit un tiroir, se retourna vers Marina et attendit quelques secondes un signe d'approbation. Puis elle sortit un vieux cadre qu'elle tendit à Igor. Une photo jaunie.

— Voici Alekseï, annonça Irina, et sa sœur Marina.

La gorge d'Igor se noua. C'était bien le même jeune homme que sur la photo de Bérénice, dans son costume de marin. Il posait près de sa cadette, on ne pouvait deviner lequel des deux était le plus fier. Il ne put cependant identifier Marina sur ce cliché, alors une charmante jeune fille et en parfaite santé. Rien à voir avec cette femme pleine de souffrances qui se mourait dans son lit. Igor saisit sa main et la caressa. Elle pleurait maintenant, sans bruit. Il fit signe à Bérénice d'approcher et lui montra la photo. Nul doute, elle avait sous le nez une autre photo de celui qui pouvait être son père.

— Il est possible, dit Igor en s'adressant à Marina, voire presque certain que la jeune femme à mes côtés soit la fille d'Alekseï. Une enfant conçue avec une Française lors d'une escale à Cherbourg en 1970. Bérénice est vraisemblablement votre nièce.

Il raconta ce qu'il savait. Marina l'écoutait sans quitter Bérénice des yeux, hochant parfois la tête comme pour confirmer ses propos. Soudain, elle tendit un doigt vers la commode. Irina comprit tout de suite. Elle rouvrit le tiroir, souleva une pile de linge et attrapa un paquet d'enveloppes.

— Vous trouverez là des preuves qui attestent ce que je vous ai dit, annonça-t-elle. Des lettres du père d'Alekseï, d'autres d'Alekseï, et une carte postale de Cherbourg. Enfin, un mot reçu de Dresde en 1989. C'est la dernière fois que nous avons eu des nouvelles d'Alekseï.

— Dresde ? répéta Bérénice. Il serait à Dresde ?

— On ne s'emporte pas, fit Igor. Il faudra tout vérifier.

— Vous pouvez lire ces lettres mais elles restent ici, déclara Irina.

Igor grimaça. Les traduire à Bérénice... Il lui faudrait des heures. Et comment tout mémoriser ? Il avait besoin d'emporter cette correspondance pour la photocopier.

— Je vous les emprunte seulement une journée, pria-t-il.

Irina restait les bras croisés, décidée à ne pas changer d'avis. Bérénice laissa Igor se débrouiller avec elle et s'approcha de Marina. Elle avait envie de toucher cette femme. Comme le professeur un peu plus tôt, elle saisit sa main et sentit la pression des doigts sous les siens tandis que des yeux fatigués plongeaient dans son regard, à la recherche d'une ressemblance. Marina, elle aussi, doutait. Cette grande blonde venue de nulle part était-elle la fille de son frère ? Bérénice perçut son interrogation. Elle ouvrit son sac et en sortit l'écharpe de coton grossier trouvée dans les affaires de sa mère. Elle la tendit à Marina, lui montra les lettres « KALININE ». La vieille femme hocha la tête, elle caressa le morceau d'étoffe vieilli et ses paupières se fermèrent.

— Elle est épuisée maintenant, on doit la laisser, dit Irina.

Bérénice déposa un baiser sur le front de Marina puis recula sans la quitter du regard, gravant dans sa mémoire les traits de son visage en se demandant si elle la reverrait jamais. Elle retrouva Igor en grande discussion avec Irina dans la pièce d'à côté. Bérénice devina qu'il tentait de la faire fléchir. Il avait posé sur la table des billets qu'Irina repoussait vers lui. Inutile de parler le russe pour comprendre que la conversation risquait de s'envenimer.

— J'ai une idée, Igor, intervint Bérénice. Nous pourrions revenir avec Carmen afin qu'elle prenne des photos de toutes ces lettres. Elles ne sortiraient pas de cette maison et nous aurions ainsi le temps de les déchiffrer. Pouvez-vous proposer cette solution à Irina ? La prier d'accepter une nouvelle visite avec mon amie ? C'est tout ce que j'attends d'elle. Traduisez mes mots, s'il vous plaît Igor.

C'était une bonne idée. Il en fit part à Irina.

17

— Écoute, Samuel, ton père a raison. Noël est une fête de famille. Tu sais que nous recevons Zlatan, ta grand-mère et son compagnon. On ne peut pas inviter Carmen et Bérénice, aussi charmantes soient-elles. Nous n'aurions pas assez de chambres pour loger tout le monde. Et puis Gabriel ne sera en France que pour deux semaines... On aimerait profiter un peu de lui.

Milan avait parlé posément, avec le sérieux qui lui appartenait et la tendresse qui émanait de lui lorsqu'il souhaitait faire passer un message délicat sans froisser son interlocuteur. Samuel était déçu mais il comprenait. Il lui faudrait tout de même un peu de temps pour digérer son désappointement. C'était la première fois que le Croate ne le soutenait pas et que son père lui refusait une faveur. Il songea qu'il avait pris la fâcheuse habitude de voir son père céder à toutes ses envies et qu'il en était devenu un peu capricieux. L'idée lui déplut et il se promit de veiller à ne plus formuler de demande inconséquente. Il était cependant dépité car il avait espéré revoir Bérénice à Noël, discuter avec elle des progrès de son enquête et du livre dont elle avait commencé l'écriture. Elle lui donnait des nouvelles régulièrement, il suivait ses aventures à Saint-Pétersbourg, mais ses mails le laissaient sur sa faim. S'il ne pouvait pas la rencontrer pendant les congés de Noël il lui faudrait patienter jusqu'au printemps, voire jusqu'à l'été car les travaux de son master lui mangeaient tout son temps. C'était bien trop loin. Il décida qu'il lui serait plus simple de lui rendre visite à Granville. Au moins, il ne dérangerait personne.

— Vous avez tous les deux raison, dit-il. C'est égoïste de ma part de vouloir vous imposer Bérénice et Carmen. J'appellerai Bérénice lorsqu'elle sera de retour de Russie. Peut-être pourra-t-elle me recevoir à Granville après Noël.

Milan haussa les sourcils et Stan grimaça. Ils avaient tous deux le sentiment de s'être mal exprimés.

— Tu peux inviter Bérénice bien sûr, répondit Milan. Elle est adorable, intéressante, et je serais ravi de la revoir. Elle peut même venir avec son pot de colle de Carmen ! Mais pas à Noël. Plus tard si tu veux. Quand Gabriel et les parents seront partis !

Samuel leva les yeux vers son père, attendant une réaction de sa part. Stan était perdu dans ses pensées.

— Bon, il semble que papa ne partage pas ton avis.

— Si, si, marmonna Stan. Vois avec Milan pour la date, ce sera plus sûr. Moi, je...

— Tu n'as pas l'air emballé !

— Non, ce n'est pas ça du tout. Je suis simplement préoccupé.

— Des soucis à la clinique dont tu ne nous aurais pas parlé ? demanda Milan.

— Non, ce n'est pas le travail. Rien dont je souhaite causer maintenant. Je sors chercher du pain.

Il s'enfuit lâchement, furieux contre lui-même. Quelle explication aurait-il pu donner ? « Je suis mal à l'aise parce que j'ai couché avec Bérénice. L'affaire d'une nuit, on avait trop bu. Il n'y a rien entre nous, c'est du passé… » Il n'y avait aucune justification à son comportement et ses excuses avaient un parfum de mensonge. Mais ce n'était pas le pire. Le pire, c'est qu'il risquait de s'attirer les foudres de Milan et de Samuel. Le pire du pire, c'est qu'il l'avait en tête, cette Bérénice qui venait souvent le hanter entre deux rêves. Il ne pouvait oublier cette femme si sensuelle quand il l'avait tenue dans ses bras, et pourtant si distante le matin d'après ! Que pouvait-il bien lui trouver ? Pourquoi le troublait-elle à ce point ? Elle était froide, si sûre d'elle, bien trop indépendante. Il avait dressé mentalement la liste de tous ses défauts. Celle des qualités était vierge. Pourtant, elle était bien là, dans un coin de son cerveau de célibataire endurci. Il repoussait son image mais elle revenait… Impossible de fermer cette parenthèse. Il était agacé comme il l'avait rarement été.

*

D'un air victorieux qui n'appartenait qu'à elle, Carmen déposa le dernier cliché sur la table.

— Voilà ! fit-elle les mains sur les hanches. Du bon travail, non ?

Dans la chambre de l'hôtel Helvetia, Igor, Bérénice, Astrid et Anna étaient penchés sur les photos étalées sur le lit.

— Attention ! Tout est numéroté, classé dans l'ordre. Il me semble que les textes sont parfaitement lisibles.

— Du très bon travail ! assura Igor qui examinait un cliché. J'arrive à tout lire.

Bérénice se retourna vers Carmen et la serra dans ses bras, murmurant un merci dans le creux de son oreille. Irina avait finalement accepté la proposition de Bérénice. La veille, Carmen avait accompagné Igor et Bérénice, munie de son matériel afin de mitrailler la correspondance conservée par Marina. Rien n'avait échappé à son objectif. Pas même les enveloppes et les cachets de la poste. Et ce matin, elle s'était rendue avec Igor dans un laboratoire photographique de l'université de Saint-Pétersbourg et avait assisté au tirage des épreuves, veillant à ce qu'aucune photo présente sur sa carte numérique ne soit oubliée ou égarée. En rentrant à l'hôtel, elle avait demandé à ses amis de la laisser seule le temps de tout mettre en place. Le résultat était là, sous leurs yeux ébahis. Anna s'empara d'une épreuve et commença à la lire.

— Tu peux traduire, s'il te plaît ? chuchota Bérénice.

— Pardon, j'ai oublié que tu ne comprenais pas le russe.

Igor les arrêta.

— On n'a pas le temps, Bérénice, Irina et Marina nous attendent. Il faut y aller. Je sais que tu redoutes ce moment mais nous ne pouvons pas le manquer. Demain, nous serons tous dans l'avion et il sera trop tard. Si tu renonces, tu risques de le regretter.

Bérénice ferma les yeux l'espace de quelques secondes pour se donner du courage, puis elle enfila son manteau. Igor était déjà sur le pas de la porte. Il attrapa son bras, le posant sur le sien comme il en avait pris l'habitude chaque fois qu'il la sentait hésitante. Ils s'engouffrèrent dans l'ascenseur, traversèrent le hall de l'hôtel et attrapèrent le premier taxi qui se présenta. Ils firent une halte dans un joli quartier de Saint-Pétersbourg, inconnu de Bérénice, où les attendait un inconnu qui s'engouffra dans le véhicule. Igor présenta le médecin à la jeune femme tandis que le chauffeur redémarrait. Ils restèrent silencieux le temps du trajet. Le temps était toujours aussi désolant et triste. Les trottoirs étaient déserts.

Jamais Bérénice n'oublierait ce qui se passa ensuite rue Komsomola. Son esprit mémoriserait les moindres détails. Igor avait obtenu de Marina qu'elle se prêtât à un test ADN. Il lui avait tout expliqué. Un peu de son sang, un peu de celui de Bérénice, et le laboratoire pourrait apporter la preuve formelle qu'Alekseï était bien le papa d'une enfant conçue en mai 1970 à Cherbourg.

Si Irina avait très mal pris cette suggestion, Marina l'avait adoptée aussitôt, donnant son assentiment d'un signe de tête. Puis, dans une sorte de râle, elle avait prononcé un mot : quand ? Quand saurait-elle ? Le plus vite possible, avait promis Igor. Il le savait, les jours de cette pauvre femme étaient comptés. Il était important qu'elle quitte ce monde avec une réponse.

Les prélèvements effectués, Bérénice retrouva un peu d'aplomb. Assez pour proposer de l'argent à Irina. Une somme qui permettrait de faire face aux coûteuses dépenses que nécessitaient les soins reçus par Marina et une aide pour qu'elles puissent s'offrir une vie plus confortable. Irina refusa. Bérénice eut une nouvelle suggestion. Marina pourrait venir en France et consulter des médecins, tenter d'autres traitements. Bérénice s'occuperait de tout. Cette fois, ce fut Marina qui répondit négativement d'un mouvement de la tête. Mais elle trouva la force de sourire et tendit sa main à Bérénice. Comme quelques jours plus tôt, elles demeurèrent liées l'une à l'autre, les doigts entremêlés, s'observant l'une et l'autre. Si Bérénice ne pouvait imaginer une ressemblance entre cette femme usée par la maladie et son père, Marina reconnaissait sans hésitation le menton volontaire d'Alekseï dans le joli visage de Bérénice, ses lèvres si parfaitement ourlées qui séduisaient tant les jeunes filles du quartier chaque fois qu'il revenait en permission. La science ferait foi. Mais dans l'esprit de Marina, la certitude était établie. Cette belle Française était sa nièce. La fille de son frère et d'un ange rencontré à Cherbourg. C'était ainsi qu'il évoquait la femme dont il était tombé amoureux. Il le lui avait souvent répété, il adorait la mer, mais c'était en France qu'il avait laissé son cœur.

Pour la première fois depuis longtemps, Marina sentit la révolte gronder en elle. Cette fichue maladie lui avait déjà tout ravi. Elle allait l'empêcher maintenant de faire davantage connaissance avec cette ravissante jeune femme. Elle aurait voulu remonter le temps, changer l'ordre des choses. Si elle avait pu rencontrer Bérénice dix ans plus tôt... Il aurait fallu être Dieu pour cela. Leur famille était maudite. Il n'y avait pas d'autre explication possible. Elle avait été dépecée par les guerres, la révolution communiste. La lignée des Dementiev allait s'éteindre. Et puis cette Française était arrivée, qui n'était ni mariée ni mère mais avait eu l'énorme courage de venir de l'Ouest pour rechercher ici ses origines, remonter à la source. Une source qui, hélas, se tarissait. Marina ne pouvait même pas lui dire combien elle était heureuse de la voir et combien Alekseï avait aimé sa mère, lui raconter que c'était pour elle qu'il avait voulu gagner l'Ouest lorsqu'il avait été démobilisé. Elle s'agita dans son lit, seuls des sons rauques émergèrent de sa gorge. Bérénice comprendrait-elle tout cela lorsqu'elle lirait la correspondance d'Alekseï ?

Quand Igor donna le signe du départ, Bérénice serra Marina contre elle et l'embrassa. Elles n'échangèrent aucune parole. Se dire « au revoir» eût été mentir. Elles voulaient échapper à la tricherie des paroles trop vite prononcées. Seule l'étreinte qu'elles partagèrent traduisait la profondeur de leurs sentiments, la force de leur émotion. Elles se quittèrent pour toujours, sur un regard appuyé.

*

À la dernière minute, Bérénice avait changé ses projets. Il n'était plus question pour elle de rentrer en France. Pas maintenant. Alors que Carmen et Astrid allaient reprendre leur avion pour Paris, qu'Anna regagnait Moscou et Igor Kaliningrad, elle avait acheté un billet pour Berlin. De là elle irait à Dresde. Il fallait qu'elle découvre cette ville où Alekseï avait donné de ses nouvelles pour la dernière fois.

Igor avait emporté dans ses bagages la totalité des photographies et des lettres que lui avait confiées Irina. Celles du père d'Alekseï et celles d'Alekseï. Il les traduirait au mot près et les enverrait à Bérénice. Mais avant qu'ils ne se séparent, la jeune femme avait demandé à l'aimable professeur de lui recopier en français le mot envoyé par Alekseï depuis Dresde. Elle l'avait lu juste avant de quitter Saint-Pétersbourg et en avait été bouleversée.

Marina, ma sœur chérie,

Pardon de ne pas t'avoir prévenue, de ne pas avoir pris le temps de te parler de mes projets et surtout de ne pas en avoir eu le courage.

Je ne m'enfuis pas, je ne te fuis pas. J'ai préféré partir en évitant le déchirement d'une séparation. Je ne veux pas te voir pleurer.

Je ne suis plus rien depuis qu'ils ont détruit mon navire. C'était toute ma vie. Tu m'as vu errer dans les rues de Kronstadt, traîner sur le port. Je ne sais qu'y faire. Moi, j'étais né pour la mer.

Il y a un rêve qui dort en moi depuis des années : revoir l'ange que j'ai tant aimé à Cherbourg. Celle dont je t'ai parlé plusieurs fois et que je n'ai jamais oubliée. Les autres filles n'ont jamais compté. Je crois que tu l'avais saisi, même si tu espérais toujours que je rencontre une belle fiancée à Saint-Pétersbourg, qu'on se marie et que je lui donne des enfants. Il n'y aura pas de petits Dementiev... mais je veux savoir ce qu'est devenu mon ange. Si elle a construit une existence, je rentrerai chez nous. Mais si jamais elle est libre... Je l'espère sans y croire. Dix-neuf ans après, ce n'est pas possible, je le sais. Cependant je dois être sûr.

Pour cela il me faut passer à l'Ouest. On dit que les contrôles se sont un peu assouplis. Je vais tenter ma chance. J'ai quitté l'URSS et j'ai pu traverser la Pologne sans souci. Me voilà maintenant à Dresde. J'hésite à remonter sur Berlin en passant par Leipzig ou à poursuivre vers Erfurt. Il se passe ici des choses qui pourraient changer le monde. J'ai vu des trains de réfugiés qui essayaient de gagner la RFA, des gens de la RDA qui s'étaient cachés à l'ambassade de la RFA de Prague pour obtenir de passer à l'Ouest dans des convois spéciaux. Tout ce mouvement dans les gares augmente la mobilisation des Allemands contre Erich Honecker, contre les forces du Pacte de Varsovie. Gorbatchev semble ne pas réagir. On dit qu'il ne fera pas couler le sang, qu'il n'enverra pas les chars.

Le peuple est confiant ici. On sent souffler le vent de la liberté. Tout va changer cet automne. Les Allemands défilent dans les rues en hurlant « Wir sind das Volk ! », « Nous sommes le peuple ». Les citoyens de RDA sont prêts à tout pour s'opposer au régime communiste. Les pasteurs prient pour la paix tandis que les manifestations s'intensifient. Si l'armée ne bronche pas, la Stasi, elle, réprime avec violence. Cette police politique ne diffère pas de la nôtre. C'est le glaive et le bouclier du parti. Mais j'ai vu que les étudiants de Leipzig et d'ailleurs ne lâchent rien. Ils affrontent les forces de l'ordre, risquent leur vie. Ils réclament de voyager librement. Moi aussi, c'est tout ce que je souhaite...

C'est fou d'avoir pu supporter autant de brimades et d'interdictions pendant des décennies et de voir maintenant les gens se réveiller. Si Dieu le veut, dans quelques jours je serai de l'autre côté. Demain, j'irai défiler aux côtés de ceux qui luttent pour notre liberté.

On se retrouvera, ma sœur chérie. On se reverra dans un monde où l'on pourra marcher dans la rue sans baisser les yeux, où l'on fera ce que l'on voudra sans être inquiété. Un monde où l'on pourra parler avec ses voisins sans être accusé de conspirer, un monde dans lequel on n'aura plus peur.

Moi qui ai tant servi ma patrie, qui l'ai servie si fièrement et si fidèlement, je me rends compte que j'ai donné mon existence à une dictature dans laquelle le peuple a été vissé, malmené, torturé. Pire, j'ai participé à enchaîner mes camarades. Il m'aura fallu tout ce temps pour comprendre le sens du mot « démocratie » et surtout admettre qu'il n'a pas la même définition si l'on habite à l'Ouest ou à l'Est. Les Occidentaux avaient raison. Comment ne l'ai-je pas compris plus tôt ?

Je t'embrasse, Marina Chérie.

Ton Alekseï.

À Dresde, le 3 octobre 1989.

Dans l'avion qui l'emmenait à Berlin, Bérénice n'en finissait pas de relire ce courrier. Alekseï était-il venu en France ? Si oui, avait-il revu Sylvanie ? C'était peu probable. À moins qu'ils n'aient échangé une adresse lors de leur rencontre à Cherbourg. Mais si tel était le cas, pourquoi n'avaient-ils pas correspondu ? Peut-être Sylvanie n'avait-elle pu lui répondre, muselée par sa mère. Peut-être Mathilde avait-elle confisqué les courriers d'Alekseï... Bérénice n'avait aucune peine à imaginer la vieille Mathilde interdisant à sa fille le moindre contact avec cet étranger qui l'avait mise enceinte. Mathilde détestait ces Soviétiques qui avait assassiné son amour à Berlin. Jamais elle n'aurait permis qu'Alekseï s'approche de Sylvanie et de sa fille.

Mais s'il était venu à Granville en 1989, s'il avait retrouvé Sylvanie, pourquoi n'en restait-il pas la moindre trace dans les affaires de sa mère, dans la maison de la Roche Gautier ? Là encore, le visage sévère de Mathilde s'imposait. Dans l'hypothèse où les deux amants se seraient revus, ils l'auraient fait en toute discrétion, en tout cas à l'insu de sa grand-mère.

Quand l'avion amorça sa descente sur Berlin, Bérénice se perdait encore en conjectures. Si ses parents avaient pu renouer, les choses auraient-elles été différentes ? Auraient-ils eu le droit au bonheur ? Sa mère était morte des suites d'une longue maladie en 1991. Est-ce que l'amour lui aurait épargné ce mal ? On dit souvent que les peines, les chocs ne sont pas étrangers à l'apparition de certains cancers. Les influences psychologiques sur le déclenchement de pathologies organiques sont reconnues, même si on n'écarte pas les facteurs multiples. Les médecins l'affirment, on ne peut nier la participation inconsciente des traumatismes subis. Sylvanie, elle, avait souffert toute sa vie. Elle avait été privée d'amour, elle avait vécu loin de celui qu'elle aimait. Si elle avait été heureuse, aurait-elle échappé à la maladie ?

Bérénice secoua la tête. À quoi bon remuer tout cela ! Rien ne pourrait ramener sa mère. Mais si elle pouvait retrouver son père, elle lui demanderait de lui raconter l'ange qu'il avait connu à Cherbourg et elle prendrait le temps de profiter de lui. Elle songea à Samuel, au bonheur qu'il avait eu de découvrir son géniteur alors qu'il avait déjà 20 ans. Aurait-elle le privilège de vivre elle aussi cet instant ? De Samuel, ses pensées s'envolèrent vers Stan. Elle repensa à leur étreinte et sentit son corps se réveiller. Elle rougit en se rappelant le plaisir et l'émotion qu'elle en avait ressentis. L'atterrissage lui remit les pieds sur terre, la libérant de ces brûlants souvenirs d'une nuit.

18

Affolée, les poings serrés, Carmen tambourina à la porte sans se soucier du voisinage, songeant seulement que si Milan n'était pas là elle ne saurait pas où aller. Enfin, le Croate lui ouvrit, apparemment mécontent qu'on le dérange, prêt à bondir sur celui qui osait l'importuner à près de minuit. Il ne dormait pas, il travaillait et détestait être interrompu. Quand il vit Carmen les yeux gonflés de larmes, le mascara coulant sur ses joues, il ravala sa colère. Quelque chose de grave avait dû se produire.

— Entre, dit-il en s'écartant pour la laisser passer.

— Referme bien à clé ! répondit-elle en se retournant. Il se pourrait qu'il m'ait poursuivie.

Milan verrouilla la porte et invita la jeune femme à s'asseoir sur le canapé. Il servit deux verres d'alcool, lui en tendit un qu'elle avala d'un trait. Elle tremblait, aussi il se résolut à attendre un peu avant de la questionner. Quand elle parut plus calme, il se décida.

— Si tu me disais ce qui t'arrive. Qui est ce « il » dont tu me parles et qui semble te ficher une belle trouille ? On t'a agressée ?

— Oui, souffla-t-elle.

— J'appelle la police.

— Non, surtout pas, s'il te plaît.

— C'est quelqu'un que tu connais ?

Carmen frotta son front, se demandant par où elle devait commencer. Milan risquait de la prendre pour une folle. Elle raconta comment Anton, son ex-fiancé, l'avait attendue ce soir au pied de son escalier. Sans doute avait-il fini par trouver son adresse, à moins qu'il l'ait repérée par hasard dans la rue et l'ait suivie jusque chez elle... Il avait été odieux et violent. Il l'avait insultée puis attrapée par le bras, la secouant, la menaçant. Le bar à l'angle de la rue était fermé, les trottoirs déserts, personne ne se promenait à cette heure et par ce temps de chien. Elle avait réussi à lui échapper en le repoussant. Il s'était cogné le crâne sur la rampe, elle avait profité de cet instant pour s'enfuir et avait couru pour arriver jusqu'ici.

— Je suis rentrée tard d'un rendez-vous avec un client pour un book. J'étais restée pour bavarder avec son équipe et le dîner s'est éternisé, termina-t-elle. Je ne pensais pas qu'Anton avait retrouvé ma piste. Je me croyais tranquille et je ne me suis pas méfiée. Je suis désolée, je n'avais pas d'autre endroit que chez toi pour me réfugier. Astrid est à Rouen... C'est loin et il est trop tard pour partir maintenant. Quant à Bérénice, elle est toujours à Dresde.

J'ai bien des connaissances à Paris, des copains, mais tu étais le plus près, alors...

— Tu as bien fait, la coupa Milan.

— J'ai tellement peur qu'il me rattrape, qu'il me fasse mal encore.

Elle remonta la manche de son pull. Son poignet droit était gonflé, marqué de traces de doigts qui commençaient à bleuir.

— Il faut aller à l'hôpital, murmura Milan. Une radio est indispensable. Et tu dois absolument déposer plainte au commissariat. Je t'accompagne.

Carmen se mit à pleurer, secouant la tête. Si elle avertissait la police, Anton se montrerait encore plus brutal. Il la tuerait peut-être. Milan haussa les épaules. On n'assassinait pas les gens ainsi.

— Tu ne connais pas les Malikian, bégaya Carmen. C'est un clan. Ils se serrent les coudes. Je suis sûre qu'ils sont prêts à tout, y compris à se débarrasser de moi qui leur ai tenu tête. Je devais me marier avec Anton. Je m'étais même convertie à l'orthodoxie. J'ai tout largué. Ça ne se passe pas comme ça chez eux. Je leur appartiens. Anton me l'a encore répété ce soir.

Milan comprenait mieux maintenant. Il savait depuis l'été précédent que Carmen avait annulé ses noces et que la rupture avait été douloureuse, mais il n'avait pas eu d'autres détails. Les Malikian, il les connaissait de nom. Une puissante tribu qui avait fait fortune dans la mode et ne semblait pas dangereuse. Cependant, il n'ignorait pas que sous le couvert d'activités légales, ces familles d'origine caucasienne étaient parfois plus ou moins liées à la mafia. On entendait régulièrement parler de règlements de comptes, en particulier dans le sud de la France. Mais Paris n'échappait pas à cette gangrène. Sans être épouvanté, Milan n'était pas complètement rassuré. Il savait que les Russes, les Géorgiens ou les Arméniens de la capitale n'étaient pas tous des enfants de chœur. Certains groupes se distinguaient dans les vols de voiture à la commande, les gros cambriolages, et on disait qu'ils n'hésitaient pas à sortir la kalachnikov. Certes, à sa connaissance, les Malikian n'avaient jamais été salis par une quelconque affaire, mais s'ils avaient en tête de récupérer Carmen et de la marier avec l'héritier de la famille, nul ne savait jusqu'où ils seraient capables d'aller pour arriver à leurs fins. Carmen pouvait payer le prix fort… Et lui aussi s'il s'interposait. Mais pas question de la laisser tomber. Pour l'instant, elle avait besoin de soins. Ensuite il faudrait la protéger.

— On file à Tenon, déclara Milan en écartant ses souvenirs. Tu dois faire examiner ton poignet par un médecin.

— Je ne veux pas sortir. S'il m'attend en bas, je suis fichue.

— Tu ne peux pas rester ainsi. Je t'accompagne à l'hôpital.

— On pourrait peut-être patienter jusqu'à demain matin…

— Non, Carmen. Regarde ton bras, ta main, et tes doigts qui commencent à gonfler. Je ne suis pas toubib mais la blessure est vilaine. On passera par la porte du garage à vélos. Je sortirai le premier.

— Si Anton attend dans une voiture tu ne le verras pas. Il ne se montrera pas tant que je n'apparaîtrai pas. Mais dès que j'aurai mis le pied dehors...

Milan rumina un moment, fit des allers-retours de son fauteuil à la fenêtre, scrutant le cimetière du Père-Lachaise dans l'obscurité et les trottoirs éclairés de l'avenue Gambetta. Comment savoir si quelqu'un patientait dans l'une des automobiles garées dans la rue ?

— Je descends seul, décida-t-il. Je fais un tour. Si je vois quelqu'un dans l'un des véhicules stationnés devant chez moi on renonce. S'il n'y a personne, je remonte te chercher et on file aux urgences. Je pars. Tu éteins les lumières de l'appartement et tu ne te montres pas à la fenêtre. Bien sûr, tu n'ouvres pas la porte et tu ne réponds pas au téléphone. Si je ne suis pas revenu dans trente minutes tu appelles la police. D'accord ?

Carmen acquiesça. Milan la prenait très au sérieux et elle en ressentit une sorte d'apaisement. Elle avait craint un instant qu'il ne la prît pour une dingue.

— Ferme bien derrière moi, dit-il, je n'emporte pas les clés. Il ne peut rien t'arriver.

Il lui sourit et elle réalisa que pour la première fois elle voyait Milan comme un ami et non plus comme le « tsar » qui avait tant bousculé son cœur.

*

Bérénice se réveilla en sursaut. Durant quelques secondes, elle se demanda où elle était. Elle tâtonna, cherchant l'interrupteur de la lampe de chevet, et retrouva ses esprits. Elle se leva pour ôter son T-shirt trempé de sueur et passa dans la salle de bains pour se rafraîchir avant de revenir se coucher. Il n'était que 2 heures du matin.

Depuis trois jours qu'elle était à Dresde, elle passait des nuits épouvantables, entrecoupées de cauchemars. Tantôt elle courait après un train à bord duquel Alekseï était monté. Chaque fois que sa main croyait attraper celle de son père, le convoi accélérait et disparaissait dans la brume. Tantôt elle recevait une lettre de son père mais ne découvrait qu'une feuille blanche dans l'enveloppe. Ou alors elle recevait un courrier officiel dans lequel on lui apprenait son décès. Ces horribles rêves revenaient en boucle et elle se levait épuisée.

Elle saisit une bouteille d'eau au pied de son lit, avala une bonne gorgée. Elle regrettait de ne pas avoir accepté que Konrad l'accompagne. Il le lui avait proposé lorsqu'elle était passée le voir à son arrivée à Berlin, mais elle avait refusé. Elle avait pris le temps de lui expliquer sa quête, ce qu'elle avait découvert à Saint-Pétersbourg. Comme elle, Konrad avait été abasourdi en apprenant que les deux grands-pères de Bérénice étaient morts dans les derniers combats de Berlin dans les camps opposés et que le père de Bérénice avait été un militaire soviétique. C'est d'ailleurs pour cette raison que Bérénice n'avait pas souhaité la présence de Konrad à Dresde. Certes, il avait les idées larges, il avait grandi à l'époque de la construction européenne, celle de la paix, de l'Europe voulue par Monnet, Schuman et Adenauer. Mais il avait aussi grandi avec un père que la mort de son frère engagé dans la SS avait bouleversé, il avait vu son pays, l'Allemagne, coupé en deux par le rideau de fer, Berlin emmurée et des gens malheureux, prisonniers d'une fausse démocratie populaire, satellite de l'Union soviétique.

Bérénice se leva et jeta un coup d'œil par la fenêtre. Elle avait choisi un bel hôtel dans la vieille ville. Ou du moins ce qu'il en restait. La capitale de la Saxe avait été ruinée par les bombardements alliés de février 1945. La Royal Air Force, avec l'appui de l'aviation américaine, avait largué un tapis de bombes incendiaires sur cette cité qu'on nommait alors la Florence de l'Elbe, rasant les bâtiments, tuant. Au moins vingt-cinq mille Allemands étaient morts. Peut-être plus. Comble de l'horreur, il avait fallu peser les cendres des corps calcinés afin de calculer le nombre de victimes…

Face à la fenêtre de sa chambre d'hôtel, les lumières éclairaient l'église Notre-Dame-de-Dresde, la Frauenkirsche, détruite et reconstruite à l'identique… Les efforts pour rendre à Dresde toute sa splendeur passée s'étaient accélérés après la réunification. Des fonds publics, mais surtout privés, avaient financé les travaux. La chute du Mur avait sonné la renaissance de Dresde. L'architecture baroque dominait, de nombreux musées renfermaient des collections impressionnantes. S'il n'y avait pas eu des pages et des pages consacrées à cette tranche horrible de l'Histoire, on aurait pu penser que la cité n'avait connu aucun désastre, qu'elle était ainsi depuis des siècles. Bérénice s'était longuement promenée un après-midi au bord de l'Elbe, un peu plus loin derrière l'église luthérienne, après s'être rendue dans plusieurs administrations où elle n'avait cessé de poser des questions auxquelles on n'avait pas répondu. Seuls des gens rencontrés par hasard avaient accepté de lui parler. On n'avait pas oublié le régime mis en place sous l'égide soviétique. Les plus vieux en gardaient de cuisants souvenirs. Jusqu'à la réunification, Dresde avait vécu avec la présence d'une division de blindés de l'armée Rouge au cœur de ses rues. Bérénice avait longuement discuté avec un couple de personnes âgées croisé sur les quais du fleuve. Ils avaient 10 ans à la fin de la guerre et avaient survécu aux bombardements. Ils avaient raconté à Bérénice l'histoire de leur ville sous la poigne des communistes. Mais rien qui aurait pu concerner Alekseï.

Elle soupira et quitta la fenêtre pour revenir se glisser dans son lit. Igor avait raison, ce voyage en Saxe n'avait servi à rien. Elle n'en savait pas plus sur Alekseï ni sur ce qu'il était devenu après son passage ici. Une certitude cependant, Dresde avait joué un rôle majeur dans les événements de 1989. Le 4 octobre, d'importants affrontements avaient eu lieu entre les habitants et la police est-allemande alors qu'un train de réfugiés cherchait à passer en RFA. Le 8 octobre, vingt mille manifestants avaient défilé dans les rues de la ville, réclamant la liberté d'expression et de circulation, notamment le droit à aller vers l'Ouest afin de retrouver des membres de leurs familles dont certaines étaient séparées depuis plus de quarante ans. La lettre d'Alekseï datait du 3 octobre. Avait-il pu fuir comme il le souhaitait ? Bérénice n'avait pas de réponse à cette question. Comment connaître les noms de ceux qui avaient embarqué à bord des trains ? Seules certaines ambassades avaient pu conserver des traces de ces voyageurs qui fuyaient l'Est. Mais à la porte de quel consulat devait-elle frapper pour espérer une nouvelle piste ? Elle décida qu'elle commencerait par adresser quelques courriers en Allemagne, à Berlin d'abord, puis dans les villes principales. Elle regarda l'heure et se résolut à éteindre la lumière. Elle devait dormir un peu si elle voulait reprendre ses investigations le lendemain avec un esprit le plus clair possible.

Tôt le matin, sitôt douchée et habillée, elle avala un petit déjeuner et partit vers le quartier de la gare. C'était sans doute peine perdue, mais elle avait le sentiment de marcher sur les traces de son père. D'une certaine façon, cela lui redonna un peu d'assurance. Une averse l'obligea à s'abriter dans un café, l'un de ces endroits populaires comme il en existe tant en Allemagne et dans lequel on se sent tout de suite le bienvenu. On parlait fort, on riait, on s'interpellait dans ce bistrot où tout le monde paraissait se connaître. Deux hommes étaient attablés au fond de la salle. Bérénice eut l'audace d'emporter sa tasse de thé et de s'installer près d'eux. Elle les observa, leur attribuant une bonne soixantaine d'années. S'ils étaient d'ici, s'ils avaient vécu les derniers jours de la RDA et les trains en partance pour la liberté, ils auraient peut-être quelques anecdotes à lui raconter. Elle les aborda et fut accueillie avec le sourire. Alors elle raconta son père et entama son interrogatoire.

Ils se prêtèrent volontiers au jeu et répondirent à ses questions. Mais leurs explications n'avaient rien de rassurant. Ils se souvenaient effectivement des événements qui avaient marqué le début d'octobre 1989, comment les policiers avaient réprimé les manifestations. Des jeunes avaient été arrêtés, on les avait conduits dans les vieux bâtiments de la police aujourd'hui détruits. Certains avaient reçu des coups mais pour d'autres, cela avait été pire. Ignorant le vent d'indépendance qui soufflait sur l'Allemagne de l'Est, les agents de la Stasi avaient eu à cœur de tenir leur rôle jusqu'au bout. Ils avaient traqué les opposants politiques, maintenu une répression acharnée contre les fuyards qui tentaient de gagner l'Ouest, créant le ZKG, une unité spéciale autorisée à abattre toute personne désirant fuir le pays, y compris les femmes et les enfants.

— Gorbatchev n'a donné aucun ordre pour intervenir en octobre 1989, dit un des deux hommes à Bérénice. Il savait qu'il ne pouvait plus arrêter le mouvement. Mais Dresde était loin de Moscou. Or il y avait ici des agents zélés venus de Russie, dont une personnalité que le monde entier connaît désormais : Poutine. Il était arrivé à Dresde en 1985 sous une couverture parfaitement transparente et mise en valeur par la propagande. L'appareil l'avait nommé directeur de la Maison de l'amitié germano-soviétique. C'est à mourir de rire, n'est-ce pas ? Car il était tout, sauf un homme d'amitié. Évidemment, il travaillait pour le KGB. Votre père étant soviétique, s'il a été arrêté à Dresde pendant les manifestations, nul doute qu'il n'a pas bénéficié d'un traitement de faveur. Les citoyens de la RDA pouvaient espérer s'en sortir, mais un Soviétique...

— Poutine a donc œuvré à Dresde ?

— Oui, pendant cinq ans. Après la réunification, en 1990, et le démantèlement du KGB en Allemagne, Poutine a été renvoyé à Leningrad, Saint-Pétersbourg si vous préférez. Il y a repris ses fonctions au KGB. La suite de l'histoire, vous la connaissez.

— Poutine..., répéta Bérénice.

— Vous semblez surprise, mais oui. Comme bien d'autres, il a commencé en bas de l'échelle. Un personnage obscur mais ambitieux qui s'est vite fait remarquer. Il n'était pas tout seul. Il avait des compagnons ici. Infiltrations, manipulations et interrogatoires musclés étaient leur quotidien. Après 1989, la plupart de ces types ont réintégré la Russie et occupé les plus hautes sphères du pouvoir. D'autres ont retourné leur veste et sont partis à l'Ouest, y compris chez vous, en France. Certains ont réussi paraît-il à obtenir la nationalité française sous de fausses identités en prétendant qu'ils étaient des diplomates de la perestroïka, qu'ils avaient épaulé Gorbatchev et contribué à la chute du communisme. Ceux-là dénigrent aujourd'hui le système pour lequel ils ont œuvré pendant des années et se disent les grands défenseurs de la démocratie et du peuple. Mais nous, ici, on sait qui ils étaient dans une autre vie. Des tortionnaires !

— Comment pourrais-je savoir si mon père est tombé entre les mains de la Stasi ou du KGB ? murmura Bérénice.

— Concernant le KGB, je ne sais pas. En revanche, la Stasi a une quantité d'archives. Ils avaient fiché tout le monde, répertorié chacune des arrestations. La chute du Mur a été rapide et ils n'ont pas eu le temps de tout détruire. Et ce n'est pas faute d'avoir essayé ! On dit que quelque seize millions de pages ont été déchirées à l'automne 1989 puis enfermées dans des sacs. Tous ces documents sont depuis presque dix ans en cours de reconstitution informatisée.

Bérénice mit sa tête entre ses mains. Le brouhaha qui régnait dans le café ralentissait sa capacité à réfléchir. Les propos de l'homme l'emmenaient au-delà de ce à quoi elle avait songé jusqu'alors. Lui faudrait-il passer des milliers de feuilles au peigne fin pour espérer mettre le doigt sur un élément de réponse ? Elle se sentit découragée, fatiguée, et frotta ses yeux.

— Ne vous démoralisez pas, intervint l'autre homme. Vingt-cinq ans après la réunification on continue à remettre en place les pièces de cet immense puzzle. Quatre cent cinquante millions de petits papiers brûlés ou partiellement déchirés ont été triés. Au début, les employés des archives effectuaient le boulot à la main. Maintenant, un logiciel les aide dans leur travail. Ils disposent aussi d'un scanner qui analyse les déchirures, la couleur de l'encre et la typographie de chaque bout de papier. Chaque détail est enregistré au millimètre près. Puis les morceaux sont rassemblés et les pages reconstituées. Il y a de quoi dénicher des infos.

Bérénice dévisagea les deux hommes. Ils étaient précis, sûrs d'eux. Trop ? Balançaient-ils n'importe quoi pour se rendre intéressants ?

— Vous semblez très au courant de la situation, remarqua-t-elle les sourcils froncés. Dans les administrations, on me renvoie sans l'ombre d'une explication. Puis-je vous demander comment vous avez appris toutes ces choses ?

— Quand on a passé les trente premières années de sa vie à l'ombre du rideau de fer, répondit l'un, un peu vexé de la méfiance de la jeune femme, quand on a vécu dans la crainte et sous l'oppression, voire la répression, et que soudain le monde libre s'ouvre à vous, il y a des images, des mots qu'on n'oublie pas, des faits dont on ne veut pas perdre une miette. La Stasi, c'était la terreur. J'ai collectionné, comme la plupart de mes concitoyens, toutes les coupures de presse de l'époque de la chute du Mur et des mois qui ont suivi. J'ai écouté minute par minute les informations diffusées à la radio ou à la télé. Cette page de l'histoire allemande, je la connais par cœur et je n'ai pas l'intention de la garder pour moi. Je veux la transmettre, et c'est ce que je fais avec vous maintenant.

— Je suis désolée, murmura Bérénice, gênée. Depuis que je cherche mon père j'ai beaucoup de mal à attraper le moindre renseignement. Il faut que je quémande, que je triche parfois... Je n'aurais pas dû douter de vous.

— Concernant les archives de la Stasi, il existe un mandataire fédéral nommé le BSTU qui pourrait vous aiguiller. Cela concerne toute la documentation du service de sécurité de l'État de l'ex-République démocratique allemande. Sur présentation de papiers d'identité, on vous permettra un accès aux données.

Bérénice se mordit la lèvre. Comment feraitelle la preuve de son lien de parenté avec Alekseï sans les résultats du test ADN dont elle n'osait espérer le retour avant des semaines ? Elle portait le nom de sa mère et était née de père inconnu. Il lui faudrait tout raconter une fois encore. Étaler ses recherches devant des fonctionnaires qui avaient sans doute bien d'autres chats à fouetter... L'homme discerna son embarras.

— Si vous ne souhaitez pas contacter tout de suite le BSTU, vous pouvez vous renseigner sur Internet. Il existe un site qui répertorie un certain nombre de données accessibles à tous. Vous parlez bien allemand, je suppose que vous le lisez aussi très correctement ?

Bérénice acquiesça.

— Alors prenez quelques infos sur le web. Ça vous guidera pour commencer. Vous devriez aussi passer par les instances officielles françaises. Il y a bien un ministère qui pourrait appuyer votre requête auprès d'un service allemand. Un coup de pouce venu d'en haut est toujours plus efficace. Vous savez, ici, on a vu beaucoup de gens comme vous à la recherche d'un père, d'un frère... Nous sommes habitués et on répond volontiers aux questions. On sait ce qu'aider signifie, même si on n'a pas toutes les solutions ni toutes les réponses.

Il tendit la main vers Bérénice, marquant la fin de l'entretien. Une poignée franche et prolongée qui la rassura. Manifestement, l'homme ne lui en voulait pas qu'elle ait pu douter de la véracité de ses propos.

19

— Je ne veux pas vous embarrasser davantage, murmura Carmen. Demain, je vais à Rouen chez Astrid. Ensuite, j'aviserai.

— Tu ne nous encombres pas, rétorqua Milan en secouant la tête. Se planquer chez Astrid ne me semble pas être une bonne idée. Anton la connaît. Il aura vite fait de retrouver son adresse, d'autant plus qu'elle est médecin. Il suffit de consulter Internet pour obtenir les coordonnées de son cabinet. Non, ce n'est pas prudent d'aller chez Astrid maintenant. Tu devrais laisser la justice faire son travail, qu'Anton soit obligé de répondre de ses actes. Après, je pense que tu seras plus tranquille. Bérénice est de retour demain. Elle pourrait te retrouver ici et vous repartiriez ensemble à Granville. Là-bas, tu seras plus en sécurité qu'à Rouen.

Carmen leva les yeux vers Stan. Il était toujours près de la fenêtre, contemplant le jardin envahi par l'obscurité. Il n'avait pas dit un mot et elle ne savait pas comment interpréter son silence. Elle avait le sentiment de troubler son week-end de repos à La Roche-Guyon. La nuit où Anton l'avait agressée, dans la panique elle avait suivi Milan sans broncher. Il faut dire qu'il ne lui en avait guère laissé le choix, décidant à sa place ce qu'il convenait de faire. De l'avenue Gambetta, ils s'étaient rendus directement aux urgences. Les examens radiographiques avaient confirmé ce que Milan soupçonnait : elle avait le poignet cassé. Avant de poser un plâtre, l'infirmier les avait envoyés auprès du médecin légiste. Puisqu'il s'agissait d'un geste de violence délibérée, il fallait que les blessures soient constatées. Après avoir quitté l'hôpital, ils étaient passés par le poste de police. Carmen avait beau être terrorisée, Milan n'avait pas démordu : il était indispensable de déposer une plainte. Au matin, quand ils avaient enfin quitté le commissariat, après avoir confié le rapport du légiste et signé leur déposition, Milan avait décidé d'aller immédiatement à la gare Saint-Lazare où ils avaient pris le train pour La Roche-Guyon. Carmen avait pu enfin se poser, se calmer et réfléchir.

— N'ai-je pas raison ? dit Milan en se tournant vers Stan.

— Oui, répondit le chirurgien, c'est plus sage.

Il approuvait à contrecœur. Ce n'était pas la présence de Carmen qui le dérangeait, mais l'idée de revoir Bérénice. Milan avait bien fait d'amener Carmen ici. On ne pouvait abandonner une femme dans cet état. Il avait de la peine pour elle. Certes, elle avait un poignet cassé, mais ce n'était pas ce qui le souciait le plus. Depuis son arrivée, elle sursautait au moindre bruit, elle était prise de tremblements. Elle avait besoin de consulter un psychiatre, quelqu'un qui pourrait lui ôter ses peurs et lui rendre sa confiance. Il lui en parlerait avant son départ. Avec un peu de chance, les deux amies ne s'éterniseraient pas, il n'aurait pas à supporter trop longtemps la présence de Bérénice. Lorsqu'il pensait à elle, des sentiments ambigus le traversaient et des sensations peu avouables picotaient son corps. Malgré lui, il avait l'impression de la désirer encore. Mais il n'était plus question de s'approcher d'elle, il n'avait pas l'intention de se faire rembarrer. Il veillerait à maintenir ses distances. Elle aussi saurait l'éviter et se faire oublier, car s'il devait lui reconnaître une qualité, c'était son intelligence.

— Je n'ai encore rien raconté à Bérénice, souffla Carmen. Elle va être furieuse.

— Elle comprendra, assura Milan. Il était inutile de l'affoler pendant qu'elle était à Dresde. Demain, tu lui enverras un SMS. À quelle heure prend-elle son avion ?

— Elle quitte Berlin vers midi et arrive à Roissy à 13 h 30.

— Alors envoie-lui un SMS vers 13 heures. Ce sera bien assez tôt. Tu lui demanderas de te rejoindre ici. Ne te perds pas en explications longues et compliquées, c'est inutile.

— Et si elle refuse ? Si elle ne saisit pas ? Si elle me croit folle et ne veut pas venir à La Roche-Guyon ?

— Je lui enverrai aussi un texto puis je l'appellerai pour régler les détails pratiques avec elle. Au lieu de filer vers Granville elle n'aura qu'à prendre un billet pour Mantes. Nous irons l'attendre à la gare.

Le « nous » fit grimacer Stanislas.

— Je vais prévenir Samuel, la visite de Bérénice devrait le réjouir. Il sera ravi de dîner avec nous demain.

Il songea que la présence de son fils accaparerait Bérénice… Si toutefois elle ne l'était pas assez par les ennuis de son amie. Il pourrait alors s'éclipser plus facilement.

— Excellente idée, fit Milan. Bérénice et Samuel papoteront histoire et recherches et pendant ce temps on oubliera un peu le reste. N'est-ce pas, Carmen ?

La métisse acquiesça, les lèvres figées. Elle vivait dans la terreur depuis trois jours, ne pensait qu'à Anton, songeant qu'elle serait contrainte de passer son existence à le fuir. Faudrait-il qu'elle se cache pour toujours, qu'elle vive éternellement dans la peur de le croiser ?

Milan semblait croire qu'une action en justice suffirait à l'effrayer. Carmen n'osait l'espérer. Elle savait qu'elle ne remettrait plus les pieds à Paris. Plus question d'y habiter. Mais comment ferait-elle pour son travail ? Si elle décidait de s'installer en province, les contacts avec ses clients seraient compliqués. Comment justifierait-elle son éloignement ? Elle n'avait rien emporté. Il faudrait qu'elle récupère ses vêtements, son ordinateur, ses books, tout ce qui était indispensable à son job.

Milan la secoua doucement.

— On ne rumine pas, conseilla-t-il. On évite de se tracasser.

— J'ai toutes mes affaires dans mon appart, souffla-t-elle, au bord des larmes.

Elle jeta un coup d'œil sur le pull qu'elle portait. Il appartenait à Stan et était bien trop grand pour elle. Le chirurgien attrapa son regard.

— Je reconnais que pour quelqu'un qui bosse dans la mode, tu n'es guère élégante ! plaisanta-t-il pour essayer de la détendre. Mais qui sait, cette garde-robe inédite va peut-être te donner de nouvelles idées...

Ses mots arrachèrent un sourire à Carmen.

— Il y a toujours une solution aux problèmes, conclut Milan. Je suis sûr que tout va s'arranger, et tu n'es pas seule. Nous irons récupérer les affaires dont tu as besoin. Attendons Bérénice pour mettre au point une stratégie !

Stanislas fit la moue. Il se pencha pour ramasser des CD qui traînaient sur la table et alla les ranger dans l'étagère. Une fois encore, l'emploi de la première personne du pluriel le gênait. Il ne s'imaginait pas faire un saut à Paris pour vider un appartement. Son agenda débordait. Sa semaine à la clinique avait été éprouvante et il avait attendu avec impatience ces deux jours pour prendre un peu de repos. Et puis il n'avait nulle envie de jouer les bons samaritains, du moins pas outre mesure. Qu'arrivait-il à Milan ? Le solitaire et ténébreux Croate se transformerait-il en saint-bernard prêt à voler au secours de la veuve et de l'orphelin ?

— Je suis fatiguée, murmura Carmen. Je vais me coucher. Bonne nuit à vous deux et… merci pour tout.

Stanislas la regarda disparaître. Quand il fut certain qu'elle était dans sa chambre, il agrippa l'épaule de son ami.

— Dis, ça ne va pas la tête ? Que tu la ramènes ici pour qu'elle soit en sécurité, je comprends. Mais convier sa copine à venir ici, proposer d'aller à Paris et de jouer les déménageurs, je ne pige pas !

— Je ne t'oblige pas à nous filer un coup de main, rétorqua Milan, prêt à mordre. Il ne s'agit pas de déménager son appart mais seulement d'aller y chercher ce dont elle a besoin. Elle ne peut pas y remettre les pieds. Il faut bien que quelqu'un le fasse pour elle. On se débrouillera sans toi. Je m'arrangerai avec Bérénice. Tu ne sais pas ce que c'est que de vivre dans la peur de la persécution. Si ma mère n'avait pas été épaulée à certaines périodes de sa vie, elle n'aurait jamais pu trouver les assassins de mon père. Et si elle était encore là, elle serait la première à nous conseiller d'aider Carmen. Non, je me trompe, elle ne nous conseillerait rien du tout, elle nous ordonnerait de le faire !

L'image de Suzana calma le chirurgien. Oui, Suzana n'aurait jamais laissé tomber une femme dans la détresse. Elle l'aurait soutenue coûte que coûte, quitte à déplacer des montagnes pour parvenir à ses fins.

— C'est le week-end, je ne peux rien décider, bougonna Stan. Je verrai lundi matin avec ma secrétaire si on peut décaler quelques rendez-vous et on fera ce saut à Paris.

Milan faillit ouvrir la bouche. Il secoua ses boucles blondes comme pour s'intimer l'ordre de se taire.

— On trinque avant d'aller dormir ? demanda-t-il en montrant la bouteille de *rakija* qui trônait sur un plateau.

— Ah, non ! Ton truc va encore m'allumer les tripes. Je t'offre un verre de lait !

*

Bérénice ragea intérieurement et abandonna sa tentative de connexion, maudissant encore une fois la *Lufthansa* qui promettait à ses clients du réseau à bord. Ce ne doit être valable que sur les vols longs courriers, se dit-elle, contrariée. Heureusement qu'elle avait téléchargé les documents envoyés par Igor juste avant le décollage.

Elle ouvrit le fichier et le fit défiler rapidement. Son cœur se mit à battre. Il contenait la traduction de tous les courriers de Vadim Dementiev, le père d'Alekseï, et celle de la carte postale envoyée de Cherbourg par Alekseï à destination de sa sœur. Un texte court, sans informations particulières. Alekseï savait qu'il serait lu et confisqué si jamais il ne respectait pas les règles imposées par le parti. C'était donc un courrier convenu, un mot écrit rapidement mais qui confirmait ce qu'attendait Bérénice.

Ma sœur chérie, Cherbourg accueille notre flotte en grande pompe et rend honneur à notre pays. Quelle fierté d'être citoyen de notre patrie et de fêter en terre amie le centenaire de la naissance du camarade Lénine ! On sent combien l'amitié de l'URSS est précieuse à la France. Nous sommes applaudis, admirés. Nous avons reçu des visiteurs sur les navires, nous avons pu aussi descendre nous promener dans les rues de Cherbourg. J'y ai croisé un Ange. Je crois qu'il s'est emparé de mon cœur. Je t'embrasse, Marina adorée. Ton Alekseï.

Durant quelques secondes, Bérénice pensa à sa mère, l'ange évoqué par Alekseï. Quel mauvais coup du sort avait-il permis à deux jeunes gens de tomber amoureux pour les séparer aussitôt et les empêcher à jamais de se revoir ? Comment le destin pouvait-il se montrer aussi cruel ? Jamais elle n'aurait les réponses. Elle ferma les yeux, les rouvrit et revint quelques pages en arrière pour lire la correspondance que le père d'Alekseï avait adressé à sa femme durant la guerre. Ce n'était plus son histoire, mais si cet homme était son aïeul, ces bribes du passé lui appartenaient tout de même. Quelques années plus tôt elle lisait les carnets de Hans, son grand-père engagé dans la SS, cette fois elle se trouvait dans l'autre camp… La première missive datait de 1942.

Ma douce Anastasia,

Novembre s'achève et les nouvelles sont bonnes. Alors que les Allemands contrôlaient presque tout Stalingrad, nous avons lancé une grande contre-offensive. Ce fut une surprise pour l'ennemi. Nous n'avions rien laissé filtrer de nos préparatifs. C'est pourquoi j'ai été des semaines sans t'écrire. Nos unités de blindés n'ont pu être stoppées par la Wehrmacht. Nos troupes ont fait la jonction et ont encerclé la 6e Armée d'Hitler. Quant à la 4e Armée et ses panzers, elle est prise au piège entre le Don et la Volga. Nous savons que von Paulus n'a plus guère de vivres et de munitions. Il a tenté une percée mais reste enfermé dans la ville. Le froid arrive, et l'ennemi n'y est pas habitué. Nul ne peut résister à l'armée de Staline.

Prends soin de nos petits, mon amour, tandis que je défends notre mère patrie.
Ton Vadim.

Les lettres défilaient sous les yeux de Bérénice. Elle tentait d'imaginer cet homme, avec ses espoirs et ses peurs. Le père d'Alekseï devait peser ses mots pour franchir la censure. Elle rabattit l'écran de son ordinateur. À côté d'elle, un gamin remuait et braillait sans cesse. Agacée, elle songea qu'il aurait mérité une bonne paire de claques. Il importunait toute la rangée et pas seulement ! La mère ne semblait pas préoccupée par le comportement de son gosse, se contentant de temps en temps d'une vague remontrance. Excédée, Bérénice poussa un soupir. La femme ne se décidant pas à calmer sa progéniture, elle sortit une boîte de boules Quiès de son sac et se boucha les oreilles. Puis elle reprit sa lecture.

Te souviens-tu, ma tendre épouse, l'été dernier je t'écrivais que la guerre serait longue mais que nous la gagnerions. Noël approche et nous tenons bon tandis que l'ennemi crève de faim. Le ravitaillement aérien promis par Hitler à ses troupes arrive rarement. La Luftwaffe ne peut pas larguer autant que prévu à ses hommes enfermés dans la ville et elle arrive à peine à évacuer quelques blessés. Les forces allemandes sont coupées de leurs arrières et ne peuvent plus compter que sur elles-mêmes. Les renforts n'arrivent pas. Les munitions manquent. Le carburant leur fera bientôt défaut. Notre manœuvre d'encerclement est une réussite. L'armée Rouge est la plus forte. Après avoir mangé leurs chevaux, les soldats d'Hitler vont goûter les derniers rats qui peuplent les égouts de Stalingrad. Veille sur nos enfants. Le jour approche où je vous retrouverai.

Les courriers se suivaient, ne racontant que les exploits des armées soviétiques et la déconfiture des troupes allemandes. Jamais le père d'Alekseï n'osait se plaindre dans une lettre. Pas un mot sur les conditions de vie pourtant terribles que l'armée soviétique endurait. Jamais non plus il n'évoquait les revers de l'armée Rouge, ni ne parlait des offensives allemandes. Nulle trace de tout ceci dans les lettres de Vadim Dementiev. Certes, les Allemands avaient été saignés à blanc, mais combien y avait-il eu de pertes également dans l'armée Rouge ? Stalingrad avait été un carnage. Dans un autre message, Vadim laissait à peine percevoir son chagrin, sa tristesse et son découragement.

Mon frère n'est plus. Leonid est tombé. Hier ou avant-hier, je l'ignore. Depuis le début janvier, nous repoussons les forces de l'Axe. Les blindés, l'aviation et surtout l'artillerie sont arrivés en renfort et nous appuient. Toute la ville est insurgée. Les civils se battent à nos côtés. Même les femmes et les enfants apprennent à tirer. C'est une victoire que d'abattre un ennemi. C'est une gloire que de rapporter un trophée, un képi, une arme, une médaille, une montre, tout objet pris sur le cadavre d'un Allemand. Hélas, notre puissance de feu n'aura pas sauvé mon frère. Il faudra que son épouse soit courageuse et que tu l'aides. Si jamais je devais ne pas revenir de cette guerre, dis à nos enfants que j'ai combattu pour les sauver, pour qu'ils ne soient jamais à la botte de l'ennemi. Je t'embrasse, mon Anastasia.

C'était la première fois que Vadim envisageait sa mort, comme si celle de son frère lui avait rappelé la fragilité de sa propre existence. Sur l'écran, les textes qui défilaient avaient quelque chose de froid, d'impersonnel. Il leur manquait une âme, celle des mots écrits à l'encre sur un papier que Bérénice aurait aimé toucher du bout des doigts. L'ordinateur ne donnait pas la même perception de cette correspondance. Dans un autre courrier, Vadim Dementiev évoquait la victoire de Stalingrad. Les ouvriers et paysans, qui composaient en grande partie l'armée soviétique, avaient contraint von Paulus à la capitulation et ses troupes s'étaient rendues. C'était une première. L'armée allemande n'était donc pas invincible. Les vainqueurs recevraient une médaille pour la défense de Stalingrad. Bérénice haussa les épaules. Comment pouvait-on être fier d'une décoration quand s'achevait la bataille la plus coûteuse en vies humaines de toute l'histoire militaire ? Les missives suivantes ne parlaient que de combats victorieux. Dans certaines, Vadim Dementiev n'avait même plus une pensée pour ses enfants. Soit il était devenu une machine à tuer, soit ses lettres avaient été tronquées. Les derniers courriers interpellèrent tout particulièrement Bérénice. Ils avaient été envoyés de Berlin en mai 1945.

Depuis le 16 avril, nous bombardons Berlin. C'est la fin de l'Allemagne nazie. Où sont les vaillants soldats de la Wehrmacht ? Face à nous, des gamins et des vieillards tentent de stopper nos chars. Les camarades sont avides d'en finir. Nous sommes sur les terres de l'ennemi, nous le frappons au cœur. Ils seront tous écrasés. Jusqu'au dernier. Il n'y aura pas de pitié, même pour les femmes et les enfants. Le démon nazi doit crever sans laisser de descendance.

La suite était sur le même ton. On sentait une soif de vengeance, le désir de faire payer aux Allemands ce qu'ils avaient fait subir à l'URSS en 1941, quand en juin ils avaient lancé l'offensive, la fameuse opération Barberousse, bafouant le pacte germano-soviétique de non-agression signé entre Hitler et Staline. Vadim Dementiev ne disait rien des crimes commis par les Soviétiques alors qu'ils assiégeaient Berlin. Mais derrière ses phrases qui expliquaient la désagrégation de la Wehrmacht et de la Luftwaffe, derrière les mots qui vantaient les exploits soviétiques, il y avait les civils en fuite, le carnage dans les villages, aux portes de Berlin le massacre des poches de résistance, telles celle du Tiergarten, puis à partir du 25 avril 1945 la prise de la ville. Dementiev décrivait le fanatisme des SS et des quelques volontaires venus les soutenir, dont les Français de la division SS Charlemagne. On percevait la même obsession chez les Soviétiques : la rage d'en finir en infligeant le supplice maximum au camp adverse.

Les combats se termineront au corps à corps s'il le faut. Berlin sera soviétique.

Nous attendons la reddition allemande en poursuivant la lutte. Il n'en réchappera pas un. Ils paieront pour le mal qu'ils ont fait à nos camarades paysans, à nos femmes et nos enfants. Veille sur les nôtres. Ton mari qui t'aime et t'embrasse.

Ainsi s'achevait le dernier courrier de Vadim Dementiev. Sans doute avait-il été abattu dans les jours qui avaient précédé la capitulation allemande. Bérénice ne savait comment appréhender cette hargne qu'elle avait sentie dans les lettres du soldat. Elle imaginait sans peine qu'il avait comme tant d'autres participé au calvaire de la population berlinoise. Les femmes avaient payé le prix fort. Systématiquement violées, parfois assassinées, elles avaient été les boucs émissaires de la vengeance soviétique. De tout cela, Vadim Dementiev ne parlait pas. Mais comment aurait-il pu évoquer l'inavouable ?

Bérénice frissonna. Durant quelques secondes, elle pria pour que le test ADN réponde négativement, pour qu'on lui dise qu'elle n'était pas parente avec les Dementiev. Son grand-père maternel avait été un SS, un criminel. Elle n'avait nulle envie d'avoir un grand-père paternel soldat de l'armée Rouge. La question de la responsabilité revenait la hanter. Elle se raisonna. C'était stupide de culpabiliser. On n'avait pas à payer pour les meurtres commis par les générations précédentes. On ne pouvait racheter aucune vie. En revanche, on se devait d'effectuer le devoir de mémoire afin que rien ne tombe dans l'oubli.

Et c'est ce qu'elle ferait en racontant son histoire et celle de ses ancêtres. On ne changeait pas le passé. Il fallait vivre avec, le transmettre en espérant que les jeunes générations en tirent les bonnes leçons. Seul l'amour de Sylvanie et Alekseï comptait pour elle dans cette quête de la vérité, car elle était le fruit de cet amour.

Elle rabattit l'écran de son ordinateur et ôta ses boules Quiès. Le gamin assis à côté d'elle était toujours aussi casse-pieds. Elle le fusilla du regard. Sans doute avait-elle été assez convaincante car il se cala dans son fauteuil et ne bougea plus. À peine l'avion posé, le téléphone de Bérénice vibra plusieurs fois d'affilée. Le réseau revenait. Des messages s'affichèrent sur son écran. Carmen et Milan lui avaient adressé plusieurs SMS. Que se passait-il ? Les hôtesses déverrouillèrent les portes, invitant les passagers à quitter l'appareil. Bérénice rangea son portable dans son sac. Elle n'avait pas le temps de prendre connaissance de ses textos maintenant. Elle les lirait en attendant les bagages.

20

— Ah, ne mélange pas les guirlandes bleues avec les rouges ! s'exclama Carmen. Quelle horreur ! C'est d'un mauvais goût !

Elle recula de quelques pas pour regarder le sapin, frotta son poignet dont le plâtre avait été ôté la veille, puis retira les dernières décorations posées par Bérénice.

— Avec les bleues on associe les grises argentées, reprit la belle métisse en fouillant dans le carton. C'est un arbre de Noël, pas un polichinelle de carnaval ! Il faut réfléchir à l'harmonie avant d'accrocher la déco, et surtout ne pas surcharger. Elle fouina encore dans une boîte et en sortit un père Noël dont le costume rouge était devenu rose et la barbe en ouate complètement effilochée.

— Rhooo ! De quand date-t-il ?

— De mon enfance, grogna Bérénice.

— Il est tout moche ! Un vrai Cro-Magnon !

— Merci de me rappeler mon âge préhistorique !

Astrid éclata de rire.

— Je me demandais combien de temps allait durer votre tandem artistique, dit-elle. Eh bien j'ai la réponse. Vous avez tenu vingt minutes sans vous chicaner.

Carmen tira la langue comme une enfant mal élevée et Bérénice s'effondra dans un fauteuil.

— Je capitule, annonça-t-elle. Je laisse à miss Mode le soin de parer le sapin de ses plus beaux atours.

— C'est plus sage, en effet, pouffa Astrid. Tu n'as pas l'œil pour ça. Tu as une pro à domicile, profites-en.

Bérénice approuva en souriant. Astrid les avait rejointes à Granville le matin même. Elles fêteraient Noël par un bon dîner avec quelques jours d'avance. Astrid devait repartir le lendemain pour récupérer ses enfants chez son ex-mari et s'envoler avec eux pour Berlin où Konrad les attendait. Son séjour à Granville serait court, mais après ces dernières semaines riches en événements et les émotions accumulées, Bérénice était heureuse que leur trio soit à nouveau réuni dans sa maison de la Roche Gautier. Elle avait l'impression que cela faisait des décennies qu'elles n'avaient pas trinqué ensemble pour Noël. En réalité, cela ne faisait que deux ans. Mais deux années de bouleversements, ça comptait double, voire triple… Elle s'attarda un instant sur Carmen qui poursuivait calmement son travail de décoration, puis se tourna vers Astrid. Elles échangèrent un sourire. Il n'y avait pas besoin de mots, elles s'étaient comprises.

Carmen remontait doucement la pente. Son poignet allait mieux. Restait à panser les blessures de son âme. Elle n'oublierait jamais le choc et la peur qu'elle avait ressentis lorsqu'Anton l'avait agressée, mais avec le temps elle parviendrait à vivre sans la crainte. C'était ce qu'assurait le psychiatre qui la suivait. Elle n'avait pas encore fait de choix de vie, mis à part le fait qu'elle ne retournerait pas habiter Paris. Elle ne savait pas encore où elle s'installerait et l'hospitalité offerte par Bérénice ne la pressait pas de décider. Le dépôt de plainte avait mis en marche la machine judiciaire. Anton était poursuivi pour violences physiques et psychologiques. Il serait condamné. Le juge avait prononcé une mesure de protection avant même que le procès ait lieu. L'ordonnance intimait à Anton de ne pas approcher Carmen. La mesure était valable pour six mois. L'avocat avait promis à la jeune femme qu'elle serait reconduite après le jugement si Anton restait en liberté. Le procureur en charge de l'affaire avait pris en compte le fait que par deux fois Carmen avait dû fuir son fiancé et il avait l'intention de demander des sanctions pénales suffisamment lourdes pour faire passer à Anton l'envie de recommencer. L'affaire serait aisée à plaider avec le certificat du médecin légiste qui avait constaté la blessure et déclaré une incapacité totale de trois semaines. Par ailleurs, Bérénice et Astrid avaient témoigné à propos de la première dispute l'été précédent, elles avaient récupéré auprès de l'hôpital les papiers prouvant que la lèvre de Carmen avait dû être recousue. Anton encourait jusqu'à cinq ans de prison et soixante-quinze mille euros d'amende.

Carmen n'en demandait pas tant. Elle souhaitait seulement être en sécurité. Comme Milan l'avait proposé, il avait organisé avec Stanislas et Bérénice un aller-retour dans la capitale afin de rapporter les vêtements et toutes les affaires indispensables à Carmen pour son travail. Le reste, c'est-à-dire le mobilier, l'électroménager et la vaisselle, Bérénice l'avait fait débarrasser par Emmaüs, respectant les vœux de Carmen, et l'appartement avait été mis en vente. Désormais, il appartenait à la jeune femme de choisir l'endroit où elle voudrait repartir de zéro. Astrid, dont le cabinet était rempli de patients écorchés par les aléas de l'existence, songeait qu'il fallait l'aider à trouver quelques pistes et éventuellement la pousser un peu afin qu'elle ose voler de nouveau de ses propres ailes.

— As-tu des projets ou quelques idées sur ce que tu vas faire ? demanda-t-elle quand Carmen eut terminé de décorer le sapin. As-tu pensé à des endroits où tu aimerais t'installer, bosser ?

— Si Bérénice me supporte, je préfère rester là pour le moment !

— Je vais faire un effort, plaisanta Bérénice en se levant. On sort marcher avant que le soleil se couche ? Dans une heure, il fera nuit.

Elles enfilèrent un gros pull, une parka, un bonnet, une paire de gants et des bottes. Dès que Bérénice ouvrit la porte, Astrid fut saisie par le vent du large. Il soufflait fort, ses pas déviaient sous la puissance des rafales. Il y avait longtemps qu'elle n'avait pas goûté à cette folie. Le temps était beau, clair et sec, mais l'air était frais, vif, indiscipliné. Sur la plage de Hérel, des rouleaux d'écume couraient sur les cailloux. Dans le port, les bateaux amarrés tanguaient. Plus loin, sur le Plat-Gousset, avec la marée haute les vagues explosaient sur la jetée, éclaboussant les quelques promeneurs qui s'étaient aventurés jusque-là. Astrid s'arrêta, ferma les yeux pour profiter des embruns et passa la langue sur ses lèvres salées.

— Ça me manquait ! cria-t-elle en direction de ses amies.

— On y vient presque chaque jour, répondit Carmen en resserrant son écharpe. Parfois, on fait un détour par chez Liz, on vérifie que la maison est bien fermée. Bérénice m'a proposé de l'occuper mais je préfère rester avec elle. J'aurais peur toute seule dans cette grande demeure.

— Chaque chose en son temps. Il te faudra faire preuve de patience pour effacer les craintes et retrouver la sérénité.

Elles contournèrent le casino, remontèrent vers la vieille ville, passèrent près de Notre-Dame et redescendirent l'escalier vers le port de pêche. Quand elles arrivèrent à proximité du *Marité*, il faisait nuit depuis longtemps mais les lumières qui éclairaient le bassin offraient un joli spectacle.

— « Viens, je t'emmène où les étoiles retrouvent la lune en secret, viens je t'emmène », fredonna Astrid en faisant mine de monter sur le vieux terre-neuvier.

— On attendra le printemps pour une sortie en mer, déclara Carmen, il y a du roulis. Et pour reprendre une expression de Milan, je n'ai pas envie de donner mes tripes à manger aux poissons !

Astrid remarqua que c'était la première fois que Carmen parlait du comédien depuis son arrivée, et surtout qu'elle semblait avoir dépassé le stade du coup de foudre. Milan était-il déjà au rancart ? Carmen avait toujours eu un cœur d'artichaut, passant d'une amourette à l'autre...

Lorsqu'elles regagnèrent la demeure de la Roche Gautier, elles avaient les joues et le nez rougis par le vent. Bérénice se débarrassa de ses gants et de son bonnet et jeta une bûche dans la cheminée, ravivant les flammes. Son geste, pourtant insignifiant, lui fit penser à Stanislas. Il aimait s'occuper du feu. Durant les quelques jours qu'elle avait passés à La Roche-Guyon, après l'agression de Carmen, il avait été tout à fait correct, poli, mais elle avait senti sa retenue. Samuel l'avait également perçue mais avait mis ça sur le compte de la fatigue. Bérénice avait compris que Stan se plaçait délibérément sur la touche pour éviter tout contact avec elle. Avec le recul, elle ne savait pas si elle lui en était redevable. Il lui arrivait de se réveiller la nuit en pensant à lui, rêvant qu'il la serrait encore dans ses bras. Alors son esprit cartésien reprenait le dessus, lui soufflant qu'elle était mieux seule.

Les histoires d'amour finissent toujours mal. Autant les éviter.

— Tu vas remuer les braises encore longtemps ? demanda Carmen. Où es-tu ? À quoi tu rêves ?

— À rien.

— Ça m'étonnerait, à te voir tu as la tête ailleurs.

— Je me rappelais les paroles de France Gall qu'Astrid chantait tout à l'heure.

— « Viens, je t'emmène, reprit aussitôt Astrid, où l'illusion devient réalité. Viens, je t'emmène derrière le miroir de l'autre côté. » Allez, dis-nous ce qu'il y a derrière ton miroir, Bérénice. Carmen a raison, moi aussi je t'ai vue rêver.

— Vous vous trompez, répondit Bérénice qui ôta enfin ses bottes et son manteau.

Pour éviter que l'interrogatoire se prolonge, elle fila dans la cuisine. Carmen voulut la suivre, mais Astrid la retint d'un geste.

— Chut ! Laisse-la. Elle nous parlera plus tard. Mettons la table. Et on a le temps de prendre une douche avant le dîner.

Carmen déplia une nappe, disposa les bougeoirs et une composition florale qu'elle avait achetée le matin même. Astrid mit le couvert et plia les serviettes en éventail. Puis elles s'éclipsèrent à l'étage. Quand elles redescendirent, Bérénice s'était également douchée et changée et elle les attendaient au salon. Elle déboucha une bouteille de vin blanc, servit trois verres. Une grande assiette de toasts accompagnait l'apéritif. Elles trinquèrent à Noël, à la fin de l'année, se souhaitant mutuellement le meilleur pour l'an nouveau.

— Alors, Carmen, demanda Astrid, comment envisages-tu l'avenir ? Quel nouveau départ aimerais-tu prendre ?

— Ah, ne remets pas ça ! Je reste ici.

— Passons à table, proposa Bérénice qui ne tenait pas à l'entendre râler.

Elle apporta un plateau de fruits de mer qu'elle déposa à côté du pain de seigle tartiné de beurre salé et d'une coupelle de tranches de citron. Il ne restait qu'à allumer les chandelles.

— Je ne parlais pas de partir dans huit jours, reprit Astrid en s'asseyant. Je suis curieuse de savoir si tu as une idée de l'endroit où tu voudrais reconstruire ton existence. Il est indispensable que tu t'installes dans une grande ville pour ton métier. Pourquoi pas Berlin ? Tu ne serais pas isolée puisqu'il y a Konrad. Moi-même j'y vais souvent et Bérénice n'est jamais contre une petite virée en Allemagne. Je me disais que ce serait pas mal pour toi.

Carmen posa la langoustine qu'elle avait entrepris de décortiquer.

— C'est vrai que j'aime Berlin, répondit-elle après un silence prolongé. Mais je ne parle pas un mot d'allemand.

— Il me semble que tu apprends vite. Chaque fois que tu vois Konrad, tu retiens quelques mots. Par ailleurs, tu te débrouilles bien en anglais.

— En m'installant là-bas, je risque de perdre tous mes contacts en France et il me faudra me créer un nouveau carnet d'adresses.

— Je ne crois pas. Internet permet de bosser à distance. Mais il est certain que tu devrais venir parfois à Paris. Ce serait à toi d'aller vers tes clients français pour les signatures de contrats et tout ce qui ne peut se faire par mail.

— Paris… Non, je ne veux plus y mettre les pieds.

Elle plongea la main vers le plateau et s'empara d'un demi-tourteau.

— Si j'étais là chaque fois que tu serais obligée de te rendre à Paris, intervint Bérénice, est-ce que tu te sentirais plus à l'aise ?

— Tu ferais ça pour moi ?

— Je ferais n'importe quoi pour toi ou pour Astrid.

Carmen déglutit lentement, sidérée par les paroles de son amie. Combien de fois s'étaient-elles disputées toutes les deux ? Elles étaient restées fâchées pendant des mois à cause d'Anton et de cette fichue histoire de conversion religieuse, et la voilà qui lui proposait de la chaperonner alors que chaque voyage dans la capitale était pour elle un supplice. C'était la plus belle preuve d'amitié que Carmen pouvait recevoir de la part de Bérénice. Elle mesura combien elle s'était trompée sur son compte. La grande blonde avait un cœur énorme mais elle le cachait sous une armure. Elle avait été trop souvent blessée par la vie. Elle se confiait rarement et accordait sa confiance avec parcimonie. Carmen était bouleversée.

Astrid était moins surprise. Elle avait deviné depuis longtemps les failles de son amie. Si

Bérénice préférait parfois s'isoler, ce n'était pas par égoïsme. Elle se protégeait, c'est tout. Elle portait en elle trop de souvenirs douloureux, de ceux que l'on n'oublie jamais. Elle avait accepté les épreuves, se plaignant peu, forgeant ainsi sa carapace. Sa mère, partie trop tôt, lui avait toujours manqué. Quant à son père… Astrid se demanda si l'instant n'était pas propice pour en parler. Certes, elles fêtaient Noël, mais l'atmosphère semblait se prêter aux confidences.

— Eh bien, Carmen, murmura Astrid, il apparaît que tu n'es pas contre réfléchir à t'installer à Berlin. Pas de précipitation, évidemment. Mais rien ne t'empêche de travailler aux fondations dans un coin de ta tête. Tu sais que tu auras quelqu'un à tes côtés pour t'épauler à Berlin et une amie pour t'accompagner à chacun de tes déplacements à Paris. Je lève mon verre à cette belle idée ! J'aime vous voir heureuses.

Elles trinquèrent.

— Et toi, Bérénice, quelle suite vas-tu donner à tes investigations ?

— Je l'ignore. Comme je vous l'ai annoncé, l'analyse de l'ADN a confirmé mon lien de parenté avec les Dementiev. Je suis donc la fille d'Alekseï. Je suis à la fois soulagée d'avoir un nom à mettre sur mon arbre généalogique et en même temps paralysée de ne pas savoir vraiment qui est cet homme. Je suis vraiment chamboulée d'avoir appris que mes deux grands-pères sont morts en ennemis à Berlin, et je vous avoue que je ne suis pas très fière de l'un et de l'autre.

— Laisse tomber les aïeuls, tu n'es pas responsable de ce qu'ils ont été. Concentre-toi plutôt sur ton père. De quelles autres pistes disposes-tu maintenant ?

— Je n'en ai aucune. Je reste bloquée à Dresde où j'ai perdu sa trace. Je suis à peu près certaine qu'Alekseï n'a pas été arrêté par la Stasi. J'ai envoyé des courriers dans les administrations et Konrad s'est renseigné à Berlin. Pas de Dementiev dans les registres de la Stasi, ni à Hohenschönhausen, au 66 Genslerstrasse. Konrad y est allé. La prison se visite aujourd'hui et il a obtenu grâce à un ami l'accès aux archives. Mon père n'a pas mis les pieds dans cette maison d'arrêt de la sécurité d'État de la RDA. J'en suis heureuse car Konrad m'a raconté les cellules glaciales, les salles d'interrogatoires et de tortures, les cages à tigre, le wagon carcéral et les milliers de détenus, condamnés ou simples suspects, dissidents ou candidats à la fuite vers l'Ouest qui n'ont jamais repassé le portail.

— C'est plutôt bon signe s'il n'y a pas trace de ton père dans cette prison, fit remarquer Astrid en attrapant une tranche de citron pour la presser sur une huître.

— Mais si mon père a échappé à la Stasi, a-t-il échappé au KGB ? reprit Bérénice. Sur ce terrain, l'enquête est beaucoup plus compliquée. Les informations restent verrouillées. N'oubliez pas que l'homme qui dirigeait à l'époque la fameuse Maison de l'amitié de Dresde, c'était Poutine. Comme vous l'imaginez, on veille sur son passé, surtout on évite de faire sortir les cadavres des placards. Igor m'a promis son aide mais j'ai le sentiment de l'embarquer dans une galère. Je ne voudrais pas lui attirer d'ennuis. Je lui ai recommandé la plus grande prudence. Il m'a envoyé des documents, sous couvert de l'université de Kaliningrad, qui ont transité par l'un des enseignants de Samuel. Dans ces quelques pages, il est question des derniers jours de Poutine à Dresde. Les événements se sont déroulés après la chute du mur de Berlin le 5 décembre 1989. La foule avait envahi le siège de la Stasi et quelques manifestants ont tenté d'investir la Maison de l'amitié, propriété du KGB. Les gardes auraient menacé de tirer, prétextant qu'ils en avaient l'autorisation. Un officier aurait ensuite demandé la protection de l'armée Rouge. Moscou est resté de marbre et n'a pas répondu. Cet officier qui attendait le soutien du Kremlin, c'était Poutine. Il a vécu ces heures de solitude comme un traumatisme, paraît-il, car personne n'a levé le petit doigt pour le protéger du peuple en furie. Il s'est alors efforcé de brûler documents et matériel avant de quitter au plus vite Dresde pour Leningrad. Si mon père a été arrêté à Dresde et n'est pas ressorti des cellules du KGB, je ne le saurai jamais puisque les archives ont été détruites.

— Je n'aime pas ton pessimisme. Quelle autre piste as-tu ?

— J'ai écrit aux ambassades, à toutes celles qui ont aidé les gens de l'Est à fuir vers l'Ouest en 1989. Pour le moment, je n'ai pas reçu de réponse.

— Qui te dit que ton père n'est pas un homme libre ? Rien ne prouve qu'il soit tombé entre les mains de la Stasi ou du KGB, donc tu as le droit d'espérer.

— Il serait en vie et n'aurait donné aucune nouvelle à sa sœur depuis octobre 1989 ?

Astrid lissa son front du bout des doigts, geste qu'elle faisait souvent quand elle ne trouvait pas de solution à un problème. Elle ramena une mèche de cheveux derrière son oreille. Bérénice l'observait et devina son malaise.

— Ne te prends pas la tête avec cette histoire, dit-elle pour rassurer son amie. Tu n'as pas les clés du passé, moi non plus. J'ose espérer que si mon père est mort, je parviendrai à l'apprendre. J'ai besoin de savoir. De poser un point final, quel qu'il soit. On le sait toutes les trois, certains romans finissent mal. La vie n'est pas écrite avec de l'encre rose mais bien souvent avec du sang et des larmes.

21

Stan ouvrit la porte et des cris de joie retentirent. Gabriel lui tomba dans les bras et le serra contre sa poitrine.

— Ah, ma poule, tu n'imagines pas combien c'est bon de te revoir. On t'attendait plus tôt. Des ennuis à la clinique ?

— Des embrouilles avec ma mère ! grogna le chirurgien en montrant la laisse qu'il avait à la main. Faut que je garde Chaussette !

— Ça fait dix fois qu'on te répète qu'elle ne s'appelle pas Chaussette mais…

— Peu importe. Pour moi, c'est Chaussette.

— Ta mère ne fête pas Noël avec nous ? demanda Zlatan.

Dans ses bras, Spartacus frétillait de joie devant Stan qui s'empara de l'animal pour le caresser avant de le lâcher à terre.

— Allez, mon gladiateur, va bouffer la chaussette à sa mémère !

Le carlin se lança à la poursuite du yorkshire qui se cacha sous un fauteuil. Des aboiements retentirent et Salomé, la fille de Gabriel, ouvrit la baie, invitant les chiens à sortir.

— Dans dix minutes, ils seront calmés, assura Salomé.

— Ta mère ne vient pas alors ? redemanda Milan au chirurgien.

— Non, la Castafiore a changé ses plans au dernier moment. Elle et son tendre ont été invités à Chamonix par des amis. Ils ont filé après avoir déposé le bétail à poils dans mon appart ce midi, comme d'habitude sans m'avertir. J'ai reçu le SMS de ma mère alors qu'ils étaient déjà dans le TGV.

Si Stan était contrarié de la mésaventure du jour, il était heureux de retrouver ses copains. Oubliant son agacement, il embrassa son fils et tous les présents. Gabriel tapa dans ses mains.

— Je propose que nous trinquions aux retrouvailles. À Noël, à la famille que nous formons, à ce clan si cher de la place des Tilleuls et à notre regrettée Suzana. Elle nous manque à tous.

Il y eut un silence, une pointe d'émotion dans les yeux de chacun. Milan leva son verre le premier.

— À ma mère ! dit-il. Merci de l'avoir aimée.

— À Suzana ! s'exclama Stan. À celle qui nous a apporté tant de bonheur et qui a fait de nous ce que nous sommes aujourd'hui : une tribu soudée, contre vents et marées.

— Ah, ne parle pas de vents et de marées, plaisanta Milan qui ne voulait pas se laisser submerger par la nostalgie et le chagrin. Si tu as un plan en tête, oublie.

— Une petite croisière pour le Nouvel An ? le taquina Stan.

Milan leva le bras en signe de menace et éclata de rire. Gabriel secoua la tête, rien n'avait changé et c'était parfait.

Ils dînèrent avant de se rassembler autour du sapin à minuit pour la distribution des cadeaux. Ils bavardèrent encore autour d'un morceau de bûche glacée et d'une coupe de champagne. Puis les parents de Gabriel montèrent se coucher, suivis de Zlatan, Salomé et Samuel. Ce dernier aurait bien traîné encore un peu au salon, mais il avait compris que son père, Gabriel et Milan avaient besoin de se retrouver entre eux.

— Ça faisait si longtemps, dit Gabriel en soupirant. Tous ces mois sans vous voir. C'était trop long. Si vous saviez combien de fois j'ai pensé à vous, à nos week-ends ici... À tes bêtises, Stan, et à tes colères, Milan. Je ne veux plus rater ces moments, et je n'ai plus du tout envie de retourner en Nouvelle-Zélande !

— Houlà ! s'exclama Stan. Le prof nous fait une déprime. Il lui faut un remontant. Tu nous sers ton tord-boyaux, le Croate ?

— Attention, les gars, ça va vous retourner la tête !

Les trois amis avalèrent le premier verre cul sec.

— Ça va mieux, Gabriel ? Tes idées noires sont noyées dans la brume ?

— Pas du tout. Cette mission en Nouvelle-Zélande est intéressante mais je trouve le temps long sans vous et sans Salomé. Je trouve qu'elle a grandi et j'ai peur de passer à côté de l'essentiel. J'ai l'impression d'être en pleine crise existentielle. Quand je me regarde dans le miroir je me vois vieillir, inexorablement. Est-ce un bon choix de bosser à l'autre bout du monde sans pouvoir profiter de ceux que j'aime ? Le job est super, mais vaut-il cette séparation ?

— Tu ne crois pas que tu exagères ? grogna Milan. Dans six mois tu es de retour définitivement.

Gabriel soupira. C'est vrai, six mois ce n'était pas la fin du monde, et pourtant, le temps lui semblait long. Ce soir, entouré de ses proches, il était heureux comme il ne l'avait pas été depuis des lustres.

— J'ai la trouille, murmura-t-il. La trouille de laisser filer les bons moments, de ne pas être là pour Salomé si elle avait besoin de moi. S'il lui arrivait quelque chose, à vous aussi d'ailleurs, je m'en voudrais. Et ce n'est pas quand je serai un vieux mec fatigué qu'on pourra encore faire des projets tous les trois.

— On parle de quelques semaines ! s'écria Stan. Pas de dix ans ! Et même si on prend des rides, dans le cœur et dans l'esprit on aura toujours 20 ans ! Que tu sois là ou pas, tout peut arriver. La maladie, la mort, et on ne pourra rien y faire.

— Justement, ça me fiche une peur bleue. Je ne veux pas vous perdre car je vous aime.

— L'affection que l'on porte aux autres n'a rien à voir avec la mort. C'est ta cervelle qui fait ce lien débile parce que tu ressens une sorte d'abandon. Ce que je ne saisis pas, c'est d'où vient cette peur chez toi. On a communiqué presque quotidiennement pendant que tu étais en Nouvelle-Zélande, par mail, par téléphone ou sur Skype. On a toujours pensé à toi.

— J'ai le sentiment d'avoir raté plein de trucs en mon absence ! Ce soir, Samuel m'a dit que vous aviez de nouvelles amies… Pas moi !

Stanislas soupira. C'était donc ce qui tracassait Gabriel. Pourtant il n'ignorait pas que Milan avait rencontré Astrid, Bérénice et Carmen au printemps dernier à Paris, quand il jouait au théâtre. Il expliqua comment Samuel s'était lié d'amitié avec Bérénice et lui parla de leur passion commune.

— Oui, je sais tout cela, mais pourquoi est-ce arrivé quand je n'étais pas là ?

Stan haussa les épaules. Il n'avait rien à répondre et ne comprenait pas l'angoisse de son ami. Ce qui était clair en revanche, c'est qu'il déprimait. Il avait perdu son enthousiasme et creusait lui-même un fossé dans lequel il risquait de tomber.

— On a deux semaines pour profiter les uns des autres, intervint Milan. Ne gâche pas ton plaisir avec de sombres pensées.

— Ce que je ne pige pas, c'est que vous refusiez d'inviter ces nouvelles amies parce que je suis là. Je ne suis donc pas digne d'être présenté ?

Stan repoussa son verre, sentant la colère le gagner. Il serra les dents pour ne pas répondre. Milan se rappela la conversation qu'il avait eue avec Stan et Samuel quelques semaines plus tôt à ce sujet. Peut-être Samuel avait-il mal interprété leurs paroles.

— C'est vrai, Samuel nous a demandé si Bérénice et ses amies pouvaient venir à Noël. Nous n'avons bien sûr pas refusé leur venue, mais nous lui avons suggéré de reporter de quelques jours. Avec nos familles ici, il n'était pas possible de recevoir tout le monde en même temps. Et puis, nous avons songé que tu aimerais qu'on se retrouve d'abord entre nous. Bref, il n'était nullement question de te tenir à l'écart.

— Il n'empêche qu'elles viendront quand je ne serai plus là !

Milan se tourna vers Stan, espérant un secours. Mais le chirurgien ne semblait pas décidé à sortir de son mutisme.

— Je crois, marmonna Milan qui commençait à être excédé, que Samuel va aller chez Bérénice la semaine prochaine. Il l'a invitée à venir au printemps, quand la maison de Monet à Giverny aura rouvert ses portes. Il te suffira de demander à Samuel demain, tu pourras ainsi vérifier si je me trompe. À moins que tu ne penses que je te mente !

Gabriel sursauta. Les derniers mots de Milan avaient été cinglants. Il l'avait heurté. Froisser Milan, c'était s'exposer à des jours de silence.

— Pardonne-moi, je suis allé trop loin. Je reviens à peine, je suis heureux d'être là et je gâche déjà tout en vous reprochant des trucs débiles.

— Merci de le reconnaître, sourit Stan. Nous en rediscuterons demain avec Samuel. Si tu le souhaites, d'ailleurs, on pourrait l'accompagner à Granville. Juste un aller-retour. On inviterait les filles au resto, on laisserait Samuel sur place et on repartirait.

Les yeux de Gabriel s'étaient posés sur le sapin.

— Ça me ferait plaisir, dit-il enfin.

— Et puisqu'on sera à Granville, ajouta Stan, je ferais volontiers une virée à Chausey !

Milan bondit hors de son fauteuil et lança un coussin vers Stan.

— Jamais ! Plus jamais ! hurla-t-il.

— Chut, tu vas réveiller tout le monde !

*

Les trois amis, Samuel et Salomé arrivèrent à Granville vers midi. Comme convenu, ils retrouvèrent Bérénice et Carmen dans un restaurant du port pour déjeuner. Zlatan avait préféré rester à La Roche-Guyon. Et au grand soulagement de Milan, plus personne ne parlait d'une virée en bateau.

Ils traînèrent à table, discutèrent surtout de la longue mission de Gabriel en Nouvelle-Zélande. Le courant était tout de suite très bien passé entre Gabriel et les deux femmes. Carmen n'avait plus rien de la furie dont il avait conservé le souvenir lors de l'accident à Granville deux ans plus tôt. Elle était curieuse, avide d'idées nouvelles pour ses books. Elle avait tenté d'obtenir quelques renseignements sur les vêtements portés à Wellington, les boutiques de mode là-bas. N'étant guère branché sur le sujet, Gabriel n'avait pas été très loquace.

— Wellington est vraiment minuscule, pas plus de deux cent mille habitants. Quand on a un job comme le vôtre, j'imagine qu'on explore plutôt les grandes métropoles. À mon avis, l'Australie devrait être plus intéressante. Il y a sûrement plus de choses à voir du côté de Sydney et Melbourne, à la rigueur Brisbane.

Carmen approuva et nota le projet dans un coin de sa tête. Dans son métier, il s'agissait de rester novateur, d'étonner les clients avec des propositions nouvelles. Alors l'Australie, pourquoi pas ?

Après le déjeuner, ils firent une longue promenade autour du Roc. Le temps sec et clair rendit la balade agréable. Depuis la pointe, où l'on pouvait distinguer les fortifications bâties par les Allemands pendant la Seconde Guerre mondiale, le ciel était si dégagé qu'on apercevait au loin Chausey. L'archipel se découpait dans le bleu turquoise de la mer.

— J'adore ! s'exclama Stan, quittant le sentier pour s'approcher du vide. J'ai rarement vu plus beau.

Il se retourna et croisa le regard de Bérénice qui baissa très vite les yeux. Elle s'éloigna de quelques pas et rejoignit Samuel. Le jeune homme avait mille questions à lui poser, comme chaque fois qu'il la voyait. Où en était-elle dans ses recherches ? Avait-elle reçu des réponses des ambassades contactées ? Le ministère des Affaires étrangères qui avait promis de l'aider dans sa quête avait-il tenu sa parole ? Quelle nouvelle piste pouvait-elle espérer suivre pour retrouver son père ? Avait-elle avancé dans l'écriture de son livre ?

— Puisque tu restes avec nous trois jours, je te raconterai tout dans les détails et je te ferai lire le plan de mon livre. Tu comprendras mieux où j'en suis exactement.

— Moi aussi j'aimerais savoir, sans être indiscret évidemment, intervint Gabriel. D'après le peu que Samuel m'a raconté, j'ai l'impression que votre histoire n'est pas banale.

— Si le livre paraît, je vous l'offrirai. On se tutoie peut-être ?

Gabriel acquiesça.

— Je regrette, dit Milan qui marchait à côté d'eux, de n'avoir pas eu le temps de te présenter ma mère. Je crois que son parcours t'aurait intéressée. Peut-être même que tu aurais aimé l'écrire.

— Et pourquoi ne le ferais-tu pas, toi ? intervint Salomé, agacée de l'attention que suscitait Bérénice.

— Je ne saurais pas. Mon truc, c'est le théâtre. Et puis aurais-je la distance nécessaire pour ne pas tomber dans le pathos ?

— Je suis sûre que tu peux y parvenir, répondit Bérénice. Ce serait un bel hommage. Si tu te décides un jour, je t'aiderai si tu veux.

— Génial ! s'écria Samuel. Zlatan pourrait aussi apporter sa contribution. Et moi, j'adorerais participer si vous le permettez !

Salomé haussa les épaules, exaspérée. Milan fixa le fils de Stanislas. Ce garçon était trop sérieux. Comment, à 20 ans passés, pouvait-il être plus passionné par les bouquins et par l'histoire que par les soirées à faire la fête avec les copains et les filles ? Pourquoi ne sortait-il pas avec des gens de son âge ? Comment pouvait-il se réjouir de passer des week-ends entiers avec des quinquagénaires ? Pourquoi n'avait-il jamais ramené aucune fille à la maison ? Et comment pouvait-il ignorer les coups d'œil énamourés que Salomé lui lançait sans arrêt alors que Gabriel, en père très concerné, ne manquait pas de s'en inquiéter ? Le comportement de Samuel le laissait perplexe. Stan ne semblait pas s'en soucier. Milan se dit qu'il lui en toucherait un mot à l'occasion puis écarta le sujet de son esprit.

La promenade s'achevait. Le soleil déclinait, il disparaîtrait bientôt derrière l'horizon, rappelant qu'on vivait les journées les plus courtes de l'année. Il se mit à faire froid. Bérénice proposa d'entrer à L'Échauguette afin de déguster une crêpe et une boisson chaude. Ils bavardèrent encore une heure et se séparèrent. Samuel suivit Carmen et Bérénice, heureux de rester à Granville. Gabriel, Stan et Milan reprirent la direction de La Roche-Guyon en compagnie d'une Salomé boudeuse, contrariée que Samuel ait préféré la compagnie des « deux vieilles » à la sienne. Elle ne dit pas un mot durant la route du retour et son père décida de l'ignorer. Rien ne pourrait lui gâcher son plaisir après ce si bon moment passé tous ensemble à Granville. Et il se garda plus tard de remuer le couteau dans la plaie, ne guettant que le moment où sa fille s'isolerait dans sa chambre pour pouvoir enfin parler des deux jeunes femmes avec Milan et Stan. Il attendit que Stan allume une flambée et entreprit ses deux amis tandis qu'ils s'affairaient à préparer le dîner.

— J'ai été très agréablement surpris, fit-il en tranchant une pomme de terre, elles sont toutes les deux adorables. Différentes, mais vraiment sympathiques. Je ne pensais pas que la fameuse Carmen pouvait être aussi gentille… et bavarde.

— Elle peut être explosive, c'est vrai, répondit Milan. Mais elle a été tellement éprouvée ces derniers mois qu'elle a fini par se calmer. Je la trouve plus réfléchie, moins casse-pieds.

— Tu penses qu'on peut lier des amitiés féminines, nous les hommes ?

Stanislas alla déposer les assiettes sur la table du séjour. Il n'avait nulle envie de participer à cette conversation.

— La question soulèvera toujours les passions, dit le Croate. En ce qui me concerne, il y a des femmes avec lesquelles je ressens le désir de coucher, et d'autres avec lesquelles j'adore passer du temps.

— Et concernant Bérénice et Carmen ?

— Elles resteront deux amies. Il n'y a aucune ambiguïté dans nos liens. Carmen m'a dragué pendant des mois, je l'ai repoussée et ignorée. J'avoue ne pas avoir été tendre avec elle mais je voulais qu'elle me lâche. Elle a découvert que nous pouvions être ensemble autrement, surtout quand je l'ai aidée lorsqu'elle a eu ses gros soucis avec son ex. Maintenant, elle me fiche la paix. Notre relation est saine.

— Notre célibat plus ou moins forcé serait compatible avec des rapports amicaux avec les femmes, alors ?

— Bien sûr ! Il en pense quoi le chirurgien ? On ne l'entend pas.

Milan avait élevé la voix en direction de Stan qui faisait toujours semblant d'être occupé à mettre la table.

— Je n'ai pas d'avis sur le sujet, maugréa-t-il.

— Je ne te crois pas. Je te pense même très concerné. Mais tu préfères visiblement cacher ce qui t'embarrasse.

Stan frissonna. Se pouvait-il que Milan ait remarqué quelque chose ? Il leva les yeux vers son copain. En un éclair, tout fut dit. Milan avait deviné et il espérait que Stan se décide à parler. Gabriel avait laissé tomber ses pommes de terre et observait ses potes. Quel épisode avait-il encore raté ? Allait-on le mettre au parfum cette fois ?

— Je vais chercher du vin, rétorqua Stan, se défilant de nouveau.

Quand il remonta de la cave, Milan et Gabriel l'attendaient dans le salon, un verre à la main. Il ne pouvait plus les éviter.

— Tu ne veux pas te confier ? murmura Milan. J'ai mis du temps à me réveiller, je crois avoir compris, mais j'aimerais mieux que tu nous en parles spontanément. Tu as croisé quelqu'un qui ne te ressemble pas et t'a chamboulé. Et tu ne peux pas imaginer vivre une amitié avec cette personne.

Stan grimaça. Il était piégé. Il n'avait pas envie de se raconter mais en même temps il avait besoin de se libérer. Le fardeau était devenu un peu lourd. Milan avait-il réellement tout appréhendé ?

— Qu'est-ce que tu as pigé, le Croate ? demanda-t-il en avalant une gorgée de vin.

— Tu as longtemps fantasmé sur Carmen mais c'est Bérénice qui t'attire ! Et ce n'est pas de l'amitié. Tu ne la connais pas, enfin si peu. Elle te plaît car tu ne la cernes pas. Tu es même très mal à l'aise lorsque tu te trouves en face d'elle. J'ai longtemps songé que tu la détestais. Je me suis trompé. Ce vide qu'il y a entre vous c'est autre chose, un sentiment beaucoup plus subtil et plus flou. Pourtant, je ne note aucun jeu de séduction entre vous. Tu ne la dragues pas. Elle non plus. Vous vous observez et vous vous évitez... C'est là que je cale. Il me manque une pièce du puzzle.

— Effectivement, tu n'as pas toutes les cartes en main, avoua Stan, les dents serrées.

— C'est le moment de les redistribuer alors, comme au poker, ironisa Milan. Allez, vide ton sac. Tu es mal dans ta peau et ça me tracasse. Ça me soucie d'autant plus que ton fils adore la compagnie de Bérénice et que tu seras amené à la croiser. Vas-tu rester en retrait et faire la tête chaque fois que nous la verrons ? OK, si tu ne souhaites pas en discuter, j'abandonne.

Stanislas regarda ses pieds, puis son verre de vin qu'il porta à sa bouche et vida d'un trait. Les yeux tournés vers la fenêtre, il narra ce qui était arrivé à la Toussaint et la façon dont le sujet s'était clos. Milan en resta pantois. Ce n'était pas exactement ce qu'il avait imaginé. Du moins, il ne pensait pas que c'était allé aussi loin.

— Que vas-tu faire ? demanda-t-il, passé la stupéfaction.

— Rien. Que voudrais-tu que je fasse ?

— Tu sembles accro !

— C'est possible. Mais je n'ai nulle intention de reprendre un râteau. Elle me plaît et me glace à la fois.

— Mon opinion, c'est que tu lui fais le même effet.

— Il faudrait que tu tentes une autre approche, suggéra Gabriel. La voir en tête à tête et lui parler.

— Pour me faire envoyer coucher à la niche ?

— Pour sonder ses sentiments, riposta Milan. Je ne la crois pas du tout indifférente. Elle a souffert. Elle se protège. Fais un pas ! Que risques-tu ?

— De souffrir moi aussi.

Milan écarquilla les yeux. Stan n'était pas seulement attiré par Bérénice, il en était amoureux. De là venait toute cette fragilité qu'il avait ressentie chez son ami, son mal-être en présence de Bérénice. C'était une première. Le chirurgien était un épicurien, un papillon qui volait de femme en femme. Jamais il ne s'était attaché, et il avait brisé quelques cœurs. Cette fois, c'était le sien que Cupidon avait transpercé.

22

Carmen regarda une fois encore l'immeuble. Le bâtiment était réhabilité avec goût. La façade blanche et bleu lavande, les balcons de fer forgé détonaient dans cette grisaille hivernale berlinoise. Elle imagina combien cette petite rue devait être agréable au printemps, quand les arbres se couvraient de bourgeons, explosaient de fleurs et de feuilles. Elle tourna sur elle-même, observa les voitures, les bicyclettes et le métro aérien. Sur le trottoir, les passants ne semblaient pas se soucier du froid et marchaient sans se presser. Un père et son fils, juchés sur des patinettes, slalomaient entre les arbres. Une femme aux cheveux rouges, vêtue d'un blouson de cuir noir, d'une jupe courte et de cuissardes, remontait la rue en fumant tranquillement une cigarette. Entre deux bouffées, elle portait à sa bouche une canette de bière et buvait à petites gorgées. Plus loin, un couple d'homosexuels se tenait main dans la main et se jetaient des regards énamourés comme s'ils étaient seuls au monde. C'était ce qui caractérisait Berlin : une totale liberté d'exister sans se soucier de ce que les autres pensent. Peut-être parce que pendant quarante années la moitié de la cité avait vécu dans la peur et l'oppression tandis que l'autre avait souffert d'être enclavée dans un territoire où le mot démocratie n'était qu'un leurre. Pour les non-initiés, il fallait apprivoiser la ville, comprendre son histoire pour saisir ce qu'elle était devenue.

Dans ce quartier de Prenzlauer Berg, même si la rénovation allait bon train, on était à l'écart des constructions colossales de l'époque soviétique et des buildings aux grandes façades de verre de la reconstruction. En même temps, grâce au métro, on était à dix minutes du centre, des boulevards huppés tels Unter den Linden ou le Ku'damm, de la prestigieuse Potsdamer Platz, toujours noire de monde, et à cinq minutes de l'Alexander Platz, l'un des carrefours les plus fréquentés de la capitale où Carmen savait qu'elle pourrait rencontrer une population cosmopolite. Car tout le monde passait par l'« Alex ». Il lui suffirait de se poser sur le bord de la fontaine de l'Amitié des peuples ou près de l'horloge universelle et en moins de deux prendre des dizaines de clichés. Carmen calcula également qu'elle était à peine à une heure de l'aéroport. Depuis Schönefeld, elle pourrait rejoindre facilement les grandes métropoles du monde en fonction des exigences de son job.

Alors vivre et travailler dans une ville un peu chaotique et aussi colorée, pourquoi pas ? Elle n'ignorait pas qu'il y aurait de grands moments de solitude. Serait-elle capable de les supporter ?

Elle se rassura en pensant qu'elle ferait des rencontres, un nouvel amour peut-être... Son esprit s'envola vers Milan. Elle n'avait pas oublié combien cet homme charismatique l'avait attirée, mais elle ne l'aimait plus. Il resterait un ami. Elle n'était décidément pas faite pour les relations durables. Bérénice avait raison, elle avait un cœur d'artichaut!

Ici, ou pas? se demanda-t-elle en contemplant la Schönhauser Allee. L'endroit lui plaisait. Tout comme l'appartement qu'elle venait de visiter pour la seconde fois. Elle sourit. C'était un défi à relever. Lentement, elle remonta la rue. Konrad habitait un peu plus haut. C'était lui qui avait fait toutes les démarches pour aider Carmen dans sa recherche de logement. Elle était arrivée à Berlin trois semaines plus tôt, accompagnée d'Astrid qui n'avait pu rester que quelques jours auprès de celui qu'elle aimait et lui avait confié son amie. Konrad l'avait chaperonnée avec plaisir. Grâce à ses nombreuses connaissances, il était parvenu à trouver rapidement deux appartements pouvant lui correspondre dans ce quartier de Prenzlauer Berg qu'elle appréciait. Celui du bel immeuble bleu et blanc l'avait séduite. Elle était revenue le voir seule, s'imaginant déjà vivre dans ce trois-pièces. Certes, la chambre où elle avait prévu d'installer son bureau était minuscule, mais en plaçant le lit en mezzanine elle pourrait recevoir Bérénice. Astrid, elle, logeait évidemment chez Konrad lorsqu'elle venait à Berlin. Une ville dans laquelle elle pourrait travailler, un appartement de charme dans un quartier qui lui plaisait, n'était-ce pas ce dont elle avait besoin pour démarrer une nouvelle vie ? Loin de Paris, d'Anton et de ses peurs. Car même si la justice ne lâchait pas son ex-fiancé, même s'il n'avait pas le droit de s'approcher d'elle, elle était sûre qu'il continuerait à la harceler d'une façon ou d'une autre. À Berlin, elle ne savait pourquoi, elle se sentait en sécurité. La seule barrière qu'il lui faudrait franchir serait celle de la langue. Elle ne parlait guère allemand et assez peu de gens ici s'exprimaient en français. Cependant, l'obstacle n'était pas insurmontable, elle se débrouillait très bien en anglais et la majorité des Berlinois le parlait. Depuis son arrivée, Konrad lui donnait chaque jour un cours particulier, le vocabulaire de base, quelques phrases passe-partout. Elle savait désormais demander son chemin, commander un repas dans un restaurant et même compter jusqu'à cent. Konrad lui trouvait un bon accent, ce dont elle n'était pas peu fière. Elle sourit encore, imaginant la surprise de Bérénice quand elle lui lancerait deux ou trois expressions dans la langue de Goethe.

Quand elle atteignit le porche qui donnait sur la cour de l'immeuble où vivait Konrad, elle était maintenant sûre de la décision qu'elle allait prendre. Elle emménagerait à Berlin le plus vite possible. Elle entra dans le hall, grimpa les marches de l'escalier, et s'arrêta quelques secondes sur le palier avant de sonner. Konrad lui ouvrit.

— Je le prends ! cria-t-elle tout essoufflée. Je vais habiter Schönhauser Allee !

— Il faut annoncer cette bonne nouvelle à Astrid et à Bérénice ! Mais d'abord, champagne ! Et j'appelle mon ami afin que tu puisses signer sans tarder les papiers pour cet appartement. Le terme « papiers » fit frissonner Carmen. Durant quelques secondes, elle imagina le nombre de démarches administratives qu'elle allait devoir effectuer. Konrad devina son angoisse.

— Ne t'inquiète pas, je vais t'aider.

Elle le fixa et comprit soudain tout ce qu'Astrid aimait chez cet homme. Sa sagesse, sa bienveillance, ce sentiment de sécurité que l'on ressentait en sa présence. Elle savait qu'elle pourrait compter sur lui au moindre problème. Elle ne doutait pas qu'un jour, quand ses enfants auraient grandi, Astrid viendrait certainement s'installer à Berlin et partagerait sa vie à temps plein avec Konrad. Et comme Bérénice adorait cette ville, il n'était pas impossible qu'elle décide elle aussi de quitter la France et de venir habiter ici. La jeune femme se surprit à rêver : les trois amies réunies dans la capitale allemande et vivant à quelques pâtés de maison les unes des autres, se retrouvant pour prendre un verre, faire quelques heures de shopping au KaDeWe ou se balader sur les bords de la Spree ou au Tiergarten… Elle secoua la tête. On était loin de la réalité. Pour le moment, c'était à elle de bâtir son lendemain.

*

Les mains tremblantes, Bérénice ouvrit la grande enveloppe en papier kraft, décollant les bords avec précaution pour ne pas la déchirer. Dès qu'elle avait vu l'expéditeur en haut à gauche sur le pli, son cœur s'était mis à battre. Elle sortit la liasse de feuilles et s'installa dans un fauteuil. C'était un courrier officiel du ministère des Affaires étrangères. Enfin une réponse à ses nombreux messages. Elle avait expliqué en détail ses investigations à propos de son père à un fonctionnaire du ministère et avait requis son aide sur un point précis : elle cherchait des informations sur ce qu'il était advenu des personnes qui avaient fui l'Europe de l'Est juste avant la chute du Mur, plus précisément celles qui s'étaient réfugiées à l'ambassade de la RFA à Prague. Le ministère lui adressait donc un dossier complet sur l'émigration de la RDA vers la RFA durant l'année 1989. Il s'avérait que plus de six mille réfugiés est-allemands étaient passés par l'ambassade de la RFA à Prague, mais aussi par celle de Varsovie, pour rejoindre l'Ouest durant l'été 1989. En RDA, il avait fallu trouver une issue à cette crise hémorragique avant la visite prévue de Gorbatchev à Berlin-Est le 7 octobre 1989, dans le cadre des festivités du quarantième anniversaire de la RDA.

La jeune femme déposa les feuilles sur la table et ouvrit son ordinateur. Elle ne se souvenait plus de ces événements. Une vidéo de l'INA lui rafraîchit la mémoire. Ce jour-là, Gorbatchev avait donné le baiser de la mort à Erich Honecker, le patron est-allemand. Ce jour-là aussi, il avait prononcé une phrase devenue célèbre : « Celui qui est en retard est puni pour la vie. » Voulait-il prévenir Honecker ? Anticipait-il déjà la chute du Mur ? se demanda Bérénice. Il avait engagé des réformes en URSS, tentait-il de pousser Honecker sur le même chemin ?

Elle reprit les documents. L'un d'eux évoquait l'ouverture de la frontière austro-hongroise et les nombreux « candidats au départ » qui avaient continué d'affluer dans les ambassades à l'automne 1989, obligeant l'Allemagne de l'Est à accepter une seconde vague d'émigration. Début octobre cependant, pour limiter la fuite des « traîtres à leur patrie », la RDA avait de nouveau fermé sa frontière avec la Tchécoslovaquie et recommencé à arrêter les opposants lors des manifestations. Une vingtaine d'entre eux avait été maintenue dans les prisons de la Stasi pendant plusieurs semaines. Bérénice serra les poings, elle butait toujours sur ce début octobre 1989 dont on savait finalement peu de choses. Le dernier courrier de son père posté à Dresde datait du 3. Que lui était-il arrivé ce jour-là ?

Elle poursuivit sa lecture. La répression n'avait pas stoppé l'élan populaire. Coûte que coûte, certains citoyens de la RDA avaient continué à filer vers Prague et Varsovie, espérant attraper l'un de ces « trains de la liberté ». Le dossier comportait quelques images saisissantes de jeunes escaladant les grilles de l'ambassade ouest-allemande à Prague, refoulés par la police tchèque tandis qu'à l'intérieur des jardins on dressait d'immenses tentes pour accueillir ceux qui étaient parvenus à passer à travers les mailles du filet. Quand la RDA ouvrit à nouveau les frontières, elle exigea que les trains traversent son territoire. Nombreux étaient ceux qui avaient redouté un piège. Pour tous, le voyage vers le monde libre fut long, angoissant, entrecoupé d'arrêts, de contrôles et de menaces.

Au moins quinze mille personnes avaient transité par Prague pour atteindre la RFA, disait le rapport. Plusieurs convois étaient passés par Dresde pour rejoindre Hof, sur le territoire de l'Allemagne de l'Ouest. Avant de quitter l'ambassade de Prague, les émigrants avaient accroché sur les arbres du jardin les clés de leurs appartements, de leurs voitures, ils avaient jeté leur argent dans la rue, se débarrassant de centaines d'*Ostmark*. Pour eux, il n'était plus question d'avoir un quelconque lien avec la RDA. Certains avaient laissé les clés de contact sur leurs Trabant qui avaient ainsi servi à organiser plusieurs allers et retours entre la RDA et Prague. Des chauffeurs, des passeurs s'étaient improvisés. La Trabant était devenue le symbole de cet exode massif. Cette anecdote fit sourire Bérénice. Elle se rappela la fameuse statue de bronze baptisée *Quo Vadis* représentant une Trabant sur pied qu'elle avait vue dans les jardins de l'ambassade d'Allemagne à Prague lors d'un voyage en République tchèque. Ce jour-là, elle était à mille lieues de se douter que ces événements la concerneraient...

Le rapport du ministère se concluait par ces phrases : *Officiellement, seuls des ressortissants de la RDA ont pu gagner la RFA en 1989. On n'a nulle trace de ressortissants soviétiques au passage des frontières. Aucun document ne mentionne Alekseï Dementiev.* Bérénice ferma les yeux. Une fois encore, la porte se fermait. Elle ne saurait pas ce qu'était devenu son père. Elle attrapa l'enveloppe pour y ranger la liasse de feuilles. Un petit carton de bristol s'échappa de l'enveloppe. Elle ne l'avait pas vu en sortant le dossier. C'était un court paragraphe manuscrit :

Officieusement, un certain nombre de citoyens soviétiques ont été accueillis en RFA mais aussi dans d'autres États du bloc ouest en 1989. Concernant la France, seule la DGSE sera en mesure de vous renseigner sur votre père Alekseï Dementiev. Vous pouvez prendre contact avec le ministère de la Défense où l'on vous recevra. Vos coordonnées et le motif de votre recherche ont été transmis.

Le mot n'était ni signé ni daté. Mais Bérénice s'en moquait. Un anonyme lui tendait la main. Enfin, elle allait avoir des réponses. La fatigue, l'émotion l'emportèrent, et pour la première fois depuis des jours des larmes coulèrent sur son visage.

*

— Tu restes avec nous pour le week-end ou seulement ce soir pour le dîner ? demanda Stan à Samuel.

— Je veux bien rester. Maman est de garde. Ça me laisse du temps pour toi.

Stan se tourna pour cacher une grimace qui marquait son exaspération. Son ex-femme était toujours aussi pénible. Lorsqu'elle ne travaillait pas elle accaparait Samuel. Si elle n'avait pu empêcher ses retrouvailles avec son père, elle cherchait toujours un moyen d'écourter leurs tête à tête.

— On se met aux fourneaux ? proposa Milan qui avait vu la contrariété se peindre sur le visage de son ami.

— J'aime pas cuisiner, marmonna le chirurgien.

— Moi non plus, mais on va essayer. Ça nous changera des plats surgelés. J'ai tout ce qu'il faut pour préparer une quiche lorraine d'après une recette de Gabriel. C'est inratable ! Si tu ne veux pas mettre la main à la pâte, file chez le boulanger avant qu'il ferme. Tu rapportes du pain, et surtout un bon dessert !

Stan ne se fit pas prier. Il enfila un blouson, des bottes, et se sauva comme un voleur. Samuel éclata de rire et rejoignit Milan dans la cuisine. Dans la main droite, le Croate tenait la recette qu'il lisait scrupuleusement tandis que sa main gauche ouvrait placards et réfrigérateur pour sortir le nécessaire à la réalisation de la tarte. Quand les ingrédients et les ustensiles furent réunis sur la table, il regarda Samuel.

— On y va ?

— C'est parti !

La confection de la pâte fut l'occasion de quelques discussions. Gabriel n'ayant pas précisé le sens de certains termes, tels que la détrempe, une fois étalé dans le moule, le feuilletage, qui n'en avait que le nom, faisait par endroits quelques bosses qui disparurent dès que Milan versa l'appareil dessus. Il contempla son œuvre, satisfait, puis se lança dans la préparation de la salade avec Samuel.

— J'ai eu des nouvelles de Bérénice, dit Samuel. Son mail était assez évasif mais je crois qu'elle a de bonnes raisons d'espérer retrouver son père. Elle a été reçue au ministère de la Défense. C'est peut-être pour cette raison qu'elle n'a pas été bavarde dans son message. On lui a donné une piste sérieuse qui mène à Cherbourg ! Elle n'y est pas encore allée, elle hésite. J'imagine qu'elle a peur. Ça m'embête de la savoir seule. J'aurais aimé être à ses côtés.

Milan posa la bouteille d'huile. La vinaigrette attendrait. C'était le moment ou jamais de parler de ce qui le tracassait. Il pria intérieurement pour que Stan ne rentre pas immédiatement des courses.

— Je vais être direct et très indiscret mais j'ai besoin de savoir. Tu évoques sans arrêt Bérénice, tu dis souvent regretter de ne pas être auprès d'elle. Elle pourrait être ta mère. Elle a le double de ton âge, et je me demande si tu…

— Si je quoi ?

— Tu ne serais pas amoureux d'elle par hasard ?

Samuel dévisagea Milan, fouilla dans son regard, essayant de décortiquer ses pensées. Le Croate était-il sérieux ? Mais le jeune homme ne décela pas la moindre lueur de plaisanterie dans ses yeux.

— Non, murmura Samuel après quelques instants. Je pensais que papa et toi vous aviez compris. Mais visiblement, non. J'adore Bérénice, c'est une amie, une femme précieuse et adorable avec qui je partage une passion. Mais côté sentiments… Vous n'avez pas deviné papa et toi ?

— Deviné quoi ? OK, j'ai cru que tu t'étais entiché de Bérénice et je me suis trompé. Mais que dissimules-tu alors ? Tu sors avec Salomé et tu le caches par crainte de la réaction de Gabriel ?

— Pas du tout, réagit Samuel, sourire aux lèvres. Il y a bien quelqu'un qui compte dans ma vie. Cette personne s'appelle Renaud.

Milan sentit le sang se retirer de son corps et s'adossa au réfrigérateur. Il n'avait rien contre l'homosexualité, mais la révélation de Samuel le laissa sans voix. Il se ressaisit, pensant que le jeune homme allait mal interpréter son silence.

— Je suis surpris, évidemment, et encore plus de n'avoir jamais rien remarqué. Mais je suis également heureux pour toi.

— Donc mon père non plus n'a rien vu ? Je m'en doutais un peu. Il me parle trop souvent de filles pour imaginer que j'aime les garçons. Il faut que je le lui dise maintenant, n'est-ce pas ?

— Il me semble que oui, sourit Milan. Il sera comme moi, étonné, mais je sais qu'il acceptera. Tu n'as pas à avoir peur.

— Bérénice m'a dit la même chose.

— Bérénice est au courant de tes amours ?

— Oui, je lui ai tout dit. Je lui ai même présenté Renaud un jour où elle est venue à Paris, et nous avons dîné ensemble. J'ai une totale confiance en elle et en son jugement.

— Puisque nous sommes dans les secrets, je vais me permettre de t'en révéler un qui concerne ton père. Je le crois accro à Bérénice bien qu'il s'en défende. Comment le lui faire reconnaître ? Je ne voudrais pas qu'il passe à côté d'une belle histoire.

Samuel éclata de rire.

— C'est pour cela que tu te rongeais les ongles ? Tu étais convaincu que le père et le fils étaient amoureux de la même femme et tu te figurais un drame familial ? Mort de rire ! Je suis mort de rire !

— Qu'y a-t-il de si drôle ? demanda Stan qu'ils n'avaient pas entendu entrer.

Samuel rougit, Milan bafouilla, sortit la tarte du four pour se donner une contenance.

— Je présume que la quiche est ratée, ricana le chirurgien en se débarrassant de son blouson.

— C'est ça ! s'écria Milan qui vida le plat dans la poubelle. Je te laisse choisir un truc surgelé et je vais me contenter de préparer une salade !

23

À la bretelle de sortie de l'autoroute, Stan leva le pied. Il n'était plus qu'à une vingtaine de kilomètres de Granville. Depuis La Roche-Guyon, il avait roulé comme un fou, les mains crispées sur le volant, les yeux vissés sur le bitume, se refusant à penser. Lorsqu'il atteignit Granville, il se gara sur le port et marcha jusqu'à la jetée. C'était bon de voir la mer, de regarder les bateaux prendre le large. Il se posa contre le parapet et respira un grand coup. L'endroit était presque désert. Fin février, Granville n'attirait pas les touristes. Il consulta sa montre, il était à peine 11 heures. Il était venu jusque-là pour échapper à sa vie, à une réalité qu'il n'avait pas imaginé, il avait roulé comme un fou pour voir Bérénice. Aurait-il le courage d'aller frapper à sa porte ? Il n'en était pas tout à fait certain.

La veille au soir, après le dîner, Milan s'était retiré dans sa chambre, laissant Samuel seul avec son père. Stan avait compris que le scénario avait été écrit à l'avance, son fils voulait lui parler. Il s'était attendu à tout sauf à ce que Samuel lui annonce qu'il était homosexuel.

Jamais le chirurgien n'avait eu de préjugés sur ce chapitre, mais d'apprendre que son fils était concerné avait radicalement changé sa perception des choses. On peut sauter au plafond et applaudir quand votre gosse vous annonce qu'il a une petite copine, il est difficile de réagir de la même manière quand il vous dit: «Je suis amoureux d'un garçon qui s'appelle Renaud.» Cette révélation avait eu chez lui le même effet que s'il s'était agi d'un tremblement de terre. Il ne s'était jamais rendu compte de rien. Son fils était toujours discret, réservé sur les questions d'ordre intime. Du coup, ses certitudes avaient explosé.

Stan connaissait l'homosexualité «chez les autres». Culturellement, moralement, il n'y voyait rien de répréhensible. Lui-même était très libéral sur le plan des relations. Longtemps il avait papillonné de femme en femme, mais rien ne l'avait préparé à la révélation de Samuel. Et bien que d'un naturel très ouvert, il n'était pas prêt à devenir «parent d'homo». Le premier sentiment qui l'avait submergé avait été qu'il fallait un coupable à cette situation. Le rejet de la faute sur son ex-épouse avait été immédiat. Il s'était surpris à penser que si elle n'avait pas caché à Samuel pendant vingt ans qu'il avait un père, le gamin n'aurait pas été gay. Ensuite, sa propre culpabilité l'avait rattrapé. S'il n'avait pas trompé son épouse dans les premiers mois de leur mariage, elle ne serait pas partie en lui dissimulant sa grossesse. Et il pouvait cumuler les remords ou les regrets, rien n'y changerait.

Douleur, incompréhension, répulsion, les sentiments s'étaient bousculés dans sa tête. Le choc était trop fort, trop brusque. Il avait été incapable de répondre à son fils, incapable de lui dire trois mots. Samuel s'était enfui dans sa chambre, bouleversé par la réaction de son père. Stan s'était perdu un moment dans le vide comme si on l'avait largué dans l'espace. Puis, peu à peu, il avait compris pourquoi cet enfant qu'il avait connu si tard et dont il était si fier lui paraissait différent des autres. Il avait compris qu'il l'aimait d'un immense amour que rien ne pourrait ternir. Alors il avait pleuré, puis, le visage noyé de larmes, il était allé rejoindre son fils et lui avait demandé pardon pour son attitude qui ressemblait à un abandon. Samuel était tombé dans les bras de son père, et Stan avait réalisé que c'était la première fois qu'il câlinait son fils.

— Ce n'est pas la voie de la facilité que tu as choisie, avait-il murmuré, et je serai toujours à tes côtés. Je n'avais pas imaginé ce que tu viens de m'apprendre mais je l'accepte. Je serai heureux de rencontrer Renaud quand tu le voudras.

Les mots prononcés avaient déchiré la gorge de Stanislas mais il savait qu'il ne pouvait rien dire d'autre s'il voulait garder son enfant. Il y avait eu encore des sanglots, le père et le fils s'étaient assis côte à côte sur le lit. Milan, qui avait pressenti que le gros de l'orage était passé, était venu les retrouver. Samuel avait entouré son père d'un bras et le Croate de l'autre.

— On va se mêler un peu de ta vie aussi, avait-il dit en reniflant.

— De ma vie ? avait rétorqué Stan étonné. Pourquoi ?

— Que fais-tu de Bérénice ?

Stan avait levé les yeux au ciel. Il ne voulait pas en entendre parler. Mais Samuel et Milan ne l'avaient pas lâché. S'il était épris de la grande blonde, il devait le lui avouer puisqu'elle ne semblait pas elle non plus insensible à son charme. Par ailleurs, elle était seule chez elle ces temps-ci, Carmen étant toujours à Berlin. Seule et perdue. Elle était sur le point de retrouver son père et se noyait dans des hésitations. C'était le bon moment pour aller la voir, lui déclarer ses sentiments et l'épauler. À deux, tout était plus facile. Stan avait fini par approuver. Il irait à Granville.

Maintenant qu'il était là, sur la jetée, à regarder les navires sortir du port, il ne savait plus s'il était venu pour Bérénice ou pour fuir Samuel. Il se trouvait idiot. Sa visite était une bêtise. On ne frappait pas à la porte d'une femme qui risquait de vous la claquer au nez. Il n'avait rien à lui dire. Hors de question de déclarer sa flamme par un ridicule « je t'aime » parce que ce serait un mensonge et que, pour toute réponse, elle le toiserait de son regard froid comme l'eau d'un torrent. Ils n'avaient pas échangé une seule fois depuis deux mois. Ils ne s'étaient pas revus depuis l'escapade familiale à Granville en fin d'année. Et là, il se pointait chez elle sans raison ! Elle serait pliée de rire et il aurait l'air d'un bouffon. Comment avait-il pu être aussi absurde ? Comment avait-il pu écouter les conseils de Samuel et Milan ? Fallait-il qu'il soit chamboulé hier soir pour dire *amen* à leur combine. Et puis, il avait bien voulu accepter le choix de Samuel, mais en réalité il était loin d'avoir digéré la nouvelle. Bérénice n'y pouvait rien. Il n'avait plus qu'à faire demi-tour.

Il repartit vers sa voiture, s'installa au volant et prit encore le temps de réfléchir. Samuel allait bâtir sa vie comme il l'entendait. Que ferait-il de la sienne ? À 50 balais, il était temps d'y penser. Milan avait promis qu'une femme ne changerait rien à leur amitié. Ils se verraient peut-être moins mais se retrouveraient avec toujours autant de bonheur. Finalement, une seule question le taraudait. Tenait-il à Bérénice au point d'être prêt à tenter sa chance, quitte à se faire jeter ? L'incertitude le minait. S'il n'avait pas été d'un naturel cartésien, il aurait volontiers donné un billet de cent euros à une voyante pour qu'elle lise son avenir dans les lignes de sa main !

*

Emmitouflée dans un plaid, calée dans le canapé, l'ordinateur posé sur les genoux, Bérénice faisait défiler des articles. Elle évitait de tourner les yeux vers la table basse où était posé le petit carton sur lequel elle avait inscrit l'adresse d'Alexandre Dumont fournie par les services de la DGSE. Alexandre Dumont, alias Alekseï Dementiev, demeurait à Cherbourg depuis plus de vingt ans. Elle l'avait cherché pendant des mois jusqu'en Russie et il était là, tout près ! Elle ne se décidait pas à aller le voir. Elle avait bien tenté une fois de se rendre à Cherbourg. Elle s'était garée sur le quai de Caligny, repérant le numéro de l'immeuble, ou plutôt d'une maison partagée en plusieurs appartements où résidait son père. Elle avait observé longuement cette bâtisse de trois étages dont les fenêtres donnaient sur le bassin où étaient amarrés quelques bateaux de plaisance. Il devait y en avoir davantage durant l'été et l'endroit était sans doute plus animé. Elle avait imaginé son père contemplant les voiliers et au loin la mer. Elle avait les phrases qu'elle lui dirait pour se présenter, mais elle avait fait demi-tour, l'estomac noué. De retour à la Roche Gautier, une forte fièvre l'avait clouée au lit durant deux jours et elle n'avait guère quitté sa chambre. Dans ses songes, ses souvenirs s'étaient mélangés à des images qu'elle s'inventait.

Ce matin, elle avait trouvé la force de se lever et de se nourrir un peu. La douche avait achevé de la sortir du semi-coma dans lequel elle avait volontairement sombré pour oublier. Elle s'était installée sur le canapé avec l'espoir de se remettre au travail, et surtout de se distraire. Elle saisit la télécommande et augmenta le volume de sa chaîne. David Bowie chantait un vieux titre des années quatre-vingt. Elle avait choisi exprès cet album pour se replonger dans l'atmosphère si particulière qui avait précédé la chute du mur de Berlin. Elle ne savait pas comment elle achèverait son livre, si elle révèlerait ou non que son père vivait en France. Mais elle souhaitait retracer les événements survenus dans la ville allemande avant novembre 1989. Elle y consacrerait au moins deux ou trois chapitres afin que le lecteur puisse s'imprégner du climat qui régnait de part et d'autre du rideau de fer à cette époque. Bowie avait vécu à Berlin de 1976 à 1978, un lien très particulier l'unissait à cette cité dont l'histoire avait inspiré plusieurs titres de son répertoire. Le 6 juin 1987, il avait donné un grand concert à Berlin-Ouest, sur l'esplanade faisant face au Reichstag, au ras du Mur. De l'autre côté, les jeunes s'étaient rassemblés en masse pour écouter le chanteur à défaut de l'apercevoir. Évidemment, la Stasi s'était infiltrée dans la foule et veillait au grain, qualifiant ces ados de «jeunes à l'allure décadente», tandis que la Deutsche Volkspolizei avait pris des mesures pour empêcher la foule de s'approcher. Malgré tout, il y avait eu un monde fou sur Unter den Linden, en particulier près de l'ambassade soviétique. Des affrontements avec les forces de l'ordre avaient eu lieu, les arrestations s'étaient multipliées. Bowie avait interprété *Heroes*, chanson ô combien emblématique qu'il avait composée et enregistrée à Berlin. Des deux côtés du Mur, grâce à de puissants haut-parleurs braqués depuis l'Ouest vers la porte de Brandebourg, la foule avait pu entendre ce titre que Bérénice écoutait maintenant. «*Standing by the wall and the guns shot above our heads and we kissed as though nothing could fall and the shame was on the other side.* » « Debout près du mur, et les canons ont tiré au-dessus de nos têtes, et nous nous sommes embrassés, comme si rien ne pouvait tomber, et la honte était de l'autre côté. » « *The other side*, répéta-t-elle, comment mon père est-il passé de l'autre côté ? »

Le ministère de la Défense ne lui avait rien révélé, si ce n'est la nouvelle identité de son père et ses coordonnées. Aucune autre explication. Des questions la harcelaient. Pourquoi n'était-il pas venu à Granville ? Pourquoi ne l'avait-il pas cherchée comme elle l'avait cherché ? Peut-être avait-il voulu fuir l'URSS et passer à l'Ouest et que sa mère n'avait été qu'un prétexte. Mais pourquoi n'a-t-il jamais écrit à sa sœur ? Il l'a laissée dans l'ignorance, le doute et la peur... Bérénice ne saisissait pas. Quel maillon lui manquait-il pour lier les éléments entre eux ? Elle n'avait pas le choix, elle devait sauter le pas et aller à Cherbourg pour rencontrer Alekseï si elle voulait enfin obtenir des réponses à ces interrogations.

Par la fenêtre, elle aperçut la factrice. Il y avait bien trois ou quatre jours qu'elle n'avait pas relevé son courrier. Elle sortit, toujours emmitouflée dans son plaid, jeta un vague coup d'œil vers la mer aussi grise que le ciel et ouvrit sa boîte. Elle rentra vite au chaud et se réinstalla sur le canapé pour trier le courrier. Une enveloppe retint son attention. Elle provenait de Russie. C'était un bref message d'Irina dans un anglais malmené. Mais Bérénice n'avait pas besoin d'une syntaxe parfaite pour comprendre l'essentiel : Marina s'était éteinte. Une nausée la secoua et elle courut à la salle de bains. Elle passa son visage sous le robinet d'eau fraîche, s'essuya, se regarda dans la glace, effrayée par la pâleur de son teint. Puis elle revint dans le salon et se rallongea sur le divan.

Elle reprit la missive d'Irina. Marina était morte le jour où Bérénice avait appris que son père était en vie. Le destin empruntait de drôles de chemins parfois, jouant avec les esprits et les cœurs. Ainsi, Marina ne saurait jamais qu'Alekseï était toujours de ce monde. Ce n'était peut-être pas plus mal. Sans doute, comme Bérénice, elle n'aurait pas compris que son frère l'ait laissée sans aucune nouvelle. La jeune femme ferma les yeux. Le CD de Bowie tournait en boucle. Elle finit par s'endormir, bercée par les notes de *China Girl*.

*

Après avoir empli ses poumons d'une énorme goulée d'air, Stan se décida à toquer à la porte. Personne ne répondit. Il frappa une seconde fois un peu plus fort. Comme personne ne venait lui ouvrir, il fit demi-tour. Il atteignait sa voiture quand il entendit la porte grincer sur ses gonds. Il se retourna. Bérénice était sur le perron, enveloppée dans une polaire, la tête hirsute, les yeux gonflés et le teint encore plus pâle que d'habitude. Ce n'était pas ainsi qu'il s'était imaginé la retrouver.

— Entre, dit-elle en reculant à l'intérieur, il fait froid.

Il ne se le fit pas dire deux fois.

— Je suis désolé, je ne pensais pas te réveiller.

Il était plus de midi, il n'avait pourtant pas eu l'impression qu'elle était adepte des grasses matinées. Elle paraissait souffrante.

— Tu es malade ?

— J'ai attrapé un rhume dont je ne parviens pas à me débarrasser.

Il fit la moue, pas convaincu. Elle semblait abattue. Gênée de se voir ainsi détaillée, elle l'invita à s'asseoir dans le salon et disparut aussitôt.

Il jeta un coup d'œil autour de lui. D'emblée, il adora cet intérieur sobre où les vieux objets, sans doute des souvenirs, se mêlaient à des peintures contemporaines. L'accumulation de papiers, coupures de journaux, livres, crayons et tasses vides sur la table faillit le faire sourire. Il compara avec son propre bureau, si bien ordonné, sur lequel les stylos étaient rangés dans un pot, les dossiers empilés à l'équerre et où jamais il n'aurait déposé un mug de café !

Bérénice évoluait dans un milieu aux antipodes du sien. Mais peu importe, cette femme tout en profondeur n'avait rien de superficiel. C'était une bosseuse, passionnée par ce qu'elle faisait. Il le savait, Samuel le lui avait maintes fois répété. Il appréciait ce trait de caractère. Il avait sous son nez la démonstration de ses heures de travail en solitaire et il se demanda si elle subissait cet isolement ou si elle l'avait voulu. Il ignorait tout d'elle. Il aurait dû lire son premier bouquin recommandé si vigoureusement par son fils. Mais il avait préféré nier l'intérêt qu'il lui portait. Il remarqua qu'elle écoutait un vieil album de Bowie. C'était au moins un point sur lequel ils s'accordaient !

Elle revint dix minutes plus tard douchée, les cheveux encore humides et débarrassée de la polaire qu'elle portait sur le dos lorsqu'elle lui avait ouvert la porte. Elle avait enfilé un jeans et un gros pull. Elle prit place dans un fauteuil face à lui, et attendit.

Il sentit sa gorge se nouer. Que lui dire ? Il mesura de nouveau toute la difficulté de la situation.

— Tu es malade. Tu as vu un médecin ?

— Ce n'est qu'un rhume ! aboya-t-elle, agacée qu'il lui pose la question une seconde fois. On ne va pas polémiquer là-dessus.

— Je suis désolé, je tombe mal. J'aurais dû t'envoyer un SMS pour te prévenir de mon arrivée, ou prier Samuel de t'avertir. En fait, j'avais un peu espéré qu'il l'aurait fait. Ce n'est pas malin de ma part.

Elle demeura muette, se demandant ce qu'il faisait là. Un silence s'installa entre eux, de plus en plus pesant.

— Je n'aurais pas dû venir, reprit-il en se levant, c'était idiot. Je me doute que tu me prends déjà pour un crétin, alors je ne vais pas en ajouter une couche. Je suis navré, vraiment.

Elle l'observa tandis qu'il enfilait son blouson et se dirigeait vers la porte.

— Reste !

Sa voix était rauque comme si elle n'avait pas ouvert la bouche depuis des jours. Bien qu'elle n'ait pas franchement envie de bavarder, elle était heureuse de le voir, mais plutôt mourir que le lui avouer. Son regard parlait pour elle. Stanislas, qui ne la quittait pas des yeux, comprit qu'elle avait besoin de lui.

— Tu as froid, remarqua-t-il en constatant qu'elle resserrait ses bras sur sa poitrine. Tu veux que j'allume un feu ?

Il montra du menton le tas de bois à côté de la cheminée. Elle se souvint qu'il aimait s'en occuper à La Roche-Guyon.

— Oui, merci.

Elle ne se reconnut pas dans cette réponse. D'ordinaire, elle aurait fait comprendre qu'elle était capable de le faire elle-même. Elle fut touchée par cette marque d'attention. Elle l'observa tandis qu'il plaçait du petit bois et des morceaux de journaux dans l'âtre. Il craqua une allumette, fixa un instant l'embrasement et ajouta deux bûches avant de revenir s'asseoir.

— Samuel m'a appris hier qu'il était homo, murmura-t-il.

— Il était grand temps qu'il le fasse.

— Tu étais au courant ?

— Oui. Il avait peur de ta réaction. Je lui avais tout de même conseillé de se confier à toi.

— Peur de quoi ?

— De te décevoir. Samuel m'a dit que tu adores les femmes, que tu voltiges de l'une à l'autre et que tu aimes vanter tes exploits. Bref, il pensait que tu ne le comprendrais pas, voire que tu aurais honte de lui.

Stan grimaça. Jamais il n'aurait honte de son fils, même si la pilule passait difficilement, même s'il devait ravaler son orgueil de père et de mâle. Il songea que sa réputation auprès de Bérénice était faite, après tout ce que son fils lui avait dit de lui. Il saisissait tout ce qui devait la freiner, ce qu'elle pensait de son comportement de coureur de jupons... Il ne serait pas aisé de la convaincre que s'il avait toujours vécu ainsi, c'était parce qu'il n'avait jamais rencontré une femme pour arrêter sa course. Le croirait-elle s'il lui annonçait que cette femme, il l'avait rencontrée, qu'il avait envie de tenter l'aventure avec elle, qu'il ne la voyait pas comme un simple objet de désir ? Il garda ses cogitations pour lui.

— Je ne suis pas déçu par mon fils. Mais c'est vrai que j'accuse le coup.

— Ne le rejette pas.

— Il n'en est pas question !

— C'est un peu ton attitude puisque tu t'es enfui en venant jusqu'ici. Il te fallait donc une échappatoire ?

— Pas faux, marmonna Stan. Je suis paumé. Mais je suis aussi là pour toi. Tu dois me croire. Je sais quelle opinion tu as de moi, cependant je suis sincère, je suis venu pour toi, pour nous.

C'était dit. Il souffla, espérant qu'elle avait été attentive à ses mots. Il n'aurait peut-être pas le courage de les prononcer deux fois. Il aurait aimé la prendre dans ses bras, la serrer contre lui, mais il réprima son envie de peur de se faire jeter. Il se souvint des paroles de Milan la veille au soir. Gagner le cœur de Bérénice était le plus grand défi qu'il aurait à relever. Elle n'était pas comme les autres, elle se méritait. Elle ne répondit pas à sa déclaration, pourtant il ne nota pas de contrariété dans son regard.

— Samuel et Milan m'ont raconté pour ton père. Si tu veux, je peux t'accompagner à Cherbourg. Si tu veux...

Bérénice était devenue livide et ses traits s'étaient durcis. Il sentit que les sentiments se télescopaient dans son esprit. Il était allé trop loin. Autant se sauver avant de commettre l'irréparable. Il attrapa un bloc et un crayon sur la table basse.

— Je te laisse mon numéro de portable, dit-il en griffonnant des chiffres. Je vais prendre une chambre à l'hôtel des Bains. Je peux rester deux, trois jours. Tu réfléchis à ma proposition, et tu m'appelles si tu le souhaites.

Elle le dévisagea. Il était déjà prêt à partir. Elle savait qu'elle devait réagir maintenant. Il lui plaisait, elle ne pouvait pas le nier. Elle n'avait pas ressenti cela depuis longtemps. « Tu es une bourrique d'intello qui se pose bien trop de questions ! C'est peut-être le mec de ta vie, celui que tu n'as pas cherché mais que le destin envoie à ta rencontre. Ravale ta fierté, ton orgueil, ne le laisse pas filer », lui aurait dit Carmen si elle avait été là.

— Inutile d'aller à l'hôtel, lâcha-t-elle. La maison où Milan s'est installé l'été dernier est vide, tu peux y être tranquille. Sinon, il y a aussi de la place ici.

C'était une merveilleuse proposition, qui arracha un sourire à Stan. Le CD de Bowie tournait toujours en boucle. Les premières notes d'*Absolute Beginners* retentirent.

— «*As long as you're still smiling*, répéta Stan en même temps que le chanteur, *there's nothing more I need.*»

— «Aussi longtemps que tu souriras, il n'y aura rien d'autre dont j'aurai besoin», traduisit Bérénice.

— Face à toi je suis tellement impressionné que je me fais l'effet d'être un débutant.

— On est deux. Moi aussi, j'ai tout à réapprendre.

24

— C'est gentil d'avoir surveillé les devoirs des garçons et de les avoir fait dîner, dit Astrid en embrassant Carmen. Tu vois comme je rentre tard, j'ai des patients à n'en plus finir. Vivement que le printemps arrive pour de vrai, quand les gens commencent à se sentir mieux. J'ai l'impression qu'il n'a pas cessé de pleuvoir depuis des semaines. Pour un début avril, nous ne sommes pas gâtés !

— C'est tout le charme de Rouen, ironisa Carmen.

— Rouen sans parapluie ne serait pas Rouen ! répliqua Astrid avec humour.

Elle ôta ses chaussures et se massa les pieds. Elle avait hâte que le soleil revienne, que le baromètre des esprits et des cœurs remonte au beau fixe, hâte d'avoir moins de douleurs à panser. Depuis qu'elle était passée de la médecine générale à l'ostéopathie, son cabinet ne désemplissait pas. On venait se soulager de maux divers, surtout le dos malmené par les tensions au travail, les épreuves de la vie ou un ras-le-bol général. Quand la tête souffrait, le corps payait la note. À la mauvaise saison, les additions étaient plus salées.

— Tu as également préparé le repas ! s'exclama-t-elle en découvrant la table. C'est sympa.

— C'était la moindre des choses, répondit Carmen. Tu m'héberges, je ne fais rien ou presque de mes journées, je peux tout de même m'occuper des enfants et des courses. Pour Geoffrey et Louis, je ne me suis pas embarrassée pour le dîner, je les ai emmenés chez McDo !

— McDo ? Je ne veux pas qu'ils goûtent à cette infâme cuisine !

— Trop tard ! Et infâme ou pas, ils se sont régalés. Ils étaient heureux que Tati Carmen les emmène dans cet endroit qu'ils ne connaissaient pas. Rends-toi compte, c'est génial pour eux de faire un truc que tu interdis !

— Ce n'est pas bon pour la santé !

— Arrête, ils ne vont pas en mourir. Est-ce que tu les empêches de respirer l'air pollué de la ville pour les protéger ? Ils sortent avec un masque à gaz ? Manger au fast-food de temps en temps n'a jamais tué personne.

— Je leur fais des hamburgers et des frites maison le samedi !

— Ce n'est pas pareil. Maintenant, ils pourront dire à leurs copains qu'ils sont allés au McDo. Tes fils ont 9 et 11 ans et n'avaient pas encore mis les pieds dans un fast-food ! Ils ont une décennie de retard.

— Comme tu y vas ! Quand on était gamines, ces endroits n'existaient pas et on survivait très bien.

— La vie change et il faut évoluer avec. Ce n'est pas bon d'enfermer ses enfants dans une bulle. Tu crois qu'à 15 ans, ils te demanderont la permission pour aller grignoter un truc chez KFC ou un kebab chez le Turc du coin ? Je ne te parle même pas des cuites que tu ne pourras pas empêcher quand ils seront majeurs et vaccinés… Tu es bien trop vieux jeu !

— Et toi, tu n'es pas mère.

— Je sais ! Bon, on ne va pas se disputer pour cela. Ils étaient contents, moi aussi. C'était bon de savoir qu'on te désobéissait !

— Ma grand-mère t'aurait donné une tourlousine pour avoir transgressé les règles de la maison !

— Une tourlousine ?

— Ou un va-te-laver ! Bref, une claque. Tu es pire que les gosses !

— Lorsque nous sommes rentrés, ils ont pris leur douche et se sont mis en pyjama. Ils sont au lit, tu n'as plus qu'à aller les embrasser. J'ai prévu une omelette aux champignons, il ne me reste plus qu'à casser les œufs ! C'est du Mac Carmen. Ça te va ?

Astrid fut obligée de sourire. Elle fila voir ses fils puis revint au salon le sourire aux lèvres. Louis et Geoffrey étaient enchantés de leur soirée et espéraient que Carmen resterait longtemps.

— Si tu veux bien me supporter encore une quinzaine, dit Carmen, je m'incruste. Le temps que tout soit réglé à Berlin. Dès que Konrad aura les clés de mon appart je m'envole, promis. J'ai déjà un contact très intéressant à Berlin, un styliste qui souhaiterait me rencontrer. La mode bouge en Allemagne. Excentrique ou élégante, il y en a pour tous les goûts. Les créateurs misent également sur la qualité des produits. Le look berlinois est de plus en plus recherché par les chasseurs de tendance et je vais être aux premières loges. Le pied ! Évidemment, avant mon départ je passerai à Granville voir Bérénice.

— Dans ce cas, je tenterai de me libérer pour t'accompagner. Les garçons seront heureux d'aller chez leur père.

— Super ! Deux ou trois jours entre nanas, ça me plaît. J'ai hâte que notre belle blonde nous raconte ses amours de vive voix.

— Elle ne t'en parlera pas. Elle est encore très prudente. Tout est arrivé si vite.

— Je l'imagine sur un petit nuage. Bérénice *in love*, ça doit être quelque chose !

— Ce n'est pas si simple, je crois.

Astrid se tut, se jetant sur l'assiette que son amie avait déposée devant elle. Elle se faisait du souci pour Bérénice. Stan était apparu dans sa vie brusquement et s'était déclaré alors qu'elle était fragile. Ils avaient passé trois jours ensemble. Elle n'avait pas voulu qu'il l'accompagne à Cherbourg, reculant encore le moment. Se déciderait-elle à rencontrer son père ? Astrid se demandait si Stan avait bien choisi son heure. Bérénice n'avait pas été très loquace à son sujet. Elle ne l'avait d'ailleurs pas revu depuis son passage à Granville, refusant ses invitations à Rouen ou à La Roche-Guyon. Astrid l'avait sentie sur la défensive quand elles s'étaient parlé. Mais au téléphone, il est compliqué de saisir les émotions. Bérénice ne repoussait-elle pas le bonheur qui s'offrait à elle ? Pourquoi ne semblait-elle pas pressée de retrouver Stan ? Ces questions heurtaient Astrid. Quand on aime, on brûle d'être dans les bras de l'autre, on échafaude des dizaines de projets, on fait tout pour provoquer les rencontres. Bérénice paraissait agir à l'inverse, faisant tout pour décourager Stan, ou du moins pour ne pas l'encourager. Sans doute avait-elle peur de perdre celui qu'elle avait recherché si longtemps. Elle ne pouvait pas tout gérer simultanément. Elle devait aller voir son père, régler les problèmes du passé pour vivre le présent et envisager l'avenir.

Astrid avala la dernière bouchée de la délicieuse omelette préparée par Carmen et se promit d'envoyer un mail à Bérénice pour lui rappeler qu'elle ne pouvait plus éviter une entrevue avec son père et que si Stan comptait pour elle, il ne fallait pas le laisser s'échapper.

*

Milan posa son manuscrit et leva les yeux.

— Elle ne t'a pas rappelé ? demanda-t-il à Stan.

— *Némirovsky* avance ?

— La pièce est écrite, tu le sais. Là, je ne fais que corriger mon texte. Tu as le don de m'énerver quand tu évites mes questions. Bérénice t'a-t-elle rappelé ?

D'un signe de tête, le chirurgien répondit par la négative.

— Insiste, conseilla Milan. Envoie-lui un SMS. Dis-lui que tu as besoin de lui parler.

— Avant-hier soir, elle semblait décidée à aller à Cherbourg pour rencontrer son père. Elle y est peut-être.

Pour la première fois de sa vie, Stan découvrait ce qu'était l'attente de l'autre, du coup de fil. Pour la première fois, son cœur souffrait. Il était très amoureux de Bérénice, cette sensation de manque provoquée par l'éloignement et qu'il n'arrivait pas à refréner n'avait fait que renforcer ses sentiments. Elle ne paraissait pas éprouver les mêmes choses, ou tout du moins pas de la même manière. Ils avaient passé trois merveilleuses journées ensemble et trois nuits tout aussi inoubliables. Lorsqu'il était parti, parce qu'il fallait bien qu'il regagne Rouen et surtout la clinique, elle l'avait embrassé avec toute la fougue dont elle était capable mais sans prononcer une parole. Ils s'étaient quittés sans le moindre engagement, sans la plus petite promesse, et aujourd'hui il était rongé d'inquiétude. Il alla vers la baie vitrée et contempla le parc détrempé. L'averse ne cessait pas et cette pluie ravageait son moral. Il aurait aimé prendre son vélo et parcourir cinquante kilomètres dans la campagne, rentrer crevé par l'effort, s'écrouler et dormir afin de ne plus ressasser. Rien ne parvenait à le distraire. Ni un livre, ni un film, ni même la musique qu'il adorait pourtant. Son cerveau était obsédé par une idée fixe : Bérénice.

— Tu crois que j'aurais dû évoquer le mariage ? demanda Stan en se retournant brusquement vers Milan.

— Que dis-tu là ? Bien sûr que non ! Tu as défendu ta liberté pendant des années, elle aussi. Tout est question de dosage.

— Dosage de quoi ?

— L'indépendance, la maîtrise de soi dans sa façon de dévoiler ses sentiments. T'es toubib, tu sais ce qu'est une posologie ?

— Mon cerveau doit être sérieusement voilé par la brume car je ne pige rien à ton charabia.

— Ni elle ni toi ne pouvez passer d'une vie de célibataire à une vie de couple du jour au lendemain. Elle est d'un naturel méfiant que tu n'as pas su encore apprivoiser. Tu as franchi un cran de plus qu'elle car tu es prêt à envisager un avenir avec elle. Elle n'en est pas là.

— Je n'ai tout de même pas tenté de lui passer la bague au doigt ! Elle refuse même mes invitations pour un week-end !

— Parce qu'elle a la trouille ! Bérénice ne veut pas rêver. C'est le concret qui l'intéresse. Elle ré-flé-chit ! Oui, je sais, ça t'épate. Jusqu'alors, tu as trouvé des femmes qui partageaient tes attentes. Surtout pas d'attache. Cette fois, tu es piégé par Cupidon, et Bérénice l'est aussi.

Mais elle ne bâtira pas n'importe quoi avec toi, et surtout pas n'importe comment. Si tu ne veux pas la perdre, sois patient. Au risque de me répéter, envoie-lui un SMS. C'est important qu'elle sache que tu penses à elle. Même si elle ne répond pas, elle tient à toi. Et puis, ce temps de réflexion ne te fera pas de mal à toi non plus. Pardonne ma franchise mais j'aimerais que tu sois certain que ce n'est pas une passade. Je t'ai vu faire du mal à des femmes, les laisser espérer avant de les larguer. Pas question de faire ce sale coup à Bérénice.

— J'y veillerai.

— Gabriel sera bientôt définitivement de retour et on aura sûrement l'occasion d'en rediscuter avec lui. Mon petit doigt me dit que son avis ne sera pas très éloigné du mien.

Stan acquiesça sans broncher. Milan avait raison. Il alla chercher son portable et se rassit. Une photo de Bérénice apparut sur l'écran. Il n'avait jamais voulu reconnaître sa beauté, cette fragilité qui se dégageait d'elle et qui le touchait au plus profond de lui-même. Ses cheveux blonds, ses yeux clairs, ses lèvres, il aimait tout d'elle. Lorsqu'il l'avait déshabillée, à Granville, il avait cru devenir fou en sentant de nouveau le contact de sa peau sous ses doigts. Il ne savait pas comment, depuis cette fameuse première nuit à La Roche-Guyon, il avait pu se passer de cette douceur. Tout était finesse chez elle, des poignets aux chevilles en passant par la nuque qu'il adorait caresser. Lui faire l'amour était un cadeau des dieux, l'entendre gémir une pluie d'étoiles. Et lorsqu'elle souriait, il se sentait fondre.

— Je l'aime, lâcha-t-il. Je le sais parce que je n'avais jamais ressenti ces choses-là.

— Enfin ! soupira Milan. Je suis désolé pour la souffrance que cela t'occasionne mais je suis soulagé que tu découvres les affres qui accompagnent l'amour. J'avoue que si on m'avait dit il y a un an que tu passerais par là j'aurais été mort de rire ! J'ai été surpris que Bérénice te déplaise au début. Je me trompais finalement. Elle ne t'était pas indifférente mais tu te voyais en elle. Elle est ton double par bien des aspects. Cette volonté de tout assumer seul, cet acharnement à vouloir protéger son cœur, ce côté têtu, bosseur… Vous êtes faits l'un pour l'autre. Envoie-lui un SMS, nom d'un chien ! Prouve-lui que tu l'aimes à défaut de pouvoir le lui dire en face. Fais-lui comprendre qu'elle te manque.

Stan sourit et chercha le numéro de Bérénice dans son répertoire de téléphone. Milan reprit son manuscrit et son crayon comme si de rien n'était mais il ne corrigea rien du tout, attendant que son ami agisse. Quand il le vit composer un message, il baissa la tête. S'il avait pu se glisser tout entier à l'intérieur de son manuscrit, il l'aurait fait !

*

Sur les côtes normandes, dans une même journée on pouvait voir défiler les quatre saisons. C'était la conclusion à laquelle Bérénice était parvenue après avoir passé plusieurs heures dans sa voiture sur le quai de Caligny. Elle était arrivée à Cherbourg dans la matinée, sous une pluie battante et un vent à décorner les bœufs. Vers midi, l'averse s'était éloignée, laissant place à un brouillard qui recouvrait la mer, le port et la ville telle une chape de béton. Puis la brume s'était levée. Le ciel gris et terne se déchirait maintenant sous ses yeux, dévoilant un soleil timide. Derrière les vitres de l'automobile, l'atmosphère se réchauffa soudain. L'après-midi promettait d'être beau. Si Clémentine était encore là, elle lui aurait dit que c'était là un signe et qu'elle devait y aller. Elle n'attendit pas plus longtemps, sortit du véhicule et traversa la rue. La porte de la maison était entrouverte. Elle donnait sur un tout petit hall dans lequel se trouvaient six boîtes à lettres. Alexandre Dumont habitait l'appartement numéro 3. Bérénice emprunta l'escalier et s'arrêta au premier étage. Devant la porte, elle marqua une légère hésitation, puis elle frappa.

Un homme lui ouvrit, et il ne lui fallut que quelques secondes pour savoir qu'elle avait devant elle Alekseï Dementiev. Son regard n'avait pas changé, le même que sur les photos. Seuls ses traits et sa peau accusaient les marques du temps. Surpris, il eut un mouvement de recul en voyant Bérénice et ses yeux roulèrent dans tous les sens. Elle comprit qu'il était choqué, que son esprit se perdait. Mais il se reprit très vite, se redressa, presque au garde-à-vous. Son éducation dans la marine soviétique avait laissé des traces indélébiles qui ajoutaient à sa grandeur, lui conférant une fière allure. Malgré ses 75 ans, il était élancé et svelte comme un jeune homme. Il se tenait droit face à elle. Seul le battement de ses paupières traduisait son émotion.

— Je ressemble à ma mère ? demanda-t-elle.

C'était tout ce qu'elle avait trouvé à dire, le bouleversant davantage. Il la détaillait sans dégoiser un mot et Bérénice imagina que son passé défilait dans sa tête. Ils demeurèrent ainsi de longues minutes sur le pas de la porte. Enfin, il s'écarta.

— Entrez, murmura-t-il.

Elle obéit et se força à ne pas avoir l'air trop curieuse. Pourtant, tout l'attirait dans ce minuscule séjour où elle pénétrait pour la première fois : les clichés encadrés posés sur une commode à côté de la télévision, les tableaux sur le mur, la cuisine qu'elle apercevait derrière un rideau de perles.

— Je m'appelle Bérénice, Bérénice Angers.

Il continuait à la contempler et elle saisit que s'il avait intégré qu'elle était la fille de Sylvanie, il ignorait qu'elle était la sienne. Sa gorge se noua, elle cherchait ses mots, ne sachant pas comment le lui dire.

— Vous êtes mon père, annonça-t-elle.

C'était abrupt, mais elle n'avait pas trouvé d'autre chemin pour toucher au but. D'abord, elle vit le doute se peindre sur le visage du vieil homme, puis l'incertitude le quitter quand de grosses larmes roulèrent sur ses joues. Elle regretta soudain d'être venue. Peut-être aurait-il préféré ne jamais connaître la vérité.

— Je crois que je l'ai toujours su, bafouilla-t-il. Je me doutais que Sylvanie m'avait caché l'essentiel. Mais elle n'était pas responsable. On l'a forcée à me mentir. Il ne fallait pas que j'apprenne que tu existais. Pourtant, Dieu m'en est témoin, j'aurais aimé t'élever comme un père, ou au moins avoir eu la joie de te rencontrer plus tôt.

Malgré le drame qu'elle percevait dans les paroles d'Alekseï, malgré cette vérité dérangeante qu'elle se préparait à exhumer, Bérénice se sentit sourire, enchantée par cette voix qu'elle découvrait. Il s'exprimait dans un français parfait mais avait gardé son accent russe qu'elle reconnut à sa prononciation appuyée des « r ». Il la tutoyait comme s'il l'avait déjà adoptée. Sans réfléchir à son geste, elle lui tendit ses mains. Il s'en empara et les serra entre les siennes. Ils s'assirent tous les deux sur le canapé. Il ne lâchait pas ses doigts et continuait à la scruter, les yeux brillants. Elle sentit qu'il l'aimait déjà et réprima un sanglot. Ils avaient perdu plus de quarante ans parce qu'on les avait privés l'un de l'autre. Ils demeurèrent assis épaule contre épaule sans se parler. Puis vint le moment où Bérénice sut qu'elle devait partir, même si elle brûlait d'envie de le questionner. Il y avait tant de points qu'elle voulait éclaircir. Elle allait devoir faire preuve encore d'un peu de patience. Elle ne pouvait harceler son père alors qu'elle venait à peine de le retrouver.

— J'habite Granville, je vais prendre une chambre à l'hôtel à Cherbourg, dit-elle en se levant. Si vous êtes d'accord, je peux venir vous chercher demain matin et on ira se promener ensemble jusqu'au quai de France. Si je passe vers 9 heures, ça vous irait ?

Il acquiesça et s'excusa d'avoir omis de lui offrir quelque chose à boire. Il était aussi navré de ne pouvoir la recevoir pour la nuit dans son deux-pièces. Elle hésita à l'inviter le soir même à dîner au restaurant, mais il semblait fatigué. Sans doute avait-il besoin de repos, ou d'être seul pour digérer les événements.

— À demain, murmura-t-il en la regardant franchir la porte.

Quand elle regagna sa voiture, elle leva les yeux vers le petit immeuble, espérant l'apercevoir derrière une fenêtre. Mais elle ne le vit pas. Peut-être était-il resté sur le canapé, peut-être se cachait-il derrière le rideau, peut-être était-il déjà retourné à sa vie…

Elle démarra, réfléchissant à l'endroit où elle irait dormir. Elle ne connaissait guère Cherbourg et encore moins les hôtels. Elle devrait trouver des adresses sur Internet. Elle se gara de nouveau, alluma son téléphone qu'elle avait préféré couper afin de profiter sereinement d'Alekseï. L'appareil se mit à vibrer de façon presque continue. La boîte vocale débordait de messages, ils étaient presque tous de Stan, sans compter les SMS. « *J'ai passé quelques heures avec mon père,* lui écrivit-elle, *je ne t'oublie pas. Peux-tu patienter encore un peu ?*»

Elle relut dix fois son texte avant de l'envoyer. Elle aurait voulu se montrer plus tendre, elle n'y parvint pas.

25

Bérénice et son père longèrent le quai de France. L'endroit n'avait plus rien à voir avec celui qu'Alekseï avait connu en 1970. Il lui expliqua les navires amarrés, la foule en liesse, ces quatre journées fantastiques de fête et d'amitié. Bérénice avait lu toutes ces informations dans les coupures de presse de l'époque, mais raconté par quelqu'un qui l'avait vécu, l'événement prenait une autre dimension. Son père semblait heureux de revivre ce moment. Ils repartirent vers le centre-ville. Rue du Maréchal-Foch, ils décidèrent d'aller déjeuner au *1900*, un petit resto au cadre chaleureux, propice aux conversations à deux. Ils commandèrent le plat du jour et se firent apporter l'apéritif. Ils levèrent leurs verres et trinquèrent les yeux dans les yeux.

— À nous ! murmura Alekseï. Jamais je n'aurais cru que j'avais une fille et que j'aurais la chance de la rencontrer.

Sa voix s'étrangla, l'émotion le saisissait de nouveau, comme la veille quand il avait découvert ce visage au regard clair, à la peau presque translucide, et ces cheveux blonds qui lui rappelaient son amour de jeunesse, son amour de toujours.

— J'aimerais que tu me racontes tout depuis ce jour de mai 1970 où tu as fait la connaissance de ma mère, ici à Cherbourg, dit Bérénice, tutoyant Alekseï comme il le lui avait demandé.

— Sylvanie était la plus jolie des femmes, commença-t-il. En moins d'une heure nous étions tombés amoureux l'un de l'autre. Elle était montée à bord du navire sur lequel j'étais en poste pour le visiter. Je ne parlais pas français, elle ne parlait pas russe. Un interprète était là en tant que guide pour traduire nos paroles. Uniquement ce que nous pouvions dire de la vie à bord, évidemment. Le lendemain, comme j'avais une permission, nous étions convenus de nous retrouver. Elle était au rendez-vous. On communiquait par gestes associés à des bribes de phrases. Nous nous sommes promenés, embrassés… C'était comme si on se connaissait depuis des années. Et puis il y a eu ces quelques heures magiques dans un hôtel pas loin d'ici. On savait qu'on avait peu de temps, qu'il fallait en profiter. Quand on s'est quittés, quand j'ai repris la mer, on ne s'était rien promis. Mais je savais que je reviendrais. Sylvanie était l'ange de mon cœur. Cependant, jamais je n'ai songé à cette époque que j'avais pu concevoir un enfant. C'est terrible, la vie. Si j'avais vécu dans un pays libre, tout aurait été différent. Je n'aurais pas été séparé de ta mère aussi longtemps et nous aurions pu nous écrire, nous revoir…

Il se tut, le regard dans le vague, ses pensées revenant en arrière, dans un passé qu'il aurait voulu arrêter, le temps de changer l'aiguillage du destin.

— Mais après, insista Bérénice, vous vous êtes définitivement perdus de vue ?

Il grimaça et elle comprit qu'il souffrait. Quarante-cinq ans s'étaient écoulés et il avait encore mal. Elle songea combien sa mère avait également été malheureuse sous l'emprise de Mathilde, donnant naissance à une enfant sans père. Alekseï et Sylvanie, deux existences bouleversées...

— J'ai envoyé une lettre à Sylvanie l'année suivante, à mon retour à Kronstadt. J'avais rencontré un marin allemand qui parlait le russe. Je lui ai demandé d'écrire pour moi. Je me disais qu'elle pourrait traduire plus facilement l'allemand que le russe. Elle m'avait laissé son adresse à Granville. Elle n'a jamais reçu mon message. Je l'ai appris plus tard. À quoi bon remuer tout cela ?

Bérénice n'eut aucune peine à imaginer que Mathilde s'était emparée de la lettre, qu'elle l'avait lue puisqu'elle s'exprimait couramment en allemand, et qu'elle l'avait définitivement confisquée. Sylvanie n'avait jamais eu ce mot entre ses mains. Fallait-il évoquer Mathilde et sa méchanceté ? Bérénice décida qu'elle le ferait plus tard. Il y avait d'autres points qu'elle voulait aborder.

— Je t'ai cherché, murmura-t-elle, de Kaliningrad à Saint-Pétersbourg, jusqu'à

Kronstadt. Alors j'ai besoin de connaître la vérité sur ce qui t'est arrivé, sur ce que tu as fait durant toutes ces années.

— À Kronstadt ? répéta Alekseï.

— Oui. J'ai vu Marina et Irina.

Elle hésita un instant. À son tour, elle était confrontée aux aveux. Fallait-il les repousser ou bien tout lâcher maintenant ?

— Marina est décédée il y a peu. Je suis désolée de devoir t'annoncer cette terrible nouvelle. C'est grâce à elle et à Irina que j'ai réussi à retrouver ta trace jusqu'à Dresde. J'ignore tout de ce qui s'est passé ensuite, et surtout quand et comment tu es revenu à Cherbourg.

Alekseï accusa le coup. Il déglutit, posa ses couverts, pas certain qu'il terminerait son assiette. Ainsi, sa petite sœur était morte sans qu'elle n'ait jamais reçu de ses nouvelles...

— Marina, répéta-t-il, hébété, avant de relever les yeux sur Bérénice.

— Elle t'adorait. C'est pourquoi elle m'a aidée autant qu'elle a pu. Elle a même accepté de se prêter à un test ADN. C'est là que j'ai eu la certitude que tu étais mon père. Tu veux peut-être voir ces résultats ?

Elle fit un mouvement vers son sac à main, mais il arrêta sa main d'un geste tendre.

— C'est inutile.

— Si tu veux, dans quelques semaines ou quelques mois, nous irons ensemble à Kronstadt. Irina sera contente de te voir et nous fleurirons la tombe de ta sœur.

— Je ne sais pas si je le souhaite. Plus tard, peut-être.

— D'accord. Je tiens aussi à te présenter à Igor, un professeur qui m'a aidée à Kaliningrad et à Kronstadt, et aussi à Anna, une amie de Moscou. Si tu ne veux pas aller en Russie, je les inviterai en France. Maintenant, tu me racontes ce qui s'est passé depuis Dresde ? C'est de cette ville que tu as posté ton dernier courrier pour Marina.

Alekseï frotta son front, comme pour remettre de l'ordre dans ses idées.

— C'était il y a si longtemps.

— Je dois savoir. J'ai suivi ta piste pendant des mois, j'ai remué ciel et terre pour te retrouver, j'avais mis tous mes espoirs dans cette quête.

Il hocha la tête. Lui aussi, des années plus tôt, il avait fait des plans sur la comète et s'était lancé à la poursuite de l'impossible.

— J'ai quitté Krondstadt en 1989 avec une idée fixe : rejoindre Sylvanie. J'ai fui mon pays pour aller vers la liberté, mais surtout vers la femme que j'aimais. Depuis l'été, on savait que des gens se sauvaient en masse vers l'Ouest *via* quelques ambassades de RFA dans les pays de l'Est. J'ai tenté ma chance à Prague. Mais comme j'étais citoyen soviétique, on m'a refusé l'asile. J'ai entendu parler de Dresde et de Leipzig, où l'on pouvait trouver des passeurs. J'ai atteint Dresde, je n'y ai rencontré personne qui aurait pu m'aider à me sauver, surtout que je n'avais pas d'argent. Mais des convois traversaient la ville, emmenant des centaines de réfugiés est-allemands vers l'Ouest. J'ai échappé à une arrestation et j'ai su que je n'aurais pas cette chance deux fois. Entre la Stasi et le KGB je devais faire vite. Je me suis planqué dans un wagon de marchandises à l'abandon et j'ai attendu. J'avais volé un bidon de cinq litres de graisse que les cheminots utilisaient pour leurs machines. Je m'en suis enduit de la tête aux pieds. La Stasi arrêtait les trains en partance pour l'Ouest et effectuait des contrôles de papiers. C'est pendant l'une de ces vérifications que je me suis glissé sous un wagon, que je me suis attaché avec une corde entre deux essieux. Les gardes et leurs chiens patrouillaient sur le quai. Les bêtes reniflaient, habituées à traquer les fuyards. Elles ne m'ont pas senti, j'avais la même odeur que la mécanique. Enfin, le convoi est parti. Il y a eu des arrêts, encore des contrôles et toujours l'aboiement des chiens dressés à l'attaque, prêts à mordre.

Alekseï se tut et Bérénice réprima un frisson. Elle n'avait pas envisagé un tel calvaire. Bien qu'elle ait eu entre les mains de nombreux témoignages de ceux qui avaient fui le régime communiste, celui de son père la touchait particulièrement. Le serveur la sortit de son mutisme en leur proposant des cafés.

— Et après ? insista-t-elle, fixant de nouveau Alekseï.

— J'ai compris que nous étions de l'autre côté du rideau de fer quand j'ai entendu les gens hurler, rire et pleurer dans le wagon au-dessus de moi. Puis le train a stoppé. On était à Hof, en Bavière. Mais je n'avais pas le statut de réfugié alors j'ai dû fuir encore. Je me suis caché, j'ai marché, je suis monté clandestinement dans des camions pour atteindre Bonn. Là, j'ai couru à l'ambassade de France. Je croyais avoir moi aussi le droit à la liberté. Il n'en a pas été ainsi. La France m'a récupéré et enfermé dans une caserne en région parisienne. Pour me protéger, m'a-t-on dit. En fait, l'administration voulait surtout obtenir des informations. Ce séjour m'a permis d'apprendre à parler français. Quelques mois plus tard, quand les premières républiques d'URSS ont commencé à proclamer leur indépendance, mon statut n'avait plus lieu d'être. Le bloc de l'Est s'effondrait, l'URSS se disloquait et je n'étais plus d'aucune utilité. Par égard pour les services rendus et pour m'éviter des soucis avec mon passé, l'administration française m'a donné une nouvelle identité et une somme d'argent non négligeable afin que je puisse reconstruire ma vie. Le 30 juin 1990, j'étais enfin libre et j'ai pris le train pour Granville.

Alekseï se tut, le cœur serré. Bérénice comprit que rien ne pourrait effacer ces épreuves dans l'esprit de son père. Au risque de le torturer davantage, elle le pria malgré tout de poursuivre.

— Je suis allé à la maison de la Roche Gautier, à l'adresse que je connaissais sur le bout des doigts tant je l'avais relue. Ta grand-mère m'a reçu froidement, sans même chercher à dissimuler son mécontentement. Quand j'ai demandé où était ta mère, elle m'a dit que Sylvanie avait quitté Granville depuis longtemps, qu'elle avait une famille, une existence bien remplie et que je devais la laisser tranquille. Cette vieille dame était pleine de haine à mon égard, et j'ignorais pourquoi.

En quelques phrases, Bérénice raconta l'histoire de Mathilde, son histoire d'amour avec un Allemand pendant la Seconde Guerre mondiale et la mort du soldat dans les derniers combats de Berlin. Ainsi, se dit Alekseï, la grand-mère de Bérénice devait vouer une terrible rancune aux Soviétiques et elle s'était vengée sur lui.

— J'avais deviné qu'elle me mentait. Je ne sais pas pourquoi, je ne l'ai pas crue. J'ai alors parcouru les écoles de Granville à la recherche de ta mère. Dans nos laborieux échanges à Cherbourg vingt ans plus tôt, j'avais compris que Sylvanie était enseignante. Ma persévérance a payé. Je suis tombé sur une femme qui la connaissait, la directrice d'un établissement scolaire. Elle m'a appris que Sylvanie était hospitalisée à Cherbourg où je suis allé aussitôt. J'ai retrouvé celle que j'aimais affaiblie, brisée par la maladie. Mais j'étais plein d'espoir quand elle m'a avoué qu'elle ne m'avait jamais oublié. J'ai pensé que notre amour la sauverait. C'est comme ça que je me suis installé ici. Je pouvais lui rendre visite quotidiennement. Les semaines ont passé et il m'a semblé qu'elle allait mieux. Un jour, elle a sorti des photos de son tiroir. C'est là que je t'ai vue pour la première fois, mais elle ne m'a pas dit que tu étais ma fille. Je n'aurais même pas pu l'imaginer d'ailleurs. Elle devait avoir peur que je me sauve… Et puis, un après-midi, c'était au début de l'année 1991, ta grand-mère est venue. Ce n'était pas son heure habituelle et je me débrouillais toujours pour m'éclipser avant son arrivée. Elle était accompagnée d'un homme. Ils m'ont éjecté de la chambre et je suis parti sans faire d'histoire. Dans le couloir, le type m'a jeté à la face que je ne devais plus revenir ennuyer *SA* femme. J'étais perdu, noyé de chagrin, persuadé que Sylvanie m'avait mené en bateau. Peut-être par lâcheté, ou par pitié...

— Cet homme, interrompit Bérénice, c'était Pierre Varange ?

— Oui. J'ai su son nom quand je suis revenu voir Sylvanie. J'étais complètement paumé, j'ai hésité pendant deux semaines avant de me pointer à nouveau à l'hôpital. Ta mère était au plus mal. On a peu parlé. Elle m'a juré qu'elle ne s'était jamais mariée, que ce Pierre Varange n'était qu'un ami, un homme qui lui faisait la cour mais qui ne l'avait jamais intéressée. J'ai demandé qui était ton père. Elle n'a pas répondu. Ce jour-là, elle aurait pu m'avouer que tu étais ma fille, mais je suppose qu'elle avait une peur terrible de sa mère.

— Ma grand-mère a toujours tout régenté. Elle était autoritaire et bornée. À 40 ans, ma mère la craignait encore, elle était incapable de réagir face à ce fichu dragon.

— Je suis revenu trop tard dans l'existence de ta mère. Son état s'est dégradé rapidement. J'étais trop orgueilleux pour réaliser que le combat était perdu, je m'accrochais à la moindre parole. J'ai vu ta mère sombrer dans le coma, elle n'en est plus sortie, puis son cœur a cessé de battre. Mais le mien, Bérénice, n'a jamais cessé de l'aimer.

D'un rapide geste de la main, la jeune femme essuya ses yeux. Son père et elle avaient encore beaucoup à apprendre l'un de l'autre, beaucoup à partager. Ils ne pourraient pas tout se dire en quelques heures. Il y aurait des souvenirs qui feraient mal, mais aussi de bons moments à vivre.

— Si je te proposais de venir quelques jours avec moi à Granville, tu accepterais ? Je t'emmènerais dans tous les endroits que maman adorait, tu pourrais découvrir la maison où elle vivait. Nous pourrions profiter l'un de l'autre.

— Je ne quitte jamais Cherbourg, marmonna Alekseï.

— C'est l'occasion, sourit Bérénice.

— Non.

— Je te raccompagnerai à Cherbourg dès que tu le souhaiteras.

— Tu es têtue !

— Très, admit-elle en éclatant de rire.

*

— Qui est cette personne qui cherche sans cesse à te joindre et pourquoi tu ne réponds pas ? demanda Alekseï en fronçant les sourcils.

Il avait remarqué que le téléphone de Bérénice sonnait souvent, qu'elle le consultait pour savoir qui appelait, prenait l'appel ou rangeait rapidement son portable dans sa poche.

— C'est sans importance, murmura-t-elle.

Elle enroula ses bras autour de ses jambes, contemplant le soleil qui baissait doucement vers la ligne d'horizon. Elle sourit, consciente de vivre un instant fabuleux.

— Ce n'est pas merveilleux ?

— Tout l'est depuis le jour où tu es venue chez moi, et je reconnais que tu as bien fait d'insister, de me forcer à m'éloigner un peu de Cherbourg. Je suis heureux à Granville.

Elle se rapprocha de son père et cala sa tête sur son épaule. Elle avait réussi à l'arracher de son appartement du quai de Caligny qu'il n'avait jamais quitté en dix ans. Il adorait cette maison à l'ancienne, l'une des dernières de la rue. Les immeubles aux façades de verre, les résidences à l'architecture sans âme avaient peu à peu remplacé les vieux bâtiments. Malgré tout, il aimait Cherbourg et n'avait pas envie d'en sortir. Il avait regretté de voir la ville se transformer, se moderniser. Il aurait voulu qu'elle ressemble toujours à la cité qu'il avait connue en ces beaux jours de mai 1970. Il avait laissé Cherbourg derrière lui un temps, après le décès de Sylvanie, pour s'embarquer sur des cargos. Pendant près de quinze ans il avait parcouru le monde et gagné sa vie. À 65 ans, il avait pris sa retraite puisqu'on la lui avait imposée et il n'avait plus bougé de son fief du nord Cotentin. Ses promenades quotidiennes le menaient au port vers les différents bassins. Il aimait parcourir les quais et contempler les bateaux de pêche, de commerce, de plaisance ou de croisière qui entraient et sortaient de la rade. D'une certaine façon, il voyageait encore. Quand Bérénice revenait sur le passé, il ne pouvait expliquer pourquoi il n'avait jamais donné de nouvelles à sa sœur, pourquoi il n'était pas retourné la voir. Il disait qu'il avait tout enterré de son ancienne vie lorsqu'on avait déposé le cercueil de Sylvanie au fond de sa tombe. Bérénice avait cessé de le tracasser avec ses questions.

Ce soir, ils avaient dîné sur le port de Granville, puis Bérénice avait entraîné Alekseï sur le Plat-Gousset. La mer était basse, très loin devant eux. Assis sur le sable, ils attendaient la tombée de la nuit, assistant au plus beau des spectacles. Le ciel immaculé changeait de couleur au fur et à mesure que l'astre descendait face à eux. Bientôt, il disparaîtrait derrière les îles Chausey après les avoir couvertes de mille feux.

— Bérénice, je suis vieux mais pas sénile. Celui qui t'appelle sans cesse attend que tu lui répondes. On n'insiste pas ainsi quand c'est sans importance. Tu reçois beaucoup de coups de fil. Quand ce sont tes amies, tu réponds, mais parfois je te vois lire un nom sur ton écran et ranger alors ton téléphone au fond de ta poche. Ce n'est pas en cachant un paquet de tabac dans un tiroir qu'on parvient à arrêter de fumer ! Si c'est un homme amoureux de toi qui appelle, il faut lui parler. Soit tu ne partages pas ses sentiments et tu le lui dis. Soit tu l'aimes et tu fonces. Tu ne vas pas gâcher cette chance. Tu ne crois pas qu'il y a eu assez de ratés dans ta famille et dans la mienne ? Il est certains rendez-vous de la vie qui ne se loupent pas ! Si je pouvais revenir en arrière et réécrire l'histoire, je sais que jamais je n'aurais abandonné ta mère.

Bérénice fit la moue. Stan la contactait régulièrement et laissait des messages auxquels elle refusait de répondre. Il ne lui criait pas son amour, il lui disait qu'elle lui manquait.

— Qui est-ce ? répéta Alekseï.

— Stanislas. C'est le père de Samuel, le jeune homme dont je t'ai parlé et que je vais te présenter très vite puisqu'il arrive demain et restera deux jours avec nous. Il a hâte de te rencontrer. Il m'a été d'une aide précieuse dans mes recherches. Je pense que tu l'apprécieras. Tu verras, il est passionné d'histoire.

— Ne détourne pas la conversation. Nous parlions de Stanislas, pas de son fils. S'il tient à toi, alors c'est un homme intelligent car tu es brillante en plus d'être jolie !

Bérénice éclata de rire et jeta une poignée de sable sur les pieds de son père.

— N'essaie pas de me distraire, je ne plaisante pas. Si Stanislas te plaît, s'il t'espère, envole-toi vite et pars le rejoindre. Ne laisse pas passer cet instant. Aujourd'hui ne reviendra pas demain. Tu vois ce que je veux dire ?

Elle acquiesça, songeant que c'était bon d'avoir un père qui remette les pendules à l'heure, même si elle n'était pas d'accord avec lui.

— Je vais regagner le Plat-Gousset et m'asseoir sur un banc, déclara Alekseï. Quand tu auras passé ton appel, tu viendras me retrouver et nous regarderons ensemble le soleil se coucher.

— Oh non, je t'en prie, pas maintenant.

— Si, tout de suite, répondit Alekseï sur un ton qui n'admettait pas d'objection. Arrête de te voiler la face, trouve les mots justes qui ne t'engagent pas si tu as encore peur. Ne le laisse pas dans l'incertitude. Souviens-toi : aujourd'hui ne reviendra pas demain.

Son regard s'était assombri comme le bleu de l'ardoise et Bérénice comprit qu'elle n'obtiendrait pas de sursis supplémentaire. Alekseï souriait intérieurement. Sa fille avait bien besoin d'un peu d'autorité de sa part. Hors de question qu'elle fiche sa vie en l'air.

*

— Attention, ça va rafraîchir ! s'écria Salomé en balayant d'un large mouvement tous ceux qui étaient à portée de son tuyau d'arrosage.

Le jet d'eau fit quelques victimes. Milan hurla et la menaça de représailles, Gabriel éclata de rire, Zlatan applaudit, ravi de sentir la température de sa peau descendre de quelques degrés. Spartacus aboya et se mit à courir comme un fou tandis que Stan s'approchait discrètement de Salomé et vidait un énorme seau d'eau sur son crâne. Surprise, mais pas prête à capituler, elle orienta son arme vers Stan et l'aspergea de la tête aux pieds. Les cris et les rires fusèrent.

La soirée était exceptionnellement chaude. À la télévision, les journalistes avaient annoncé une alerte canicule dont Salomé se servit comme prétexte.

— Ils ont dit qu'il fallait s'hydrater! Je vous hydrate!

Gabriel essuya son visage et songea combien il était bon d'être de retour. Plus que jamais, la maison de la place des Tilleuls lui apparaissait comme le lieu dédié à l'amitié et au bonheur. Il ferma les yeux. Quoi qu'il advienne, il n'accepterait plus de longues missions à l'étranger. C'était trop difficile d'être séparé de ce petit monde. Son poste de professeur à l'université de Rouen lui convenait parfaitement. Quant à l'exotisme, il le réserverait à de courts voyages pendant ses vacances. Samuel attendit que l'atmosphère se calme avant de se décider à quitter la véranda pour servir à boire. Il déposa un plateau rempli de verres, un bol de glaçons et une grande cruche de sirop de fruits sur une petite table qui trônait au milieu des transats. Chacun trouverait de quoi se désaltérer. C'est à peine s'il y avait eu un printemps. On était passé de la grisaille et l'humidité à des journées radieuses qui permettaient de profiter du jardin, puis le mercure avait soudainement grimpé. L'après-midi, tout le monde demeurait au frais dans la maison, attendant le soir pour sortir, quand le soleil déclinait. Le clan des Tilleuls était au complet et la chaleur faisait régner un air de folie sur la tribu.

— Papa ! Téléphone ! cria Samuel qui avait entendu son portable sonner.

— Laisse tomber, c'est la clinique. Le week-end vient à peine de commencer, pas question de me laisser emmerder. Ça a été déjà tout un cirque pour pouvoir bloquer ces trois jours. Si on tente encore de me joindre, tu réponds et tu dis que je suis parti faire un raid dans la pampa argentine.

L'appareil vibra de nouveau, Samuel s'approcha de la table du jardin et regarda l'écran.

— Ce n'est pas la clinique, c'est Bérénice.

Les éclats de voix et les rires se turent. Stan se précipita vers son fils qui lui tendit le smartphone. Il marqua un temps d'arrêt puis le lui arracha presque des mains et alla s'enfermer dans la maison.

— Yes, elle a craqué ! fit Samuel en levant un pouce victorieux. Je savais que cet instant arriverait. Nous avons échangé quelques mails la semaine dernière, elle m'invitait à venir rencontrer son père à Granville. Chaque fois, elle voulait avoir des nouvelles de papa. Elle ne m'aurait rien demandé si elle n'avait pas été dans l'idée de le revoir.

— Il y a des mois qu'il attend ce moment, chuchota Milan. J'espère que tout va bien se passer.

Superstitieux, il croisa les doigts dans son dos.

— Il est amoureux ? Vraiment ? demanda Gabriel.

— Raide dingue, papa ! réagit Salomé. Je me demande encore comment c'est possible. Elle n'est pas du tout son genre de nanas. Je ne comprends pas ce qu'il lui trouve. D'habitude, Stan les aime plus... dégourdies !

— Salomé ! rugit Gabriel en la mitraillant du regard.

— Ben, quoi ? Stan est un mec à gonzesses qui ont tout ce qu'il faut là où il faut ! Leur QI, il s'en fout !

— Salomé, tais-toi !

Depuis qu'elle avait appris l'homosexualité de Samuel et avait ainsi compris qu'elle n'avait aucune chance de conquérir son cœur, Salomé tenait parfois des propos agressifs que son père ne supportait pas. Percevant qu'un orage familial ne tarderait pas à éclater, Zlatan se redressa de son transat, dérangeant Spartacus qui était revenu se coucher aux pieds de son maître.

— Tu as l'ignorance de la jeunesse, Salomé. Ne le prends pas comme un reproche, c'est tout à fait normal. Tu as tout à découvrir. Si Stan n'est jamais resté avec une femme, c'est parce qu'il n'avait pas encore croisé celle qui méritait son amour. Il a rencontré Bérénice, elle l'a touché plus que les autres même s'il ignore encore pourquoi. Stan attendait quelque chose qui lui a toujours manqué. Et ce quelque chose, elle est la seule à pouvoir le lui donner.

26

Bérénice se cacha sous son chapeau de soleil et Astrid étouffa un soupir. Alekseï les regardait en souriant. Carmen continuait à babiller inlassablement. C'était l'heure de la sieste, il faisait bon sur la terrasse du casino face à la mer. Une atmosphère propice au calme, songea Astrid, même s'il semblait impossible de ralentir le débit de Carmen. Alekseï appréciait les deux amies de Bérénice. S'il était venu à Granville un peu à reculons, il devait reconnaître qu'il y passait de bons moments. Il avait d'abord fait la connaissance de Samuel qui était resté le temps d'un week-end. Ils avaient eu ensemble de longues conversations et il avait été impressionné par ses connaissances en histoire.

Puis Astrid et Carmen étaient arrivées. Le courant était tout de suite passé. Il aimait la douceur et le ton posé d'Astrid autant que le côté loufoque et emballé de Carmen. Elle lui parlait de son métier, la mode, un domaine auquel il ne s'était jamais intéressé, mais la jeune femme était passionnée et il l'écoutait avec un réel plaisir. Elle lui parlait des stylistes en vogue, surtout des projets qu'elle comptait mener à bien lorsqu'elle serait à Berlin. Cette jeunesse, cette animation le changeaient des journées solitaires auxquelles il s'était habitué depuis dix ans.

— Alors, si j'ai bien saisi, dit-il, on ne porte plus forcément le costume lorsqu'on est un homme d'affaires ?

— Exactement ! On peut s'habiller façon *sportwear*, ou *streetwear*. Mais attention, cette décontraction apparente doit être mise en scène avec soin. Le plus important c'est d'être créatif. Les marques de luxe ne sont pas nécessairement ce que le Berlinois regardera le plus. Le jeans, par exemple, reste la tenue la plus courante, mais la coupe doit être irréprochable même si on admet qu'il puisse être troué aux genoux.

— On peut porter un jeans pour un rendez-vous de travail ? Une cérémonie ? demanda Alekseï, incrédule.

— Ça dépend, reprit Carmen. C'est une question de combinaison. Si la coupe est classique, vous pouvez sans problème l'associer avec une chemise décontractée, voire un peu froissée, portée au-dessus du pantalon. Si au contraire votre jeans paraît usagé, votre chemise ne doit pas avoir un faux pli. C'est tout un art !

— Et pour les femmes ?

— Une jupe très stricte avec une veste en jeans, c'est très bien. Ou un tailleur bon chic bon genre, mais sans les escarpins. L'accessoire qui fera la différence sera une paire de bottes montantes, un peu hautes sur la cuisse. Des bottes dans le style des motards, avec une grosse boucle !

Les yeux ronds, Alekseï opina, bien que certains détails lui échappaient totalement.

— Je suis ringard !

Bérénice et Astrid éclatèrent de rire.

— Quand Carmen parle de mode, on a toujours la sensation d'être rétro.

— Ce qui est formidable, continua Carmen, c'est que les hommes sont aussi des *fashion victims*, et cela permet des explorations inespérées. Les looks naissent dans la rue avant d'apparaître dans les défilés. C'est là que j'interviens, où je piste l'individu. Je prends des photos, bref je traque ce qui sera le vêtement de demain !

— C'est ainsi qu'elle tombe amoureuse parfois, ironisa Bérénice. On a tout de même eu un épisode « tsar » assez tonique l'année dernière.

— C'est du passé, sourit Carmen. Milan est maintenant un excellent ami.

Alekseï se pencha vers Bérénice.

— Puisqu'on parle d'amitié et de sentiments, murmura-t-il en lui jetant un coup d'œil entendu, il me semble que tu devais rappeler quelqu'un.

Obéissante, Bérénice laissa ses amies et son père seuls sur la terrasse du casino où ils dégustaient un cocktail. Elle s'installa sur le bord de la jetée, sentit qu'ils l'observaient de loin et cela la fit sourire.

— Elle n'a pas moufeté ! constata Carmen. Vous lui dites un truc, et hop, elle exécute ! Je n'en reviens pas. Comment faites-vous, Alekseï ? Moi, je n'ai jamais eu aucune emprise sur elle.

— Il m'a semblé que je devais me comporter en père avec elle, même si je n'ai pas été là pour elle pendant des années. Ça m'est insupportable de songer que quelqu'un l'aime et qu'elle s'interdise le bonheur.

— Nous sommes au courant pour Stan, dit Astrid pour faciliter la discussion. Nous avons essayé de la convaincre de le revoir, sans succès. Il la fait pourtant vibrer mais elle refuse d'être heureuse.

— J'ai rencontré le jeune Samuel la semaine dernière, dit Alekseï. Quand j'ai vu ce garçon et compris le lien qui l'unissait à Bérénice, j'ai songé que c'était un atout supplémentaire pour envisager une histoire. Ma fille est tendre et délicate mais elle a un fichu caractère. Comment lui faire comprendre que vivre avec un homme ne veut pas dire forcément abandonner son indépendance ? S'engager ne veut pas dire perdre sa liberté.

— Vous êtes très moderne ! s'exclama Astrid. La mode vous échappe peut-être, mais vous suivez de près l'évolution de la société.

— La France m'a appris à me tourner vers l'avenir. Chez nous, on vivait dans un étau sans imaginer que le lendemain pourrait être différent. J'ai perdu Sylvanie à cause de cette prison. Je veux que ma fille soit aimée, pas enchaînée. Quand quittez-vous Granville ?

— Après-demain.

— Alors je partirai aussi. Cherbourg me manque et je veux laisser à Bérénice toute latitude pour retrouver ce fameux Stanislas. Désormais, plus rien ne pourra nous empêcher de nous revoir elle et moi.

*

Comme d'habitude, Stan quitta la clinique le pied au plancher. Il adorait conduire vite, même en agglomération. Après une journée de travail, le vrombissement du moteur de son bolide l'apaisait. Il n'avait que quelques kilomètres à parcourir pour arriver jusqu'à chez lui mais il ne roulait jamais lentement. Il devait se concentrer pour négocier chaque virage, prêter attention aux piétons et s'arrêter aux feux rouges. Cela exigeait de lui une telle concentration qu'il en oubliait ses soucis. Il ne diminua sa vitesse qu'en arrivant rue de la République.

Bérénice l'avait appelé deux fois. La seconde, elle lui avait proposé de le retrouver le vendredi suivant dans un restaurant à Étretat. Et si elle ne venait pas ? Si elle changeait d'avis ? Le cadre du domaine Saint-Clair était exceptionnel et luxueux. Ça ne ressemblait pas à Bérénice. Pourquoi un rendez-vous à cet endroit ? Pourquoi ne l'avait-elle pas convié à Granville ? Pourquoi ne venait-elle pas à Rouen ou à La Roche-Guyon ? C'était simple à comprendre : elle l'invitait en terrain neutre car elle n'avait rien de bon à lui annoncer. Pourtant, elle avait dit qu'il lui manquait et qu'elle souhaitait le revoir.

Il essaya de se souvenir de son ton, de ses mots. Tout s'embrouillait. Il ne parvenait pas à deviner ce qui se tramait dans l'esprit de la jeune femme.

Il freina à l'entrée de la rue Saint-Romain, cherchant la télécommande qui ordonnait l'abaissement du plot central. Depuis quelques années, la voie était piétonne et seuls les riverains pouvaient y circuler. Il roula au pas sur les pavés, fouillant dans le vide-poche pour trouver cette fois le boîtier qui lui permettait d'ouvrir son portail. Au moment où les battants s'écartèrent et qu'il enclencha la première, il l'aperçut dans son rétroviseur de l'autre côté de la chaussée, appuyée contre le mur de pierre de l'archevêché. D'abord, il crut à une hallucination. Elle fit un mouvement pour s'approcher, et là, il comprit que c'était bien elle. Il serra le frein à main, planta sa voiture au milieu de la cour et descendit. Il ferma les yeux, comme pour vérifier qu'il n'avait pas rêvé.

— Tu dors ? murmura une voix à son oreille. Tu es déjà fatigué à l'idée de me supporter ?

Il ouvrit les paupières alors qu'elle déposait un baiser sur le coin de ses lèvres. Elle était bien là, devant lui. Il sentit son sang affluer de nouveau partout dans son corps, son cœur battait la chamade et son pouls s'accélérait. Il aurait voulu dire quelque chose mais sa gorge se noua et ses jambes se dérobèrent.

— Tu n'as pas l'air en forme, constata-t-elle. Qu'est-ce qui ne va pas ?

— C'était trop long sans toi. Tous ces mois… Ne me fais plus jamais ça.

Il la serra dans ses bras.

— Je n'imaginais pas te retrouver ainsi, souffla-t-il. Tu m'as fait peur avec ton invitation au resto. Pourquoi Étretat ? J'ai cru que...

Elle l'embrassa, lui coupant la parole. Il saisit sa main et la caressa, puis il l'entraîna vers l'escalier. Il occupait un duplex au dernier étage d'un immeuble ancien. Bérénice s'extasia sur les colombages.

— Tu admireras l'architecture plus tard, dit-il en refermant la porte de l'appartement. Maintenant, tu es à moi.

Il avait retrouvé toute son assurance. Il la colla au mur, l'emprisonnant, s'empara de ses lèvres, bien décidé à ne plus la laisser partir.

— Attends, dit-elle en s'écartant doucement, je voudrais tout de même te parler et te demander pardon d'avoir attendu tout ce temps. Je vais être honnête, c'est vrai que j'aurais voulu t'extirper de mon cœur. Je n'étais pas sûre d'être faite pour toi. Il se trouve qu'on m'a répété que je devais saisir ce bonheur qui s'offrait à moi.

— Il y a des gens sensés autour de toi ! remarqua-t-il avec humour.

— Ne plaisante pas. J'ai beau fanfaronner je suis consciente que j'ai mon futur entre mes mains. Je n'ai pas aimé depuis très longtemps, tu sais.

— Je n'ai jamais aimé avant toi. *Absolute beginner*, tu te souviens ?

Il l'emmena dans la chambre et la poussa sur le lit. Il eut peur soudain de ne pas être à la hauteur. Elle sentit son hésitation et l'attira doucement vers lui. Ils s'allongèrent, s'observèrent longuement, chacun essayant de décoder ce qu'il voyait dans les yeux de l'autre. D'une main presque tremblante, Stan se décida à ôter le T-shirt de Bérénice. Elle portait des sous-vêtements de soie rose pâle sur lesquels il fit glisser ses doigts. Sa peau était aussi douce que la soie. Entre ses bras elle semblait fragile comme une poupée de porcelaine, timide comme une adolescente encore vierge, et pourtant il la savait sensuelle, redoutable d'appétit et excellente partenaire. Il n'avait pas oublié les nuits qu'il avait passées avec elle. Avide, il l'embrassa encore, dévorant ses lèvres jusqu'à l'étouffer. Il effleura ses seins et la sentit se cambrer sous lui.

— Tu ne vas pas repartir ? murmura-t-il, se redressant soudain.

Elle ne répondit pas, et avec une force qu'il ne lui soupçonnait pas elle le fit basculer et se retrouva sur lui. D'une poigne experte, elle retira la boucle de son ceinturon et fit sauter les boutons de son jeans. Elle perçut son désir, intense et douloureux. Leurs corps s'unirent dans la violence, une violence exprimant des mois de frustration qu'ils n'arrivaient plus à maîtriser l'un et l'autre. Ils crièrent en même temps. Elle retomba à côté de lui, s'abandonna dans la chaleur de ses bras. Il ne cessait de la caresser.

— Tu ne vas pas repartir ? demanda-t-il de nouveau.

— Tu sais bien que si, murmura-t-elle, la tête enfouie dans son cou.

— Et si on ne se quittait pas ?

Elle lui sourit. Tout était simple avec lui. En réalité, chacun avait sa vie. Lui habitait et travaillait à Rouen, filait à La Roche-Guyon dès qu'il échappait à une garde. Elle avait son univers à Granville et son père à Cherbourg. Comment feraient-ils pour tout concilier ? Lequel des deux ferait des concessions ? Lequel des deux aurait des regrets le premier ?

Elle l'embrassa afin qu'il ne devine pas les idées sombres qui trottaient dans son esprit. Il lui fit de nouveau l'amour, prenant son temps pour la conduire au plaisir, s'écartant d'elle quand il la sentait au bord de la jouissance, comme pour mieux la dompter. Il joua à ce jeu jusqu'à ce qu'elle le prie de la laisser accéder à ce débordement de bonheur, se délectant de l'émerveillement qu'il discernait dans ses yeux. En nage, collés l'un à l'autre, ils sommeillèrent un moment.

— Tu vas rester ? demanda-t-il lorsqu'il la sentit bouger à côté de lui.

Elle se redressa, s'appuyant sur son coude, caressa sa poitrine. Elle se savait éprise de cet homme et ne pouvait éviter plus longtemps une discussion. Tiraillée entre ses sentiments pour lui, le désir de ne pas trop s'éloigner de son père et la peur de se lancer dans une vie de couple, elle aurait aimé que quelqu'un décide pour elle.

— Si tu acceptes, je reste quelques jours.

— Quelques jours ne me suffisent pas.

— Il faut tout de même qu'on prenne le temps de voir si nous sommes compatibles ! Imagine qu'au bout d'une semaine on explose les piles d'assiettes sur le carrelage de la cuisine!

— Ne rigole pas, je t'en prie, c'est sérieux. Toi et moi, on sait qu'on est faits l'un pour l'autre. On l'a toujours su. C'est pour cette raison qu'on a tenté de se repousser mutuellement. Nous sommes deux vieux célibataires endurcis et on a la trouille. J'ai 50 ans et je n'ai plus envie d'attendre.

— On pourrait profiter de l'instant présent, non? Réfléchir un peu?

— Et laisser passer le temps, regarder filer notre bonheur...

Bérénice grimaça. Stan était contrarié.

Il s'était levé sans faire de bruit pour la laisser dormir. Aussi fut-il surpris lorsqu'elle le rejoignit sous la douche. Elle se colla à lui sous le jet d'eau chaude et il sentit immédiatement une autre chaleur lui brûler le bas-ventre. Il aurait aimé se montrer distant car elle ne lui avait donné aucune garantie quant à leur avenir. Elle n'avait même pas dit oui quand il avait suggéré qu'ils passent les vacances ensemble, et là, il ne s'agissait que de deux semaines. Certes, elle venait de retrouver son père, mais il avait cru qu'une fois cette épreuve passée elle serait disposée à faire des projets avec lui. Il n'en était rien.

Il la prit dans ses bras et lui fit l'amour, oubliant tout le reste, comme chaque fois. Elle était sincère dans sa façon de répondre à ses caresses, elle l'aimait, il n'en doutait pas. Il contempla son visage épanoui, son sourire radieux, et se risqua à lui murmurer dans l'oreille un timide «je t'aime» auquel elle répondit en effleurant sa joue de la main, le fixant droit dans les yeux. Il comprit qu'il n'obtiendrait pas davantage et dut faire un effort pour se dérider pendant le petit déjeuner. Il fut presque soulagé de partir à la clinique. Accaparé par son travail, il ne serait plus obnubilé par des interrogations qui pour l'instant demeuraient vaines.

Dès que Stan quitta l'appartement, Bérénice saisit son téléphone et joignit Astrid. Elle savait que son amie travaillait et qu'elle ne disposait pas de beaucoup de temps, mais elle lui demanda si elle pouvait la recevoir à son cabinet dans la matinée. Le ton de Bérénice était assez grave pour que la médecin lui réponde qu'elle pouvait venir immédiatement. Vingt minutes plus tard, Bérénice était dans la salle d'attente. Astrid la fit entrer comme n'importe quel patient, mais quand elles furent dans l'intimité des quatre murs de la salle de consultation, Bérénice lâcha tout ce qu'elle avait sur le cœur. Les déclarations de Stan auxquelles elle ne savait pas répondre, ses attentes qu'elle ignorait délibérément…

— Je ne crois pas me tromper en disant que Stan a un train d'avance sur toi. Mon conseil, c'est la prudence. Mais ne le rejette pas pour autant. D'après ce que tu me racontes, rien ne fait défaut dans votre relation. Il est intelligent, délicat. Vous paraissez sexuellement sur la même longueur d'onde. Tout ceci justifie que tu fasses un pas en avant. À toi de voir lequel.

— Tu ferais quoi ?

— Je ne suis pas toi... J'ai demandé dix fois à Konrad de m'épouser. Dix fois il m'a répondu non. Mais je sais qu'il m'aime. Cependant on ne peut pas comparer ma vie et la tienne. J'habite à mille kilomètres de Konrad. Je jongle avec le boulot, les enfants et mes voyages à Berlin, mais je suis heureuse.

— Je crois que je ne veux pas renoncer à mon indépendance.

— Tu préfères perdre Stanislas ? Méfie-toi, il n'attendra pas pendant des siècles. C'est un beau mec, et pas bête du tout. Il est chirurgien, ce qui fait de lui un parti convoité. Tu imagines bien qu'il est courtisé.

Astrid avait été violente dans ses propos, ce qui était inhabituel chez elle. D'un caractère doux et posé, elle ne brusquait jamais ses amies. Cette fois, elle n'avait pas eu le choix. Les joues de Bérénice s'empourprèrent et des larmes gonflèrent ses paupières.

— Tu as fait toute la lumière sur ton passé, reprit doucement Astrid, tu as retrouvé ton père et vous savez tous les deux que rien ne pourra plus vous éloigner désormais.

— Si je quitte Granville, on sera loin l'un de l'autre.

— Et alors ? Tu sais conduire, tu as une voiture. Tu es capable de monter dans un train et ton père aussi ! Si tu viens vivre à Rouen, tu seras à moins de trois heures de Cherbourg, et je n'imagine pas une minute Stan te priver d'aller passer deux ou trois jours avec ton père. La semaine, il est accaparé par son job à la clinique. Tu auras donc tout le temps de rendre visite à Alekseï. Cesse de te trouver des excuses ! Pour une fois dans ta vie, accepte de baisser la garde. Je t'adore mais tu es trop inflexible. Laisse-toi aller un peu. Si tu tiens à Stan, dis-le-lui et prouve-le ! Un peu de folie, que diable ! Sors de ce carcan qui t'étouffe.

Bérénice sortit de chez Astrid secouée par ses propos. Elle traîna dans Rouen et marcha un bon moment, puis elle se décida à rentrer. Elle comprit que Stan était déjà là en voyant sa voiture dans la cour. Elle gravit lentement les marches, se faisant l'effet d'un acteur entrant en scène sans connaître son texte sur le bout des doigts mais se souvenant vaguement de quelques répliques.

— Bonsoir, dit Stan en l'accueillant d'un baiser.

— Il faut que je te parle, mais…

Elle bégayait, et pendant quelques secondes il songea qu'elle était malade. Elle avait la mine défaite qu'il lui avait vue à Granville quelques mois plus tôt. Il posa sa main sur son front, saisit son poignet, et par déformation professionnelle prit son pouls. Il devina qu'elle était seulement troublée. Il eut peur. Avait-elle quelque chose de désagréable à lui annoncer ? Elle esquissa un sourire et il soupira en lui ouvrant ses bras. Elle se réfugia contre son cœur.

— Il y a quelque temps, murmura-t-elle sans oser le regarder, mon père m'a dit : « Aujourd'hui ne reviendra pas demain. »

— Il a peut-être raison. Moi, je sais que je t'aime aujourd'hui et que je t'aimerai toujours demain.

Elle se colla davantage contre lui.

— Serre-moi fort. Je... je... bafouilla-t-elle, voudrais-tu m'épouser ?

Il fut pris d'une sorte de vertige et songea à la chanson de Bashung, *J'ai dû rêver trop fort*. Ses doigts glissèrent sur la nuque de Bérénice puis remontèrent sur ses joues, la forçant doucement à relever la tête. Leurs yeux s'accrochèrent. Il ne rêvait pas.

— Tu as un don pour surprendre, chuchota-t-il, à la fois bouleversé et amusé. Généralement ce sont les hommes qui font leur demande. Jamais je n'aurais pris ce risque avec toi tellement j'aurais eu peur de te faire fuir. Je suis le plus heureux des hommes, Bérénice. Oui, mille fois oui, je veux t'épouser.

Merci à Geneviève Perrin
pour son aide précieuse et son amitié.

Composition :
Soft Office

Achevé d'imprimer par N.I.I.A.G.
en juillet 2016
pour le compte de France Loisirs, Paris

Numéro d'éditeur : 85847
Dépôt légal : juillet 2016

Imprimé en Italie